WORKING GIRL

S H A N A   G R A Y

WORKING GIRL

Una semana para enamorarte

TITANIA

Argentina • Chile • Colombia • España
Estados Unidos • México • Perú • Uruguay • Venezuela

Título original: *Working Girl*
Editor original: HEADLINE ETERNAL – An imprint of HEADLINE PUBLISHING GROUP
An Hachette UK Company, London
Traducción: Juan Pascual Martínez Fernández

1.ª edición Septiembre 2017

ISBN: 978-84-16327-35-5
E-ISBN: 978-84-16990-66-5
Depósito legal: B-16.255-2017

Fotocomposición: Ediciones Urano, S.A.U.
Impreso por Romanyà Valls, S.A. – Verdaguer, 1 – 08786 Capellades (Barcelona)

Impreso en España – *Printed in Spain*

Dedicatoria

Mi madre murió por listeriosis en diciembre de 2012. Ella me apoyaba muchísimo y defendía mi trabajo, pero tras su muerte, mi padre la sustituyó, aunque él no tenía ni idea de en qué consistía el mundo editorial. Incluso se leyó mi novela de *HQ Blaze*, lo que fue un poco incómodo, ya que es una de mis historias más ardientes. Pero a partir de entonces me acompañó encantado en esta aventura. Por desgracia, murió el 23 de julio de este año. Fue justo cuando yo estaba ultimando los detalles de la serie *Working Girl*. Estaba acabando la entrega del señor Domingo cuando me llamaron del hospital. Decir que me quedé hundida ni siquiera se aproxima a describir lo destrozada que estaba, y todavía estoy. Mi padre tenía noventa y tres años, era un veterano de la Segunda Guerra Mundial, un muchacho polaco que se vio obligado a luchar contra los alemanes y que había visto muchas cosas en la vida, incluso que su hija viera cumplido su sueño de publicar sus obras. Este libro es para él. Para mi padre, a quien quiero con todo mi corazón y al que echo muchísimo de menos. Ojalá estuviera aquí para verlo. Un millón de besos, papá.

Agradecimientos

Lo primero, a mi fabulosa agente Louise Fury. ¡Gracias por todo! Kristin Smith, también conocida como Ojo de Halcón, gracias de corazón. ¡*Working Girl* no habría sido posible sin Kate Byrne y toda la gente de Headline! Ha sido una experiencia maravillosa trabajar con todos ellos. ¡Gracias! A mi familia por los cuatro meses que me he pasado pegada al ordenador. No habría sido capaz de hacerlo sin vuestra paciencia y comprensión. A mi Meat Man por no sentirte abandonado o celoso cuando estaba centrada en mis otros siete señores y en vez de eso seguir cantándome «¡Mr. Monday o me-o-my!». Os quiero a todos. Besos.

1
Señor Lunes

Me senté en el suave sillón de cuero y contemplé en silencio la elegante recepción de Diamond Enterprises. Todo era de mármol, de madera color miel, con mullidas alfombras e iluminación tenue. En una pared había un armario que custodiaba tras unas puertas de cristal biselado la primera edición de diversos clásicos y contribuía a crear un ambiente elegante. En circunstancias normales, me hubiera acercado, ansiosa por descubrir qué títulos habían sido protegidos tan cuidadosamente.

Pero no en esta ocasión.

Todo el lugar olía a dinero y a rancio abolengo y, en mi opinión, también apestaba a arrogancia y prepotencia. Yo no encajaba allí, pero eso no iba a detenerme. Había alimentado mi sed de venganza desde que tenía quince años, desde la muerte de mi padre. Apenas cinco años antes de fallecer, y con solo cincuenta años, mi padre volvió un día a casa con el contenido de su despacho en una vieja caja de cartón y toda mi vida cambió. Ahora que por fin había llegado el momento, no iba a dejarlo pasar. El director de Diamond Enterprises buscaba una secretaria de dirección.

Desde que semanas atrás descubrí el anuncio en una web de empleo del sector, había renunciado a mi puesto de encargada de documentación en una empresa internacional de exploración minera y me había dedicado a investigar y a prepararme como si esta entrevista fuese el examen más importante de mi vida. En mi antiguo trabajo hacía de todo, desde buscar documentación básica hasta perseguir estudios inéditos para esclarecer temas de derechos mineros y así averiguar a quién pertenecían. Y también me había encargado de supervisar varios grupos de bibliotecarios, que me habían ayudado en el archivo, y de investigadores. Dejar todo eso y convertirme en la secretaria de otra persona era dar un paso atrás en mi carrera, un desperdicio de mis títulos y de las becas que los pagaron. Pero la oportunidad de acabar con una gran empresa no se presenta muy a menudo... y yo estaba dispuesta a hacer lo que fuese necesario. Ya no había nada que pudiese detenerme.

Había aprendido todo lo posible sobre la compañía, al menos todo lo que era de dominio público. Solo me faltaba averiguar lo que ocultaban y eso solo podía hacerlo desde dentro.

Desde mi asiento, tenía una vista clara del pretencioso vestíbulo y del pasillo que conducía hasta el misterioso y secreto santuario de Diamond. El mismísimo santuario por el que mi padre, Charles Raymond, había caminado una vez, donde se había codeado con el exclusivo equipo de dirección ejecutiva hasta que fue despedido, acusado falsamente de malversar los fondos de la compañía, y eso le costó, nos costó, todo. Le echaron sin contemplaciones, le humillaron, le arrebataron su pensión y le dejaron sin la generosa indemnización que le habría permitido afrontar la vejez con dignidad. Solo le quedó la mala reputación que le persiguió hasta que murió abatido y amargado. (Yo nací cuando él tenía cuarenta años, más bien tarde en su vida, antes de que cayera en desgracia.)

Apreté los labios en un intento de contener mi ira. Eso no me ayudaría; la cautela y la tranquilidad eran la única forma de tener éxito. Le eché un vistazo a mi reloj, una delicada pieza que amaba con todo mi corazón. Mi padre se lo había regalado a mi madre el día de su boda, hacía ya casi treinta años, cuando aún vivían en Inglaterra. Acaricié con suavidad la pequeña esfera rodeada de platino exquisitamente labrado y un grupo de relucientes diamantes. La manecilla del segundero me recordó que estaba esperando, algo en lo que me había vuelto muy buena.

Había llegado los quince minutos de rigor antes de mi entrevista, y solo habían pasado unos pocos desde entonces. Levanté la mirada y vi a la sofisticada recepcionista mirarme de reojo. Ella intentó disimular y yo decidí no hacerle caso. No era importante. En lugar de eso, me incliné hacia atrás, crucé una pierna sobre la otra y entrelacé los dedos sobre mi bolso de Kate Spade, mirando el largo pasillo. Podía tomármelo con calma. Pero tuve que admitir que sentía curiosidad por la hora a la que habían programado la entrevista; pasadas las seis de la tarde.

Daba igual, su organización no tenía importancia, lo único que importaba era conseguir el trabajo.

Necesitaba formar parte de esa empresa y esa entrevista era mi única oportunidad de lograrlo. Estaba dispuesta a hacer cualquier cosa con tal de estar ahí.

Empecé a ponerme nerviosa. Respiré profundamente, tan en silencio como pude. No me gustaba estar temblando por dentro. Podía sentirlo, y no podía hacer nada por evitarlo. Al menos, nadie lo notaba. No podía ni imaginarme qué pasaría si descubrían quién era yo en realidad. Probablemente lo mismo que le pasó a mi padre.

El borde de la falda se me dobló sobre el muslo cuando volví a cruzar las piernas. Era un traje chaqueta pasado de moda, pero me encanta la ropa *vintage*. Cuando miré hacia abajo, sonreí al ver mis zapatos. Otro gran hallazgo. Lo único nuevo era la cartera. Mi pasión por los bolsos se me había ido de las manos y mi tarjeta de crédito había pagado las consecuencias.

Unos pasos resonaron por el largo pasillo. Levanté la mirada bajo las cejas, la guié brevemente hacia doña Guardiana Recepcionista, quien de repente se preocupó por su apariencia y se miró en un pequeño espejo antes de volver a cerrarlo. Removí mi bolso, y sentí la necesidad de comprobar si tenía los dientes manchados de carmín. Oí cómo se abrían y se cerraban las puertas y no le quité ojo al extremo del vestíbulo; respiré con suavidad al ver aparecer a un hombre. Mi corazón se aceleró mientras se acercaba; me sentía cada vez más nerviosa. Ya no tenía tiempo de revisarme los labios, así que lo observé mientras se aproximaba. Parecía que su traje a medida estaba a punto de estallar. Observé cada detalle y me lo grabé en la mente.

Él. Era. Increíble.

Y enorme.

Dios mío, parecía llenar el vestíbulo con su presencia. La intensidad de su rostro mientras hablaba por teléfono me hizo contener la respiración. Las cejas, juntas por culpa de la concentración, eran tan espesas y oscuras como su cabello impecablemente recortado. Caminaba decidido y emanaba confianza en sí mismo. Una enorme cicatriz le recorría la mejilla, justo debajo del ojo derecho, y sentí la tentación de pasar un dedo por aquel pómulo. Mi hiperactivo cerebro se llenó de todo tipo de historias sobre cómo se habría hecho una herida como esa. Ninguna de ellas era muy tranquilizadora.

La recepción empequeñeció tras su llegada. Lo miré con el corazón a mil. ¿Iba a entrevistarme con él? Se giró hacia la recepcionista, levantó la mirada del teléfono y le dijo algo que no pude oír. Intenté no fruncir el ceño cuando ella rió tontamente y le coqueteó. Él le devolvió la sonrisa, dio unos golpecitos sobre la mesa un par de veces, sus manos también eran enormes, y se dio la vuelta. De repente apareció delante de mí y lo miré. Tardé un segundo en decidir que debía ponerme en pie. No podía levantarme. Era como si la maldita silla me hubiese succionado. Me contoneé, tratando de colocar las piernas debajo de mí para poder levantarme con cierta elegancia.

—¿Señorita Canyon? —preguntó el hombre de cabello oscuro y peligrosamente atractivo. Dio otro paso hacia mí y me tendió la mano.

—Sí.

Ladeé la cabeza para poder mirarle. Empecé a usar el apellido de soltera de mi madre cuando era una adolescente. De lo contrario, una simple búsqueda en Internet y los escabrosos rumores sobre la traición de mi padre a la empresa Diamond quedarían al descubierto.

Aceptar su mano fue muy mala idea. El roce de su piel resultó electrizante, el calor se extendió por mi brazo y mi pecho, y me arrebató el oxígeno de los pulmones. Miré nuestros dedos para ver si había, literalmente, chispas volando. Dejé que me ayudara a ponerme en pie.

—Gracias —dije con la respiración entrecortada, y traté de recuperar el aliento.

Ajusté la correa del bolso con la mano que tenía libre y luego la llevé disimuladamente hacia abajo para arreglarme la falda que, sin mirar, sabía que se me había subido por los muslos. Él me soltó los dedos y los replegué en la palma deseando retener el efecto que me había producido aquel hombre. Lo miré y casi me desmayé al descubrirlo observando descaradamente mis piernas. Entonces me di cuenta de que yo aún me estaba recolocando la ropa.

Dios, esperaba que no pareciese un movimiento seductor. Aparté la mano al instante y las entrelacé delante de mí. Él levantó la mirada y quedé cautiva de sus ojos azules hasta que volvió a dejarme sin aliento una vez más. Sonrió y uno de los lados de su boca se elevó de forma casi imperceptible. La cicatriz de su mejilla se tensó y ¡virgen santa!, en lugar de echarme para atrás, aquel intercambio se convirtió en el más seductor que yo había vivido nunca con un hombre. Estaba aturdida, y traté azorada de no demostrarlo. Aparté la mirada y me concentré en mi respiración durante unos preciosos segundos.

—Gracias por venir tan tarde un lunes. Sé que fue una petición de última hora y le agradecemos que se haya podido adaptar a este horario tan inusual.

Su voz sonaba autoritaria, con un ligero acento que no logré identificar.

Me gustó.

Asentí con la cabeza mientras le respondía:

—Gracias por concederme una entrevista. Me alegro de que hayamos podido encontrar un momento.

—Como le dije, le agradecemos que estuviera dispuesta a reunirse con nosotros. ¿Vamos?

—Por supuesto —dije, agradecida de que no nos quedásemos allí de pie toda la noche mirándonos el uno al otro.

Extendió la mano para que caminase delante de él.

—Por favor, las damas primero.

Me recorrió un escalofrío. Era como si me hubiese tocado con la voz. Nunca antes me había interesado tanto por un hombre. No estaba muy segura de quererlo detrás de mí. Quería... no, necesitaba verlo, pero no iba a girarme. No tenía ni idea de adónde me dirigía y seguí adelante hasta que él me dio instrucciones. De repente, todo adquirió un cariz extraño, giramos y me guió a través de un laberinto de pasillos hasta lo que parecía ser otro ascensor, uno privado. Introdujo una tarjeta en la parte inferior del sensor y, en un abrir y cerrar de ojos, estábamos dentro.

Las puertas se cerraron y, si no hubiera estado mirando los números ascendentes, no habría sabido si el ascensor subía o bajaba.

Permanecimos en silencio, y yo clavé los ojos en los números de los pisos. Él estaba un paso detrás de mí, y era como si su presencia alterase el aire que había a nuestro alrededor. Su tamaño dominaba el pequeño pero bien equipado ascensor. Bajé la mirada y encontré sus pies a mi espalda, un poco hacia la derecha.

Mi madre solía decir que podías saber cómo es una persona por sus zapatos. Los de él eran muy elegantes. Brillantes. De color negro y grandes. En el ascensor hacía calor. Era eso o la temperatura de mi cuerpo se estaba disparando. ¿Cómo no, con un hombre irradiando ese intenso *sex-appeal* tan cerca de mí? Cuando las puertas se abrieron hacia un pequeño vestíbulo con paredes de cristal, me sorprendió descubrir que estábamos en la azotea. Me giré y lo miré.

—¿La azotea? ¿Por qué...?

Empujó la manilla de la puerta y al abrirla una hoja que había quedado atrapada debajo del marco salió volando. Me miró, esperando claramente a que yo saliera. ¿Acaso no era consciente de que estábamos a más de setenta pisos de altura?

—No habla mucho, ¿no? —le pregunté, y me encogí al notar el tono de mi voz.

El señor Macizo sonrió.

—Solo cuando es necesario.

La verdad es que no supe cómo responderle, así que entrecerré los ojos y me giré. A pesar de que no podía verlo, podía sentir su presencia detrás de mí.

—Señorita Canyon, por aquí, por favor.

El viento sopló y me revolvió el cabello. Gracias a Dios que me lo había cortado. Echaba de menos mis rizos largos y sueltos, pero tenía que cambiar de aspecto, y ahora llevaba un peinado corto y a capas, con gruesos mechones de un negro tan oscuro que casi eran azulados. También había atinado a teñirme las cejas, y el rímel se encargaba de las pestañas. Mi cabello rojo era un legado de mi padre. Me lo dejó en herencia y yo lo cuidaba como un tesoro. A él le habían apodado «Gallo», por su rizos rebeldes y rojizos. Alejé la imagen de papá de mi mente y salí a la azotea.

—¿Qué sucede? ¿Por qué estoy aquí?

El señor Macizo se giró hacia mí.

—Para hacer una entrevista.

Fruncí el ceño e intenté encontrarle sentido a su comentario.

—¿Qué? ¿Va a entrevistarme en la azotea?

Entonces oí el sonido de un motor y lo busqué con la mirada y, para mi sorpresa, descubrí un helicóptero esperando en el helipuerto que había en el extremo opuesto de la azotea. Una pasarela de metal unía la pequeña entrada del edificio hasta la escalera que conducía al aparato.

—No lo entiendo.

Me di la vuelta para mirar al hombre, y titubeé. Subir a un helicóptero no estaba en mi lista de cosas que quería hacer antes de morir. Tengo miedo a las alturas y nunca vuelo si puedo evitarlo.

—Como le he dicho, esto forma parte del proceso de selección. Puede continuar o darse media vuelta y dar por finalizada la entrevista.

—¿Qué? ¿Así sin más? ¿Si no hay helicóptero, no hay entrevista? Esto es muy poco ortodoxo.

El miedo comenzó a apoderarse de mi corazón. Todos mis planes habían salido bien hasta ahora, demasiado bien para ser verdad.

Apreté los dientes y rápidamente calculé mis opciones. Solo tenía dos. Darme la vuelta y marcharme, sin encontrar nunca la venganza que llevaba años buscando, y vivir con ese remordimiento durante el resto de mi vida, o... Me giré y miré el helicóptero: subirme a aquella cosa, volar hacia Dios sabe dónde y continuar hacia delante. La compañía había acusado a mi padre de inflar su cuenta de gastos y despilfarrar fondos de la empresa en una amante. Mi plan consistía en encontrar esos informes falsos, y cualquier otro registro financiero del equipo ejecutivo de aquella época y, con algo de suerte, quizá también datos incriminatorios de la directiva actual. Entregaría esos documentos a los medios de comunicación y demostraría que los ejecutivos de Diamond eran todos unos hipócritas. Era imposible que mi padre hubiera hecho lo que ellos afirmaban; era un hombre muy honrado y adoraba a mi madre, por lo que el rumor de esa falsa aventura los destrozó a ambos. Mi madre no llegó a superarlo nunca y sospecho que en algún momento llegó a creer que él la había engañado de verdad. Yo, por el contrario, estaba convencida de que era inocente.

¿Seguía al conejo blanco por el agujero, o ponía punto y final a esa aventura? No había ninguna decisión que tomar. Ya lo había decidido mucho antes. Seguiría al conejo. Me acerqué a él y lo miré fijamente.

—Detrás de usted —le dije, e hice lo que pude para que mi voz no delatara el pánico que acababa de empezar a sentir.

Sonrió y me hizo un gesto para que pasara. Comencé a caminar por la pasarela. Las alturas. Dios, cómo odiaba las alturas. El miedo me recorría las piernas, el trasero, y se aferraba con fuerza a mi espalda, vaciando de aire mis pulmones. Miré hacia abajo, a los desfiladeros de hormigón de la ciudad de Nueva York, que brillaban inocentemente entre las luces del atardecer. Bueno, no tan inocentemente. Ni mucho menos.

Comencé a hiperventilar ante la atracción del abismo de abajo.

Poco a poco y con mucho cuidado, coloqué un pie delante del otro, con las rodillas ligeramente dobladas, como un borracho al que un policía hace caminar por una línea.

Setenta y cinco pisos.

A la intemperie.

Mierda, aquello era una pesadilla hecha realidad. Si tan solo pudiera despertar y las cosas volviesen a ser como antes. Me tambaleé, y una mano firme me sujetó por la cintura.

—Cuidado, señorita. —Su voz profunda no sonó tan lejana como esperaba que lo hiciera.

Su presencia detrás de mí, en cierto modo, me resultó tranquilizadora, pero ni loca iba a darle las gracias. El electrizante roce de la punta de sus dedos no ayudaba a mi falta de aliento. Alturas y él. Una peligrosa combinación.

—Trate de no mirar hacia abajo, le resultará más fácil.

—No estoy mirando hacia abajo —le dije, y le mentí al volver a mirar de reojo hacia el borde del edificio.

Subí los últimos escalones hasta la plataforma. La falda me trepaba por el muslo y tiré de ella hacia abajo. Tendría que haberme puesto pantalones, pero ¿cómo demonios iba yo a saber que me subiría a un helicóptero?

Me había dicho a mí misma que estaba preparada para cualquier cosa, así que tuve que reponerme. Había llegado muy lejos y no iba a abandonar ahora. Tenía que averiguar la verdad y limpiar el nombre de mi padre. Titubeé al llegar a la parte superior de la plataforma.

—¿Se ha decidido ya? —me preguntó.

Me aparté de él y me dispuse a enfrentarme al viaje más aterrador que había hecho nunca. No podía darme por vencida y olvidar que esta compañía prácticamente había matado a mi padre. Lo despidieron y destrozaron nuestras vidas. Él era un hombre demasiado honrado como para apropiarse de dinero de la compañía, ¡y por una amante! Él quería a mi madre y yo, sencillamente, no podía creerme que mi padre hubiese arriesgado de esa manera todo aquello por lo que había trabajado tanto. Era mi deber limpiar su nombre y lograr que Diamond Enterprises pagara por lo que había hecho.

Me detuve frente a la puerta abierta y observé el elegante interior. No era un helicóptero turístico. Tenía clase. Estilo. Me giré y miré al hombre con determinación.

—El hecho de que esté aquí, en un rascacielos a punto de subirme a un helicóptero con rumbo desconocido, debería decirle lo mucho que quiero este trabajo.

El señor Macizo se acercó a mí. El corazón me subió a la garganta cuando extendió la mano y me rozó el codo. El contacto fue tan eléctrico como lo había sido minutos atrás. Se inclinó hacia delante y yo le recorrí el rostro con la mirada al tenerlo tan cerca por primera vez. El azul claro de sus ojos bajo las cejas oscuras, los labios, carnosos y acogedores, me hicieron separar los míos en anticipación... ¿de qué? ¿Un beso? Casi podía imaginar la sensación de su boca sobre la mía y mis músculos se debilitaron por las mariposas que inundaron mi estómago. Me di cuenta de que le agarraba del brazo. Su musculoso brazo. Pero él no me besó. Me sentí ridícula y enfadada por haber siquiera considerado tal cosa.

—Entre.

Su tono seguro no dejaba lugar a discusión. Traté con todas mis fuerzas de no caer más en el hechizo que él parecía haber arrojado sobre mí. Desde el primer momento había algo especial entre los dos que me dejaba sin aliento, como si yo estuviera esperando a que sucediese algo, y eso no ayudaba a mis ya alterados nervios. Me solté de su mano.

—Puedo arreglármelas yo sola.

Le di la espalda y traté sin éxito de subirme al helicóptero. Mi falda tubo era la elección perfecta para una entrevista en una oficina, pero no para aquella inesperada aventura. Intenté de nuevo meterme en ese aparato y la punta de mi zapato se quedó atascada en el escalón del helicóptero. Eso logró que me sintiera aún más torpe. Pero lo peor fue cuando él me agarró por la cintura y me subió a la cabina. Me avergonzó haber necesitado su ayuda y odié lo mucho que me había gustado que me tocara.

—Gracias.

Una vez estuve dentro, me dejó ir, y fui en busca de un asiento. Él entró de un salto, como si subirse a un helicóptero fuera el pan de cada día. Tal vez para él lo fuese. Su peligrosa y totalmente seductora aura llenaban el interior de la cabina.

—Tome... —dijo el señor Macizo, y me dio unos auriculares; amortiguarían el ruido y nos permitirían escucharnos y hablar el uno con el otro—. Póngaselos y abróchese el cinturón de seguridad.

Hice lo que me pidió y lo observé mientras metía la mano en el bolsillo y sacaba algo.

—Ahora esto.

Le miré la mano y fruncí el ceño.

—¿Qué es eso? —Me incliné hacia delante para ver lo que sostenía en la mano.

—Una venda para los ojos.

—¿Qué? ¿Una venda para los ojos? ¿Para qué demonios la necesitamos ahora?

Le miré, y un escalofrío me recorrió la columna vertebral. Él sonrió.

—¿Para qué son normalmente?

Esa era una pregunta retorcida. Mi mente cayó de nuevo en la madriguera del conejo y por un segundo me imaginé con los ojos vendados en una cama, con él encima de mí, haciéndome el amor, y casi gemí. Él era ardiente, sexi, y mi cuerpo había reaccionado a su presencia desde el primer momento. Cerré los ojos y apreté los mulos, para evitar que se dejasen llevar. Estaba allí con un propósito, una única razón, y el sexo no entraba en mi lista de prioridades. Lo maldije en silencio.

—Realmente no entiendo por qué tengo que ponérmela.

Se sentó a mi lado.

—Son las reglas. Está aquí para una entrevista de trabajo y este es uno de los requisitos.

—Esto es una gilipollez.

Empecé a ponerme de muy mal humor, lo cual era un cambio bastante agradable después del arrebato de deseo que había sentido segundos antes, pero no iba a ayudarme en una entrevista de trabajo. Ni tampoco mi grosería. Se echó a reír, y me gustó cómo sonó.

—Tal vez lo sea, pero o se la pone o se va.

¿En qué coño me había metido? No había trazado ningún plan de emergencia. Nadie estaba esperando una llamada mía para comprobar que estaba bien. Mi madre había vuelto a Inglaterra, lo cual había hecho posible toda esa aventura. Nadie sabía que yo estaba allí. Mis antiguos compañeros de trabajo creían que había viajado a Londres para ver a mi madre y visitar los estudios de Harry Potter, y había perdido el contacto con los pocos amigos que había hecho en la Universidad. Buscar la mejor forma de reducir una empresa a escombros no me había dejado demasiado tiempo libre para la vida social. Si me sucedía algo, no había un alma humana que se enterase. El pánico se apoderó de mí y miré la puerta ya cerrada. Podía haberme ido si hubiese querido, pero no podía abandonarlo todo. Observé la venda. ¿En serio tenía que ponérmela? Entonces presioné los labios y lo miré a la cara.

—Démela.

Extendí la mano. ¿Cuánto más control tenía que ceder? En cuestión de minutos íbamos a estar volando por el aire y ¿además quería que pusiera mi destino en sus manos? Hizo caso omiso de mi petición. Le clavé la vista sin titubear. Empezaba a preguntarme si él sabía quién era yo en realidad. Si alguien lo averiguaba, mi plan estaría condenado al fracaso, pero si no lo sabían cada paso que daba me acercaba más a lo que estaba buscando.

—Yo me encargo de la venda de los ojos —dijo, y se me acercó.

Sacudí la cabeza y me aparté de él, con la mano extendida hacia la venda.

—Preferiría ponérmela yo misma, si no le importa.

—Me importa. Cuanto antes me deje, antes podremos despegar.

Me incliné hacia delante, no quería ceder, pero sabía que no tenía elección. Cuando colocó la venda sobre mis ojos noté sus dedos cálidos y el instante en que rozaron mi piel sentí algo que nunca antes había sentido con otro hombre. Me costó mantenerme inmóvil en el asiento mientras aquel escalofrío me recorría el cuerpo. La venda era suave y sedosa, y desprendía el perfume masculino más seductor que jamás había olido. Levanté los dedos para tocarla; temblaron al notar el borde inferior de la tela en mis mejillas. Cuero. Era de cuero con el interior revestido de satén. Aquella combinación de texturas me aminoró el pulso, lo volvió espeso hasta que se arremolinó entre mis piernas.

No estaba preparada para lidiar con un hombre como él.

—Está temblando.

Oí su voz sensual y fue como si estuviera dentro de mi cabeza, en cada hendidura, en cada esquina, llenando cada rincón hasta que solo existía él. Aquel hombre me distraía y yo estaba dejando que siguiera haciéndolo... Oh, Dios, vaya si le estaba dejando.

Me giré hacia él, incapaz de verle la cara y excitada al mismo tiempo por ese detalle.

—Lo sé —susurré, no podía hacer nada más.

—Me gusta.

Sentí su respiración cerca de mi cuello, cálida y seductora.

Virgen santa. Aquel hombre exudaba sensualidad y yo no sabía qué estaba pasando. ¿Cómo había conseguido llevarme a aquel estado? Yo nunca perdía la calma por un tío, pero ese casi había logrado que me olvidase del importante motivo por el que estaba allí. Y eso sí que no podía permitirlo.

Él debió de acercarse más a mí, porque fue como si me envolviese. Embargó todos mis sentidos. Mi cuerpo y mi alma. Mi instinto me dijo que él tenía que ser increíble en la cama. ¿Iba a surgir la oportunidad de descubrirlo? «Oh, eso espero».

No podía quedarme quieta. Él estaba tan cerca que había creado una especie de corriente eléctrica entre su cuerpo y el mío; me moví nerviosa en el asiento con la esperanza de aflojar la tensión sexual que iba apoderándose de mí. Giré la cara hacia la ventana en busca de un poco de aire fresco, a ver si así lograba centrarme. Tenía que recomponerme.

¿Tener los ojos vendados era preferible a tenerlos descubiertos? No sabría decirlo. Verlo en la oscuridad, en aquel lugar tan íntimo y estando tan cerca el uno del otro, sería casi tan seductor como no poder verlo pero notar su presencia a mi lado. En especial, porque en mi situación actual no sabía a cuánta distancia se encontraba él de mí. ¿Me estaba mirando? Respiré profundamente y encontré de nuevo su perfume mezclado con el de la venda que me cegaba. Me sobresalté cuando el helicóptero despegó y se zarandeó. No estaba preparada y elevé los brazos en un intento por mantener el equilibrio. Perdí el sentido de la orientación y el pánico se apoderó de mí. Sabía que estaba en el aire y que lo único que evitaba que me precipitase hacia el suelo era el cascarón de lata del helicóptero.

Con una mano golpeé la ventana y con la otra... a él.

—Un gran riesgo conlleva una gran recompensa. Relájese. Llegaremos pronto.

Su voz llenó los auriculares y en ese momento me pregunté si el piloto también podía oírlo. ¿Me escucharían los dos si yo hablaba? ¿Podían escuchar mi respiración acelerada? Yo la oía cual rugidos. Volví a sentarme, pero fui incapaz de aflojar los músculos. La tensión se me acumuló en el cuello y en los hombros al mantenerme tan rígida.

Al cabo de unos minutos, me tranquilicé al notar el vuelo constante del helicóptero. No hubo más sacudidas y no daba saltos en el cielo, como me había imaginado que haría; dejé escapar un leve suspiro. Todo iba a ir bien. No tenía ganas de hablar, así que cuando sonó la música en mis auriculares me relajé un poco más. Me dejé llevar. La falta de visión había acentuado mi sentido del oído y juro que podía oír la respiración del hombre que estaba sentado a mi lado a través de mis auriculares, incluso con la música de fondo. Era seductor. La imagen que había tenido momentos antes de nosotros dos haciendo el amor volvió a mi mente y fue más allá. Ahora estábamos los dos saciados tras una noche de placer. Estábamos dormidos, abrazados el uno al otro en la oscuridad. En el sueño, yo respiraba profundamente para impregnarme de él y sabía que nunca olvidaría su perfume y, que si algún día volvía a olerlo, me recordaría a esa noche. A él. A aquel extraño y enigmático hombre que había descolocado todo mi mundo en tan corto espacio de tiempo.

Apoyé la cabeza en el asiento y dejé que mis sentidos asumieran el control. Cerré los ojos detrás de la venda. Eso me ayudó a ver con los ojos de la mente. Me pregunté si él estaría mirándome, y sentí un rubor extendiéndose por mi cuerpo. Abrí la boca en un tembloroso intento de recuperar el aliento y podría haber jurado que le oí suspirar al mismo tiempo. Tal vez me había estado observando, y eso me excitaba más de lo que me atrevía a admitir. Tenía que reconocer que su presencia me ofrecía cierto consuelo y que gracias a él el miedo empezó a desvanecerse.

Estábamos sentados, en silencio, pero era como si nuestros cuerpos hablasen entre sí. Estuve a a punto de decir algo, pero me contuve al recordar al piloto. De pronto la cadencia del helicóptero varió. Estábamos descendiendo, apreté los dedos sobre las rodillas al sentir que mi estómago caía junto con el descenso. Sin embargo, el aterrizaje fue suave y el aparato se detuvo completamente. Al parecer íbamos a quedarnos allí, dondequiera que estuviésemos, durante un buen rato, o de lo contrario, ¿por qué iban a apagar los motores? Toqué la venda de los ojos, ansiosa por quitármela. Pero esperé. Estaba segura de que iba a recibir nuevas instrucciones.

—Hemos llegado.

La información procedió del piloto a través de los auriculares.

Luego alguien me los quitó; los dedos del hombre me rozaron el cabello y detrás de las orejas. Un delicado escalofrío me sobrecogió, y sentí que los pezones se me endurecían. Gracias a Dios que llevaba la chaqueta puesta.

Todavía con los ojos vendados, incliné la cabeza para escuchar. La puerta se abrió y la brisa del mar inundó la cabina. Me sentí desconcertada por todo lo que había sucedido hasta ese momento. ¿Por qué me habría llevado a la costa?

Entonces la venda desapareció.

Él salió del helicóptero y me tendió la mano. La tomé, pero dudé: esperaba que no estuviésemos de nuevo en un helipuerto en lo alto de un rascacielos. Maldito fuera mi miedo. Intenté reunir todo mi coraje, salir del helicóptero. Lancé un suspiro ante lo que vi. Habíamos aterrizado a nivel del suelo, en una magnífica casa que se extendía más allá del helipuerto, sobre un acantilado con vistas al océano. Sentí un poco de vértigo al ver que la construcción estaba justo al borde del precipicio. Aquella entrevista se volvía más extraña con cada minuto que pasaba.

—¿Dónde estamos? —pregunté mirándole—. Esto es increíble.

—Vamos.

Me soltó la mano y me agarró por la cintura. Me levantó y yo mantuve el equilibrio apoyándome en sus hombros. Me bajó lentamente del aparato. Contuve la respiración y nuestras miradas se encontraron. El tiempo se detuvo hasta que mis pies tocaron el suelo; eché la cabeza hacia atrás para no perder el contacto visual. Solo entonces me di cuenta de que me había deslizado por su cuerpo, íntimamente, y que no nos habíamos apartado, el uno junto al otro, con sus manos en mi cintura y las mías en sus hombros. Tragué saliva y di un paso hacia atrás. Todo estaba mal. Tenía que centrarme y dejar de obsesionarme con él, en especial porque esto era una entrevista de trabajo.

Las piernas me temblaban un poco y caminé insegura por el camino de piedras que conducía a la casa. Él me sujetó por el codo y lo miré. Me devolvió la mirada, aunque fui incapaz de interpretarla. No me puso nerviosa, pero me hizo preguntarme en qué estaría pensando. Sentía curiosidad por aquel hombre a pesar de que apenas acababa de conocerlo. Me gustaba lo que sentía cuando me tocaba; era posesivo y me resultaba excitante. Éramos como dos imanes que se atraían el uno hacia el otro, y yo necesitaba recurrir a toda mi fuerza de voluntad para resistir aquel tipo de magnetismo. Sí, me reconocí a mí misma, me hacía sentir como una mujer. Ningún hombre se había molestado en hacerlo antes, aunque a decir verdad yo solía tener aventuras de solo una noche. Requerían menos tiempo e implicaban menos desgaste emocional. Lo que me pasaba con él era una novedad, pero me gustaba.

Una vez dentro de la casa, me condujo hasta un estudio. Todas las cortinas estaban echadas. Los muebles eran antiguos, pesados y muy masculinos. Sabía algo de antigüedades y me quedé atónita ante algunas de las piezas de la habitación. Solo estábamos nosotros. Tocó el respaldo de una silla que había junto a la mesa para que me sentase, pero yo me detuve frente a una ventana alta con varios paneles, una de las muchas que bordeaban una pared del estudio. Las cortinas, muy antiguas pero elegantes, colgaban detrás de la cenefa tallada de la ventana. El techo me dejó sin aliento; era tan alto como en una catedral. Parecía que esa noche todo me quitaba la respiración.

—Por favor, siéntese.

Especialmente él.

Hice lo que me pidió y le observé caminar hacia el aparador y verter un líquido dorado en un vaso de cristal finamente tallado. Me miró.

—¿Hielo?

Negué con la cabeza.

—No, solo.

Tuve que morderme la lengua. Resultaba difícil no estallar con un millón de preguntas. Estaba agotada, excitada, confundida, y necesitaba esa copa con todas mis fuerzas. Pero beber en una entrevista de trabajo está muy mal visto. De todos modos, acepté el vaso y nuestros dedos se tocaron. Suspiré y bebí al mismo tiempo, agradeciendo la quemazón del líquido al bajarme por la garganta.

—Ha sido un placer.

Inclinó la cabeza y, antes de que pudiera contestarle, se fue.

La decepción se apoderó de mí, y me puse en pie.

—¿Pero qué diablos…?

Miré a mi alrededor y me quedé petrificada cuando una voz resonó en la habitación.

—Señorita Canyon. Estaba deseando conocerla.

La voz del altavoz sonaba rara; entraba en el despacho como un espíritu del más allá.

Le respondí insegura.

—Lo siento, me ha pillado desprevenida, señor...

En su tono se adivinaba una sonrisa maliciosa cuando me contestó.

—Puede llamarme señor King. Bienvenida a mi reino.

Me mantuve callada. Algo que había aprendido de mi padre era a dejar que la otra persona hablara. Dejar que se explicara y expusiera sus intenciones. Así que permanecí sentada en silencio y traté de no explotar con impaciencia.

La voz llenaba la habitación, y eso me ponía muy nerviosa. ¿Cómo se tiene una conversación con una voz sin cuerpo? Escuché, presté suma atención a las palabras, mientras mantenía mi rostro en blanco. Si mi interlocutor se comunicaba a través de unos altavoces desde otro lugar, era muy probable que también hubiese una cámara observándome. Permití que mi sed de venganza alimentara mi paciencia. Había llegado muy lejos para meter la pata justo ahora.

—Su currículum es impresionante. De no ser así, no estaría aquí. Su formación y los años que ha pasado como gerente de archivos son una buena experiencia para lo que estoy buscando. Descubrir aquel viejo estudio geológico, que permitió a su antigua empresa extraer con menos coste las vetas de mineral sin explotar, fue bastante impresionante. También me gustó mucho la galería que creó con los fósiles de la cantera de Montana. —Se detuvo, y me pregunté si lo hacía para provocarme. No iba a permitírselo—. Sin embargo, este proceso de selección no va a ser del todo ortodoxo.

No pude permanecer en silencio más tiempo.

—¿A qué se refiere exactamente?

Una gran risa resonó en la habitación.

—Es muy inquisitiva. Eso me gusta. Para seguir siendo candidata al puesto, tiene que estar de acuerdo en completar las pruebas que se le asignarán.

—¿Cómo puedo estar de acuerdo cuando no tengo ni idea de cuáles son las pruebas?

Esos juegos empezaban a frustrarme.

—Todo se reduce a si confía en nosotros y a cuánto desee el trabajo. ¿Lo desea lo suficiente para correr el riesgo?

—Ni siquiera le conozco.

No iba a revelar lo mucho que sabía de la compañía. Y lo que sabía dejaba claro que no se merecían que confiase en ellos. Mucho menos después de lo que le hicieron a mi padre.

La habitación empequeñezó a mi alrededor a medida que la pregunta del desconocido señor King aterrizó en mis hombros. Comprendí que si quería continuar con la entrevista, tenía que dar un salto a lo desconocido. Tenía que correr el riesgo. Era difícil tomar una decisión así, a ciegas, sin que nadie me diera una explicación. Sentía el mismo miedo que cuando el señor Macizo me había vendado los ojos y me había pedido que subiese al helicóptero, y estaba igual de desesperada por ocultarlo. Según el camino que tomase ahora estaría un paso más cerca de conseguir lo que quería o de echarlo todo a perder. Me senté en la silla y traté de procesar la información.

—Parece un tanto escéptica, señorita Canyon.

—¿Cómo no iba a estarlo? ¿Todos los candidatos han realizado estas pruebas? Con todo lo que me ha sucedido a lo largo de esta noche, a no ser que esté buscando a alguien que confíe ciega y estúpidamente en usted no sé qué es lo que pretende.

Me detuve y escudriñé la habitación en busca de la maldita cámara. Y sí, oí el tono de mi voz cuando le respondí. No era muy respetuoso hablarle así a un jefe en potencia.

Las piernas me temblaban por la frustración y la incertidumbre de lo que quedaba por venir. Estaba muy nerviosa. Me puse en pie y comencé a andar de un lado al otro como un animal enjaulado que anhela una vía de escape. Aquello era lo más extraño que me había sucedido jamás. Y pensar que yo solita me había embarcado en esta aventura al acudir a esa entrevista... Sentí que las cosas estaban cambiando. Pero, ¿en qué sentido? Coloqué el bolso delante de mí para mantener las manos ocupadas. Aquello seguía siendo decisión mía y podía elegir. ¿Seguir al conejo o no seguir al conejo? Mi silencio no pareció importarle al señor King porque también se mantuvo callado, probablemente porque me estaba observando. Sentía sus ojos clavados en mí y, aunque no podía verlo, sabía sin lugar a dudas que, mientras estuviera en esa habitación, todos mis movimientos estarían siendo monitorizados.

¿Estaría el señor Macizo con él, mirándome? ¿Y si el señor King era el señor Macizo? Mierda, ¿entonces qué? No había forma de reconocer la voz distorsionada.

Miré la mesa y el vaso de whisky escocés. Quedaba un último sorbo y, Dios, quería bebérmelo. El silencio se alargó y llenó la habitación con su opresivo peso. Me sorpendió que el señor King no volviese a hablar. Parecía la clase de persona a la que le gusta escuchar su voz. Miré por la ventana. Había anochecido y no distinguía nada tras el cristal, pero estaba segura de que esa habitación tenía vistas al océano y a los acantilados. Me alegré de la oscuridad, así no podía ver lo lejos que estábamos de las olas que golpeaban el final del precipicio. Tenía miedo solo de pensarlo. Recordé la impresión que me había causado la mansión al descender del helicóptero, y me estremecí. Todo era muy gótico. Al evocar esa imagen tuve la sensación de que podía oír y sentir cómo chocaba el mar contra las rocas de allí abajo y sacudía los cimientos de la casa. No era un pensamiento agradable, pero comencé a imaginarme las cuevas y los túneles secretos que podían existir en ese lugar. Lugares donde la gente podría perderse con facilidad.

Coloqué la palma de una mano en la ventana para calmar mi desbocada imaginación. Estaba fría, y respiré hondo unas cuantas veces para tranquilizarme. ¿Cómo se me había escapado la existencia de esa casa durante la investigación? Había dado por hecho que ciertos secretos de la empresa estarían tan bien enterrados que jamás lograría encontrarlos, era obvio que esa mansión entraba en esa categoría.

—De día las vistas son espectaculares.

Las palabras retumbaron y me sobresalté. Aquel juego de la voz en *off* me estaba empezando a cansar. Ya era hora de que mi interlocutor diese la cara y dejase de esconderse. Me di la vuelta.

—Estoy segura de que es así. Lo que vi cuando el helicóptero aterrizó es precioso.

—Me alegro de que le gustase. Si logra superar todas las pruebas y es contratada, podrá disfrutar de las vistas muy a menudo.

—¿Aquí es donde estará su secretaria? ¿Tendría que venir aquí todos los días?

De nuevo se hizo el silencio. ¿Por qué no hablaba? Pasaron unos cuantos minutos y, cuando el altavoz hizo una serie de chasquidos, me di cuenta de que mi respiración estaba alterada, a la espera de las siguientes palabras del gran más allá.

—A su debido tiempo se le proporcionarán todos los detalles.

La voz sonó cansada. Logré notarlo a través de las distorsiones. Volví a la mesa y fui a por el vaso. Bebí el último trago de whisky escocés. Necesitaba otra copa, pero no me pareció bien servirme otra.

—Por favor, si le apetece, sírvase usted misma.

Él sabía todo lo que yo hacía. Mirar por la ventana. Acabarme la copa. Frustrada, solté el aliento y escudriñé el despacho.

—Sé que tiene cámaras aquí. Si esto es una especie de *casting* para Gran Hermano, no me hace ninguna gracia.

Me acerqué a las botellas y me llené la copa hasta el borde. Me quedé de cara al bien provisto bar, y de espaldas a la habitación. Sostuve el vaso en la mano, sin tomar un sorbo. Luego me giré e inspeccioné de nuevo mis alrededores.

—No me parece justo que se oculte mientras yo estoy expuesta.

—Hay muchas cosas en la vida que no son justas, señorita Canyon. Puedo dar fe de ello.

—Y yo.

Aquellos comentarios me pusieron furiosa. Quería gritarle, pero me mordí la lengua. Literalmente. De lo contrario, probablemente acabaría diciéndole algo inapropiado y me echarían de patitas a la calle. Oh, Dios, eso sí que no podía permitirlo. Había movido cielo y tierra para llegar hasta allí. Las palabras me pesaban en los labios. ¿Él creía que la vida era injusta? ¿Acaso no lo tenía todo? Una mansión llena de objetos vailosos, dinero ilimitado y el poder que este otorgaba y cuyos efectos mi familia había sufrido de primera mano. Dejé el vaso en el bar; ya no quería su whisky.

—Estoy seguro de que así es, señorita Canyon. La mayoría de la gente cree que la vida los trata injustamente.

¿Cómo podía alguien tan rico como él saber lo que era eso? En aquel momento tuve una idea y un escalofrío se instaló en mi espalda. Entrecerré los ojos; a juzgar por la forma en la que me hablaba daba la impresión de que sabía quién era yo. Si ese era el caso, ¿sabía también por qué estaba allí? La idea era absolutamente aterradora; podía poner en peligro todo el plan que había trazado para conseguir mi objetivo. Respiré despacio en un intento de ocultar lo asustada que estaba. Necesitaba irme. Cuanto antes aceptara su oferta, antes podría salir de ese despacho y comenzar el ridículo proceso de selección.

—Sigo esperando su respuesta, señorita Canyon. ¿Va a participar en las pruebas?

Me quedé de pie en silencio, estaba aturdida, aunque no podía dejar que nadie se diese cuenta. Tenía que permanecer fuerte, mantener mi determinación intacta. Mi indecisión formaba parte del juego, así él se preguntaría si yo iba a aceptar sus condiciones. Quería el trabajo, no había duda sobre eso, pero tenía que reajustar mi actitud y mi comportamiento si no quería meter la pata. Necesitaba ganar tiempo para ver cómo se iba a ir desarrollando todo. Respiré profundamente y clavé los dedos en mis muslos. Había llegado el momento decisivo. Sabía lo que tenía que hacer. Abrí la boca para responder, pero las palabras aún no estaban listas para salir. Tragué saliva y lo intenté de nuevo.

—Sí, quiero el trabajo.

—Excelente. Esperaba que aceptase. El resultado que obtenga en las distintas pruebas será decisivo para saber si es adecuada para el puesto.

—De acuerdo —contesté con voz firme.

—Sé que volar de noche la ha dejado intranquila y puedo entenderlo, pero no había otra opción.

—Disculpe, hay algo que se me escapa: ¿cómo sabe que no me gusta volar?

Probablemente se lo había explicado el señor Macizo. Sí, eso era todo. Me tranquilicé. Por eso lo sabía el señor King. Además, aunque hubieran sabido de antemano que me daba miedo volar era imposible que conocieran mi verdadera identidad. Mi imaginación se disparó de nuevo y, a medida que elaboraba más y más teorías, más me mareaba. ¡Tenía que centrarme! Ahora no podía pensar en qué pasaría si el señor King llegaba a enterarse de que yo era la hija del hombre al que había despedido por haberse apropiado, supuestamente, de fondos de la empresa. Le oí suspirar, y me pareció raro en él, teniendo en cuenta la actitud cortante que había mantenido durante nuestra conversación. Presté atención, esperé a que hablase y mientras intenté interpretar lo que no decía. Ojalá supiera leer entre líneas. Iba a suceder algo, lo presentía, y me preparé para ello.

El Señor King retomó la conversación sin inmutarse.

—En el escritorio hay una carpeta de color manila. Por favor, ábrala y firme el acuerdo de confidencialidad que hay dentro.

Me acerqué a la mesa y seguí sus instrucciones. Separé los papeles con la punta de los dedos y examiné el documento. Tenía que firmarlo. No había forma de evitarlo. Desenganché el bolígrafo que estaba sujeto a la parte superior de la carpeta y firmé donde se indicaba.

—Ya está —le dije a la habitación vacía.

No oí nada. Me acerqué a la repisa, y allí descubrí la cámara. La toqué, sabía que el Señor King estaba al otro lado. Miré desafiante el interior de la lente. Maldito fuese aquel hombre y sus jueguecitos. El silencio continuó.

—¿Hola?

Nada. Sacudí la cabeza y le di la espalda al objetivo. ¿Y ahora qué? Estaba exasperada. Entonces oí la puerta que había detrás de mí y me di la vuelta. El señor Macizo la había abierto de par en par. Su mirada ausente de sonrisa se encontró con la mía. El estómago me dio un vuelco. No podía ni imaginarme a qué se debía la seriedad que le dominaba el rostro. Él sujetó la puerta y regresó a la sala. Me quedé inmóvil donde estaba.

Parpadeé y di un paso atrás cuando volvió a la habitación empujando a un anciano en una silla de ruedas.

—¿El señor King? —pregunté.

—El mismo, señorita Canyon —respondió.

Atrás quedó aquella voz ruidosa y distorsionada, y su lugar lo ocupó esa real, profunda y algo más débil. Era viejo, frágil, el rastro de un hombre; pero se notaba que había poseído una enorme fuerza en su juventud. Había sido alto, pues las rodillas, cubiertas por una pesada manta, sobresalían de la silla. Los hombros, aunque caídos, seguían siendo anchos. Su chaqueta de punto, como la llamaría mi madre, era de un grueso tejido de color negro en forma de ochos, con la solapa forrada con una tela escocesa en amarillo brillante. Su rostro demacrado se veía cansado, pero su cabello era perfecto, gris plateado y grueso, al igual que el bigote y la barba, perfectamente recortados. Estaba segura de que había sido un hombre muy guapo.

Me acerqué a él y le tendí la mano.

—Buenas noches.

Así que este era el escurridizo director ejecutivo de Diamond Enterprises.

Me estrechó la mano, y la piel casi traslúcida dejaba entrever las delicadas venas. Tenía numerosos moratones y me pregunté cómo se los habría hecho. Su apretón de manos seguía teniendo un atisbo de poder. Me soltó la mano y se miró las suyas, un tanto temblorosas.

—No es algo muy agradable de ver, pero son los efectos secundarios de los anticoagulantes. El más ligero golpe o choque y ya tengo un moratón. —Escondió las manos bajo la manta con cierta vergüenza, y eso me hizo sentir un poco de empatía por él—. Y ahora... Entiendo su confusión, la hemos agobiado con muchas cosas a la vez, pero sabía que sería capaz de manejar la situación.

»Señorita Canyon, la razón por la que estamos llevando a cabo este proceso de selección de noche y de esta manera es válida e importante. Debido a mi enfermedad la entrevista tiene que realizarse fuera de las instalaciones de la empresa, de hecho, me estoy muriendo. Aún no se ha hecho público, y estoy seguro de que comprende las consecuencias a las que tendríamos que enfrentarnos si se descubriese mi estado de salud antes de que se haya elegido al nuevo director ejecutivo y se haya llevado a cabo la pertinente cesión de poderes. Es de vital importancia que mantenga esto en secreto. Si se filtrase algún rumor sobre mi enfermedad, su proceso de selección quedaría interrumpido de forma inmediata. Sabría que ha sido usted y ahora que ha firmado el acuerdo de confidencialidad podríamos demandarla legalmente.

Me quedé estupefacta ante su sinceridad y su clara amenaza. No tendría que sorprenderme que me contase una bomba informativa como aquella tras haberme hecho firmar el acuerdo. Teniendo en cuenta lo de mi padre y lo que me estaba sucediendo a mí misma en aquel preciso instante, era evidente que Diamond recurría a los subterfugios en su día a día. Por fin tenía sentido que me hubiesen citado de noche y el misterioso vuelo en helicóptero.

Mi mente se aceleró. Todo eso demostraba que tenía que darme prisa por acceder a los secretos de Diamon Enterprises antes de que el señor King muriese y se llevase aquella oportunidad con él. Me avergonzó pensar que la muerte de ese hombre solo me preocupaba en la medida que pudiese afectar a mis planes. Recuerdo el daño que me hizo presenciar el declive de mi padre y no poder ayudarlo. Mi padre murió cuando yo tenía quince años. De pequeña yo era su princesa, pero nuestra relación cambió cuando lo despidieron. Le eché la culpa de eso al señor King. Después de que echaran a papá de Diamond, la vida a la que mi madre y yo estábamos acostumbradas cambió en un abrir y cerrar de ojos. Observamos impotentes cómo se alejaba él de nosotras y se llenaba de odio y amargura. Su deterioro, emocional, físico y financiero, fue más de lo que pudimos soportar. Fue un momento muy difícil para nosotros, que me hizo madurar demasiado rápido; era la fuerza impulsora detrás de mi necesidad de venganza. Apreté los labios. Tenía que ser fuerte si quería lograr las metas que llevaba tanto tiempo planeando. No podía sentir pena por el hombre responsable de que me perdiera tantas cosas con mi padre. Precisaba tener acceso a esos documentos antes de que el señor King ya no necesitase una secretaria de dirección.

—No sé qué decir. Lo siento mucho.

—No hay nada que decir. Las cosas son así. Necesito asegurar la supervivencia de la compañía, y ahí es donde entra usted.

—¿Yo? —respondí, más confundida que nunca.

—Sí. Necesito alguien inteligente, alguien que entienda mi visión. Su experiencia laboral con organizaciones sin ánimo de lucro y su formación como bibliotecaria son muy valiosas para mí. —Me di cuenta de que yo asentía cuando se detuvo, como para añadir drama a la situación. Contuve la respiración a la espera de sus siguientes palabras: —Necesito alguien para el cargo de director ejecutivo, alguien que lleve la compañía a nuevos y emocionantes niveles. He dedicado mi vida a construir Diamond, y ahora que me estoy muriendo, busco a la persona adecuada para continuar mi legado. Alguien joven, con una perspectiva fresca y nuevas ideas. Alguien con una amplia experiencia y que salga de lo convencional. Al fin y al cabo, esta no es una típica entrevista de trabajo.

Dejé de pensar después de oír lo de director ejecutivo.

—Disculpe. —Levanté la mano, con un dedo señalando al aire—. ¿Mi entrevista no es para el puesto de secretaria de dirección? ¿Qué tiene eso que ver con que, además, usted esté buscando un nuevo director ejecutivo?

—Bueno, como ya le he dicho, creo que es una persona muy capaz y con la formación adecuada podría encajar en lo que estoy buscando. En sus anteriores empleos ha demostrado ser creativa y poseer capacidad de liderazgo. Verá... —Hizo una nueva pausa dramática. Sus penetrantes ojos azules atraparon a los míos y yo contuve la respiración: allí iba. Y continuó: —Me estoy planteando elegirla para el puesto de directora ejecutiva.

Me quedé sin habla.

—¿Yo? ¿Directora ejecutiva? —conseguí articular.

Miré al señor Macizo. Él me dedicó una leve sonrisa, que me llegó hasta lo más hondo y que hizo que, incluso en aquel instante en que mi vida podía cambiar por completo, me diese un vuelco el estómago. Aparté mi atención de él y la centré en el señor King.

—Sí, señorita Canyon, usted.

Sin duda tenía la formación y un poco de experiencia, algo que me alegraba que hubiese reconocido el señor King, y la tenacidad, pero... ¿directora ejecutiva? Era un gran salto, como poco. No me había preparado para eso. ¿Podía hacerlo? Me retumbaba la cabeza pero, a pesar de mi estado de incredulidad, me di cuenta de las posibilidades. Si me entrevistaban para el puesto de directora ejecutiva, y conseguía el trabajo, entonces tendría acceso a todos los aspectos de la compañía. Era como si me dieran las llaves del reino, ¡y en bandeja de plata! No podía dejar pasar aquella oportunidad. Solo esperaba que no me pidieran hacer nada cuestionable, ofensivo o inmoral. Que Dios me ayudara.

Me erguí con la mirada puesta en el rostro del señor King y haciendo lo imposible por ignorar que el señor Macizo se encontraba tan cerca de mí. Clavé los ojos en los del anciano y le respondí.

—Acepto.

Una brillante sonrisa le cambió la expresión.

—Excelente. —Su voz pareció fortalecerse y pude oír un poco de acento escocés—. La entrevista consta de siete pruebas que se llevarán a cabo durante siete días. Yo observaré cómo se desempeña en dichas pruebas y, si lo hace bien, podrá continuar con el proceso. Ahora, estoy cansado después de tanta actividad. Continuaremos mañana. Pero primero... —El señor King miró al señor Macizo y le ofreció una mano ligeramente temblorosa. Vi cómo aquel atractivo desconocido colocaba algo en la palma de mi anfitrión y después caminaba hasta la chimenea para tirar de un cordón de seda, cómo en *Downton Abbey*. «¿En serio? ¿Para llamar a una criada?»—. Un coche la recogerá en su apartamento a las siete en punto de la mañana. Esté preparada. —El señor King me ofreció una pequeña tarjeta.

La cogí y le di la vuelta entre los dedos. Era negra por un lado, con una imagen en relieve de un diamante. El otro estaba en blanco. Deslicé las yemas por encima del dibujo.

—¿Qué es esto?

Soltó una pequeña risa, y lo miré.

—Es su premio. Hoy era el primer día, y ha superado la primera prueba.

—¿Eso he hecho? ¿Cuál era la prueba?

Nadie me había dicho que el proceso de selección ya estuviese en marcha. ¿Y si hubiese fallado? Me pareció un sistema poco justo y reafirmé mi teoría sobre lo poco de fiar que era esa compañía. Iba a tener que estar atenta las veinticuatro horas del día. Si me habían puesto a prueba sin avisar, los próximos retos podían consistir en cualquier cosa. Miré enfadada al señor Macizo.

—Antes mencioné que hay siete pruebas. La primera era el valor.

—¿El valor? —repetí, y meneé la cabeza cada vez más confusa—. ¿Qué quiere decir? Lo único que he hecho ha sido presentarme a una entrevista de trabajo.

—Su miedo a volar y a las alturas. —Se detuvo y me miró—. Ha demostrado valor al subir al helicóptero a pesar de su miedo y también cuando ha aceptado que además le vendasen los ojos durante el viaje.

Volví a preguntarme cómo era posible que estuviera al corriente de mis fobias y no me quedé con la duda.

—¿Cómo supo que me da miedo volar?

Esta vez, el señor King sonrió de forma maliciosa.

—¿De verdad cree que voy a responderle? Yo también tengo mis secretos. Tal vez sea un anciano decrépito y me falle el cerebro, pero...

—Me está tomando el pelo; su cerebro está muy lejos de fallarle.

—Nadie puede estar seguro de eso, ¿no cree?

Sonrió de nuevo y me di cuenta de que no estaba preparada para enfrentarme a él.

Antes de que pudiera volver a preguntarle cómo había descubierto lo de mi fobia, la puerta se abrió y entró una enfermera. No me sorprendió ver que fuera atractiva, en cierto modo, el señor King tenía algo de Hugh Hefner.

—Dejando a un lado los fallos de mi cerebro, lo cierto es que hay cosas que es mejor guardarse para uno mismo. Me temo que, por ahora, tengo que despedirme. Buenas noches.

Asintió con la cabeza al señor Macizo.

—Señor. —Él le devolvió el saludo al señor King y se acercó a mí. Sentí el calor de su cuerpo, fue como ser besada por el sol. Su delicioso aroma me hizo cosquillas en la nariz y lo inhalé, casi con un suspiro de satisfacción. Me excité igual que antes y las rodillas me fallaron. Intenté mantenerme inmóvil como una estatua y crucé las manos delante de mí. Los dos observamos al señor King mientras se marchaba.

—El helicóptero está esperando.

Levanté la cabeza y al respirar el cansancio me pasó factura. Estaba exhausta emocionalmente y exaltada por el paso de gigante que acababa de dar hacia ese objetivo por el que llevaba tanto tiempo trabajando, y que el señor Mazico me hubiese tenido toda la velada al borde del placer sexual, sin posibilidad real de desahogarme, no ayudaba demasiado a mi paz espiritual. Habían pasado muchas cosas esa noche. Miré la tarjeta que tenía en la mano, parecía la llave de un hotel, pero más glamurosa, y me pregunté si abriría algo. Supuse que lo averiguaría al día siguiente. Había aceptado mi misión, igual que James Bond, con la diferencia que yo no tenía licencia para matar. Pasé el pulgar por la superficie. Brillaba cuando le tocaba la luz, la observé de cerca y suspiré.

—¿Pasa algo? —preguntó el señor Macizo.

Negué con la cabeza.

—No, pero cuando ha destellado me ha parecido ver un diminuto diamante en el centro.

—Tal vez lo haya. En lo que respecta al señor King, uno nunca puede estar seguro de nada. Todo es posible.

Levanté las cejas incrédula y guardé la tarjeta dentro de mi Kate Spade, que aún llevaba colgando del hombro. El señor Macizo me sujetó suavemente del codo, empezamos a caminar y lo miré. Era alto y guapísimo. Misterioso y perfecto. Creo que nunca antes había estado tan cerca de un hombre tan atractivo.

—Es hora de irse —me dijo, y yo me perdí en sus ojos.

Tenía la boca seca, y me humedecí los labios. Su mirada cayó en mis labios y allí se detuvo. El calor se apoderó de mí y se instaló, como ya lo hizo antes, entre mis muslos. Me mordí la lengua para evitar que se me escapara un gemido. Ese hombre tenía algo y me gustaba. Me resultaba increíblemente sexi cómo se movía; rezumaba poder, parecía vibrar en el aire y oh, Señor, las miradas que me dedicaba. Me estremecí de placer. Fuera cual fuere el hechizo que había lanzado, había funcionado.

—Usted ha sido el juez de la prueba de hoy. —Intenté disimular el efecto que me producía su cercanía.

—¿Qué le hace pensar eso? —Su voz era hipnótica, sensual y terriblemente sexi.

Me gustaba oírlo hablar.

—¿De qué otra forma habría podido conocer el señor King mi, ummm, miedo a volar y a las alturas?

Me miró, y casi me quise morir cuando vi compasión en sus ojos.

—No es algo de lo que deba avergonzarse. Todos le tenemos miedo a algo.

Aquel instante de empatía me sorprendió y me mostró una parte de aquel hombre que no había visto esa noche. Busqué en su rostro algo más de su yo real, pero él se cerró en banda antes de que tuviera la oportunidad. Una lástima.

—¿Usted a qué le tiene miedo? —le pregunté, sin esperar una respuesta.

Sonrió, y fue impresionante.

—No soy yo quien está haciendo una entrevista.

Lo sabía, no iba a responderme.

—Entonces, ¿a qué viene tanto secretismo?

—El señor King se lo explicó. Venga, basta de charla. Es hora de regresar a casa.

Dejé que me guiara desde el despacho de vuelta al impresionante y grandioso vestíbulo. Esta vez, me fijé en todo, y eso me distrajo y evitó que le hiciese más preguntas. La enorme y arqueada escalera con barandillas de hierro forjado finamente labrado y las grandes ventanas, que con toda seguridad ofrecían unas fantásticas vistas de día, a cada uno de los lados. La casa era tan opulenta y los muebles tan impresionantes que bien podría ser un museo, igual que los castillos que había visitado en Inglaterra y que se habían convertido en meras atracciones turísticas. Solo que este lugar no necesitaba abrir sus puertas al público para costear su mantenimiento. Aquí no había escasez de dinero.

—Tiene que ser increíble crecer aquí. No me lo puedo ni imaginar.

Odié sentir celos de los hijos y los nietos del señor King, quienes poseían todo el dinero del mundo para hacer lo que quisieran y carecían de preocupaciones. Yo ganaba un buen sueldo en mi anterior empleo, pero ahora no tenía ingresos y tenía que ser cuidadosa con mis gastos. Tenía que dejar de comprar bolsos sin ton ni son.

Me pareció que el señor Macizo me apretaba el codo y lo miré. Él tenía los ojos fijos hacia delante y no tenía el ceño fruncido ni ninguna expresión de enojo en su rostro, solo un pequeño temblor en la mejilla.

Me condujo hasta la puerta y, sin una última mirada a la casa, la abandonamos. Me llevó por un sendero con luces escondidas entre las flores y las plantas que lo recorrían, creando un aspecto casi mágico. Toda la noche parecía tener magia: las estrellas respladecían en el cielo, oía las olas a lo lejos y olía a verano. La recordaría siempre. Era una noche demasiado hermosa y trascendental para olvidarla.

Cuando llegamos al helipuerto, estaba decidida a subirme sola a ese maldito aparato. Aunque al hacerlo se me levantó la falda y le enseñé parte de mi trasero al señor Macizo. Era mi trasero y solo yo decía qué hacía con él. Mío y solo mío. El señor King me había dicho que había pasado la prueba del valor, así que sí, no tardaría en descubrir lo valiente que podía llegar a ser.

Me senté en el mismo asiento que en el vuelo de ida, me abroché el cinturón de seguridad y giré la cara hacia el señor Macizo, casi desafiándole a que me pusiera la venda otra vez, pero no lo hizo. Me agarré las rodillas cuando el helicóptero despegó, se inclinó y luego se adentró en el cielo nocturno. No hice ningún sonido y cerré los ojos. Prefería no mirar por la ventana, mi valor flaqueó un poco, pero bajo ninguna circunstancia iba a mostrárselo a mi misterioso acompañante.

Lo sentí junto a mí, igual que en el vuelo anterior. Entonces comprendí el papel tan importante que él desempeñaba en este proceso. El señor Macizo observaría todos y cada uno de mis movimientos, me pondría a prueba. Él de por sí ya me distraía, pero que fuera el encargado de evaluarme le convertía en algo mucho más peligroso. Tenía que tenerlo bien presente y hacer caso omiso a esa atracción. Podía ser muy peligroso para mí. Él era un chico malo y potenciaba esa imagen a la perfección, eso saltaba a la vista, y era obvio que existía una fuerte tensión sexual entre nosotros. Era electrizante.

Conseguí ignorarle hasta que me dejó en el interior de la limusina, pero no fue hasta que estuve sana y salva detrás de la puerta de mi apartamento cuando me di cuenta de que no le había dado mi dirección al chófer. El señor Macizo tampoco había dicho ni una palabra. Todo aquello se estaba volviendo muy misterioso y desconcertante. Quizá la gente de Diamond me había investigado tan bien como yo a ellos. Era una posibilidad muy inquietante.

A la mañana siguiente hice el vago en la cama. Me había concedido el capricho de instalarme una que parecía sacada de un cuento de hadas; había sido un regalo de mi madre antes de mudarse a Inglaterra y yo me había comprado las almohadas, las sábanas de hilo fino y un edredón que se extendía a mi alrededor como una nube. Suspiré disfrutando de la sensación de bienestar que me invadía. No entendía por qué me sentía tan bien y traté de recordar cualquier sueño que pudiera haber sido el responsable. Nada. Me había quedado completamente dormida nada más llegar y, si no hubiese sido por el despertador, nada me habría arrancado del mundo de ensueño. Me giré para mirar por la ventana y sonreí: iba a ser un día glorioso. El sol brillaba con fuerza y lanzaba rayos dorados sobre la cama a pesar de ser tan temprano. Es criminal despertarse a las seis de la mañana. Parpadeé y me senté de golpe. Hoy era el día. Mi primer día en Diamond Enterprises. El primer día del extraño proceso de selección que me permitiría infiltrarme en la compañía.

Estaba muy animada y salí de la cama de un salto. Encogí los dedos sobre la gruesa alfombra que cubría el suelo de madera desgastada. Mi apartamento estaba en un viejo edificio sin ascensor. Tuve suerte de haberlo encontrado; incluso con su irritante radiador y los espacios estrechos, me encantaba. Era mi refugio. Hice algunos estiramientos de yoga, y al pensar en lo que tenía por delante, no pude evitar entusiasmarme más y más. Luego fui al baño y me di una ducha para acabar de despertarme. No estaba acostumbrada a levantarme a las seis y necesitaba espabilarme y hacer reaccionar el cerebro.

Vi mi bolso Kate Spade, la noche anterior lo había dejado sobre la vieja cómoda, y sonreí. Me recordó al señor Macizo.

El corazón me dio un pequeño vuelco cuando pensé en él y me quedé sin aliento. Ese hombre era tremendamente sexi. Estaba segura de que, en circunstancias normales, él habría sido lo primero que me habría venido a la mente al despertarme; en cambio, estaba obsesionada con Diamond. Aun así, me sorprendí al descubrir un creciente calor entre mis muslos.

Reviví los acontecimientos de la noche anterior una y otra vez mientras me preparaba: el secretismo, el engaño que usaron para llevarme a la entrevista, la justificación del señor King y, por un breve instante, fui optimista y pensé que tal vez su razonamiento tenía sentido. Pero no duró demasiado y empecé a encontrar fallos o ¿acaso me había vuelto demasiado desconfiada? Ya había aceptado sus condiciones, le había dado mi palabra e iba a mantenerla. Sin embargo, a plena luz del día, surgieron las dudas.

Aunque la noche anterior había accedido a participar en el proceso de selección para el cargo de directora ejecutiva, ahora no estaba tan segura. Me había preparado a fondo para la entrevista de secretaria de dirección y al final no había obtenido el resultado deseado. Había obtenido mucho más. Yo sabía que podía desempeñar ese trabajo sin ninguna dificultad pero, ¿y el de directora ejecutiva? Era un gran cambio. Una responsabilidad enorme.

Además, ¿era Diamond el tipo de Compañía de la que yo querría ser directora? ¡Directora ejecutiva! Era una empresa cuya dirección estaba en entredicho, con un equipo directivo plagado de mentirosos y que se extendía hasta el mismo propietario. Me recordé a mí misma que eso era el motivo por el que estaba haciendo todo eso. Para derribar esa torre de marfil y sacar a la luz las mentiras. Convertirme en secretaria de dirección me habría dado acceso a los documentos que quería, pero dirigir la empresa me abriría un mundo de posibilidades. Limpié el vapor del espejo y me arreglé el cabello con los dedos. Miré mi reflejo y me pregunté si sería capaz de mirarme a los ojos si conseguía el puesto de dirección porque, por mucho que intentase justificarlo y me escudase tras mis planes de venganza, lo cierto era que yo también estaba mintiendo. Si buscaba el lado bueno, de convertirme en directora ejecutiva, podría cambiar el rumbo de la compañía. Hacerla mejor, despedir a todos esos embusteros y llevar la empresa por el buen camino.

Pero, ¿y si salía mal? ¿Qué pasaría entonces? Si alguien averiguaba quién era yo, me despedirían enseguida, igual que a mi padre. Y todo se habría acabado.

Sacudí la cabeza. Me estaba costando trabajo digerir la noche anterior. Era surrealista.

Acabé de prepararme y salí del diminuto cuarto de baño, agarré el bolso de camino a la sala de estar y a la cocina; formaban un único espacio y era la habitación más espaciosa. Por primera vez desde que me mudé allí cinco años antes, me deprimí. Mi apartamento entero cabía en el recibidor de la casa del señor King.

Antes de irme, me detuve y me di la vuelta para observar el pequeño lugar que consideraba mi hogar. La decoración bohemia y a la moda, repleta de pequeños tesoros que había encontrado en rastros y mercadillos de segunda mano y había restaurado yo misma. En esas cuatro paredes estaba mi corazón. No tenía nada en común con aquella enorme mansión del acantilado. Me tragué el nudo de la garganta y me obligué a dejar de dudar de mí. ¡Dios, podía hacerlo! El impulso de optimismo me revoloteó en el estómago y me puse un poco nerviosa. Todo iba a ir bien. Al fin y al cabo, había pasado la primera prueba sin tan siquiera ser consciente de ello.

¿Participar en las siguientes pruebas significaría que tendría oportunidad de volver a ver al señor Macizo? Esperaba que al menos seis veces más. ¡Dios bendijera esos pequeños milagros si así fuera! Sería una tentación, y sabía que sería muy difícil de resistir. Sería fácil distraerse o, peor aún, caer en ella. Mi vida era demasiado complicada en ese momento para que hubiera sitio para un hombre.

Suspiré y cerré la puerta con cuidado, eché la llave, luego bajé los dos pisos (sí, sin ascensor), y salí al sol de las primeras horas del día. Sentí la humedad y de nuevo me alegré de llevar el cabello corto en lugar de mis largos rizos de color rojo.

Me quedé allí, de pie, esperando en mi bonita calle arbolada y miré arriba y abajo. No pasó mucho tiempo antes de que un coche se detuviera junto a la acera. Miré el reloj. Las siete en punto. Una parte de mí no estaba nada segura de que de verdad fuese a recogerme un coche. Tal vez la noche anterior había sido un chiste de mal gusto para entretener a un anciano moribundo. Pero allí estaba; largo, elegante y brillante. Di un paso atrás y puse cierta distancia entre mi cuerpo y el vehículo que me llevaría al destino en que llevaba pensando desde que me había despertado. Le había dado miles de vueltas y no había encontrado otra manera de seguir adelante. ¿La había?

La puerta trasera se abrió y contuve la respiración. ¿Estaría el señor King allí detrás? No, no era probable, dado lo frágil que se le veía la noche anterior. Entonces, ¿quién era? Vi el contorno de la pierna de un hombre. Un muslo musculoso cubierto por un pantalón negro y unos pies encerrados en unos zapatos relucientes. Inmediatamente supe quién era. No me hacía falta verle cara para admitir que lo deseaba. El misterioso señor Macizo. Salió y se plantó frente a mí. Por primera vez, lo vi a la luz del día. Ese hombre consiguió que mi cuerpo entero se estremeciera. Tragué saliva y pestañeé, me había quedado sin habla. Sabía que mi aspecto era el que se esperaba para asisitir a una entrevista de trabajo, pero en aquel instante deseé haber prestado un poco más de atención a mi apariencia. Aunque él no pareció darse cuenta de nada. Sus ojos se clavaron en los míos y fue como si hubiese atravesado el espacio que había entre nosotros y me hubiera tocado. Mi corazón latía como si acabase de salir de la peor clase de *spinning* del mundo, y no podía recuperar el aliento. Mierda, ¿quién necesitaba el gimnasio con aquel demonio sexi al lado para hacer que el corazón te latiera con tanta fuerza como lo haría después de un entrenamiento cardiovascular?

Él estaba allí y su presencia me hacía feliz. En ese momento, no quería pensar en el mañana, ni tan siquiera en si habría un mañana. Antes tenía que pasar la prueba de hoy. No sabía muy bien qué hacer, al verlo allí de pie, con toda su maravillosa masculinidad. Colocó la muñeca sobre la parte superior de la puerta y sonrió. Me derretí. Habló, y me resultó difícil concentrarme; estaba demasiado atrapada en mi lujuria como para poder prestarle atención. Él no apartó la vista de mí y levantó las cejas.

—Lo siento. ¿Qué? Yo... Yo no...

Incliné ligeramente la cabeza y me permití perderme en sus ojos azules. No podía decirle que no había oído ni una palabra de lo que me había dicho porque era sencillamente demasiado guapo para ser legal. Pero creo que lo supo cuando sonrió y repitió el discurso.

—Buenos días, señorita Canyon.

Su voz era tan sedosa y seductora como la noche anterior. Estaba perdida.

—Buenos días.

Eso fue todo lo que pude decir. Traté de no croar como un sapo. Mi propio cuerpo me estaba traicionando; me temblaban los músculos y la sangre bombeaba lentamente, de forma sensual. El efecto que me producía ese hombre era ridículo.

—¿Está lista?

Su sonrisa se amplió, y mi corazón se tambaleó mientras un hormigueo se extendía por todo mi cuerpo y se centraba en mi bajo vientre con un agradable rubor. Inhalé con suavidad y disfruté la sensación.

—Bueno... —¿Qué más podía decir? Necesitaba sonar tan segura como fuese posible, y lo último que quería era demostrarle cuánto me excitaba. Tenía que reunir la confianza que había mostrado la noche anterior. Pero esa mañana me estaba resultando más difícil, me había despertado al alba y con la luz del sol todo parecía distinto. Las palabras se desplomaban en un tremendo caos—. No estoy segura. He tenido tiempo para consultarlo con la almohada y tengo algunas preguntas. Las pruebas, ¿en qué consisten?

—Me decepcionaría si no tuviera algunas preguntas que hacerme. Al igual que al señor King. Pero el tiempo pasa, y hay tráfico. Así que, por favor, ¿qué le parece si nos ponemos en marcha?

Dijo las palabras correctas, las que yo necesitaba oír para tranquilizarme, aunque él no supiera que lo estaba haciendo. Me ajusté la correa del bolso sobre el hombro.

—Me está metiendo prisa.

—No, de ningún modo. Habíamos quedado a esta hora. Usted estaba esperando, y yo estoy aquí. Puntual. —Miró el reloj que llevaba en la muñeca. Estiré el cuello para verlo; parecía un Rolex—. Su primera reunión es a las ocho y media. Si no nos vamos, nos quedaremos atrapados en un atasco.

No me gustaba que me dijese lo que tenía que hacer. Aunque eso era lo que había estado haciendo desde que nos habíamos conocido la noche anterior.

—¿Así es como va a ser nuestra relación? ¿Usted dándome instrucciones? ¿Diciéndome lo que debo hacer y cuándo? Creía que los directores ejecutivos gestionaban su propio horario.

Traté de hablar en un tono de broma, pero tragué saliva nerviosa cuando me miró desde debajo de sus oscuras cejas. Esa maldita cicatriz no parecía tan intrigante ahora. Parecía bastante amenazadora. Contuve el aliento, preguntándome si había sido demasiado descarada.

—Todavía no tiene el puesto. Recuérdelo —me informó. Era algo que sabía bien—. Y si supera todas las pruebas y se convierte en directora, tendrá un ayudante que le organizará su horario.

—Tiene razón. Podré entrevistar y seleccionar a mi propio ayudante, uno que encaje con mi personalidad. —Alguien en quien pudiera confiar, que no tuviera lealtades a otros en la compañía—. Y de una cosa estoy segura: no habrá más paseos en helicóptero en mitad de la noche.

Se echó a reír en voz alta y subió al bordillo de la acera. Podría estar mirándolo todo el día. La forma en que se movía me dejaba paralizada, y su risa era profunda, ronca y deliciosamente traviesa.

—No estaba ni anocheciendo.

—Pero le faltaba poco.

Me puse una mano en la cadera y levanté la barbilla.

—Si usted lo dice.

Se acercó a mí. Sonó un claxon, largo y penetrante. Di un salto, y él se dio la vuelta con el ceño fruncido. Un taxista pasó cerca, gritando por la ventana.

—¡Moveos, idiotas! Esto no es un aparcamiento.

El señor Macizo se giró hacia mí y le dejé que me agarrara del brazo, y me gustó cómo se cerraron sus dedos sobre mí. Se acercó y el aire se congeló en mis pulmones.

—Y, tras ese toque de atención, creo que deberíamos irnos.

—Bueno... supongo.

No me soltó el codo. Esta vez, el contacto fue piel con piel, ya que yo llevaba una blusa de media manga. Sus dedos eran firmes, sentí su fuerza controlada, y saltaron las chispas. Se detuvo y lo miré. ¿Lo habría sentido también? Dejó caer su mirada y el tiempo pareció congelarse a nuestro alrededor. Se alargó, con nosotros simplemente mirándonos el uno al otro. Un hormigueo me recorrió las terminaciones nerviosas y sentí que mis pezones se endurecían. Agachó la mirada, y descubrí horrorizada que él también podía verlo. Pero no pude mover ni un músculo.

Sus ojos se fijaron de nuevo en los míos. Se aclaró la garganta y me dio un suave tirón.

—¿Hacemos que este día comience ya? —Me encontré junto a la limusina—. Suba.

Desvié mi atención de él hacia el oscuro interior. Era como una sala de estar sobre ruedas. Olfateé, y me llegó el maravilloso aroma del café y los bollos. Casi me muero.

—¿Hay café? —pregunté como una idiota.

Asintió con la cabeza y levantó una ceja.

—Costa Rica y *bagels* con queso crema y salmón ahumado.

—Mi favorito.

Eso hizo que se disparasen las alarmas en mi cabeza. Una prueba más de que existía la posibilidad de que conocieran mi identidad. Pero ¿cómo? Había sido muy cuidadosa con toda mi información personal. Había descartado el apellido de mi padre a favor del de soltera de mi madre. Me dije que yo no era la única persona en la ciudad de Nueva York a la que le gustaban los *bagels* con queso crema y salmón ahumado e intenté tranquilizarme.

—Debo insistir en que nos vayamos, por favor.

Me mordí el labio y lo miré fijamente, y luego, al interior del coche. Todo estaba saliendo demasiado bien. Hasta el más pequeño detalle de mi plan se estaba desarrollando a la perfección. Se suponía que lo tenía todo bajo control y, sin embargo, no me sentía así. Gemí y estiré los hombros. Si de verdad quería seguir adelante tenía que echar toda la carne en el asador. Puse la mano en el borde de la puerta y entré en el coche, levantando el pie para colocarlo dentro de la limusina. Lo único que tenía que hacer era entrar, sentarme y tomar el desayuno. No había ningún motivo para no hacerlo y menos aún después de que la noche anterior hubiese aceptado verbalmente seguir adelante con el proceso de selección y sus peculiaridades. Oh, Señor... y firmé un acuerdo de confidencialidad. Estaba obligada legalmente a guardar silencio, y había dado mi palabra.

Subir a la limusina con el señor Macizo equivalía a iniciar un camino sin retorno. Mi plan de venganza pasaría del plano imaginario al mundo real. No habría vuelta atrás. El objetivo que había perseguido durante todos esos años, limpiar el nombre de mi padre y resarcirnos del daño que nos habían hecho, estaba frente a mí, al otro lado de la puerta de ese coche. Si me subía a ese vehículo, me llevaría a otro mundo. Un mundo contra el que había conspirado y al que me había preparado para enfrentarme durante mucho tiempo, era tan parte de mí como mi propia sangre. Y eso me aterraba.

2
Señor Martes

Entré en el coche. El delicioso olor a café me sedujo por completo. Las limusinas, además de ser muy extravagantes, son un fastidio si vistes falda. Me llevé una mano al trasero mientras me agachaba para entrar y sujeté el extremo inferior de la tela entre dos dedos para que no se levantase y le ofreciese al señor Macizo un espectáculo que aún no estaba preparada para darle. Me deslicé por el asiento de cuero y revisé el interior. El aroma del café y de los *bagels* recién horneados de Nueva York casi me hizo babear. Vi una cesta colocada sobre el pequeño estante al otro lado del asiento, levanté el borde de la tela de lino que la cubría. Dentro estaban los *bagels*. Me moría de hambre y me moría de ganas por probar uno, pero pensé que sería mejor esperar a que el señor Macizo estuviera en el coche conmigo.

Miré a través de la puerta. Seguía fuera, de pie, con una mano en la cadera. Me fijé en lo largos y bronceados que eran sus dedos. Eso me hizo preguntarme qué haría cuando no estaba trabajando; entonces especulé sobre qué habrían tramado él y el señor King para ese día. ¿Qué prueba me habrían asignado? Ni siquiera podía imaginarlo, así que no me molesté en intentarlo. Muy pronto lo descubriría.

Aproveché la oportunidad para regalarme la vista; él estaba apoyado en el coche mientras hablaba por teléfono. Llevaba una camisa blanca cuidadosamente metida por el pantalón, un cinturón de aspecto caro alrededor de las caderas y una delgada hebilla de plata que me llamó la atención. Tenía un pequeño emblema en forma de diamante. Regalo corporativo, supuse. No pude evitarlo: miré hacia abajo, y sentí que mis mejillas se encendían. Era impresionante, en todos los sentidos. Era agradable a la vista, eso seguro: caderas delgadas, torso delgado, hombros anchos y brazos musculosos con los que podía fantasear que me abrazaba. Sentí el impulso de extender la mano, enganchar los dedos alrededor del cinturón y tirar de él hacia dentro de la limusina. La imagen que se creó en mi mente fue tan real que tuve que parpadear un par de veces para asegurarme de que no había sucedido de verdad.

Su llamada por fin terminó, se subió al coche, y observé cómo doblaba el cuerpo en el asiento de al lado. Lo extraño era que no llevaba corbata; tal vez la guardaba en el bolsillo para ponérsela más tarde. Tenía el primer botón de la camisa desabrochado, y la piel del escote bien bronceada. Pude ver un poco de pelo oscuro del pecho, lo que me pareció terriblemente sexi. Su presencia llenaba el interior de la limusina, y lo sentí, casi como si nos estuviésemos tocando. Me recordó a la noche anterior, cuando me ayudó a subir al helicóptero, con los dedos en la parte baja de mi espalda mientras me guiaba. Era todo un hombre. La clase de hombre en el que cualquier mujer podría perderse. Y si yo no tenía cuidado, sería una de ellas. O tal vez no.

Se sentó y levantó las caderas para guardar el teléfono en el bolsillo del pantalón. El movimiento acentuó su poderoso pecho y sus abdominales bajo la cara camisa de algodón y ese maravilloso lugar debajo de la hebilla del cinturón se abultó, no muy inocentemente. Apreté los muslos y le imaginé entre ellos, acunando su peso mientras recorría con mis dedos su espalda desnuda, empujando mis caderas para que se encontrasen con las suyas. Parpadeé y volví a la realidad a toda prisa. Pensar en él de esta forma tan lujuriosa me hizo desearlo tanto como el café y los *bagels*.

Suspiró, y me imaginé cómo sonaría en la cama después de una noche de sexo desenfrenado. Me aclaré la garganta y aparté esos pensamientos seductores. No podía caer bajo su hechizo. Seguí observándolo hasta que nuestros ojos se encontraron.

Me olvidé de todo en aquel preciso instante.

—Sírvase. —Señaló a la cornucopia del desayuno colocada en el estante frente a nosotros. Me di cuenta de que el cristal de privacidad estaba levantado. Estábamos solos. Juntos. Respiré profundamente y traté de mantener la calma.

—Gracias —le dije. Tenía hambre y me deslicé hacia adelante en el asiento. No iba a ser tímida con la comida—. ¿Son así todas sus mañanas? —Le pregunté mientras elegía una taza de viaje bastante elegante.

—Normalmente no; solo cuando voy en limusina.

Me serví una generosa cantidad de crema de leche y llené la taza con el café más aromático que había olido jamás.

—Supongo que me resultaría fácil acostumbrarme.

Lo miré para comprobar si iba a criticar la cantidad de leche que me había puesto en el café. La mayoría de la gente lo haría, pero era una de mis debilidades. Adoro el café con leche. Con una misteriosa sonrisa, me observó mientras bebía y no dijo nada. Sus ojos capturaron cada uno de mis movimientos. Me sentí sin aliento bajo su mirada.

—Supongo.

No era muy hablador: ya me había dado cuenta la noche anterior.

—Qué locura, anoche el helicóptero, hoy la limusina. ¿Qué más me va a pasar hoy? —le pregunté mientras levantaba la taza y tomaba otro sorbo—. Ummm, está delicioso.

—Recién tostado, y traído desde Costa Rica esta misma mañana —me informó.

Colocó las manos detrás de la cabeza y se estiró. Casi me atraganté con el café. Era obvio que él se sentía muy a gusto consigo mismo y eso ayudó a tranquilizarme un poco. Aunque sabía que, desde fuera, nadie diría que estaba nerviosa, por dentro temblaba.

—¿En serio? ¿El café vino desde Costa Rica esta mañana? Me parece un lujo exagerado.

—Si se tiene tanto dinero como el señor King, no es exagerado ni difícil conseguir cualquier cosa que se le antoje.

—Bueno, desde luego es un café buenísimo. —Tomé otro sorbo—. ¿Le sirvo una taza? — le pregunté, aunque me esperaba que dijera que no.

—Me encantaría. Gracias.

Un hombre con buenos modales. Eso lo hacía todavía más sexi.

Me giré hacia el estante y, antes de servir la taza, lo miré.

—¿Leche? ¿Azúcar? ¿Un terrón o dos?

Me sonrojé. Sonaba muy seductor y sugerente... Tal vez le debería haber dicho, «¿Café, té o yo?». Sabía exactamente lo que me hubiera gustado que eligiese. A mí.

Soltó una risa entre dientes.

—Al igual que a usted, me gusta con mucha crema de leche.

Le sonreí. Finalmente había encontrado alguien con los mismos gustos para el café. Me hizo feliz que tuviésemos algo en común, por pequeño que fuera. Hizo que me sintiera más conectada a él. Serví la leche en primer lugar y luego el café.

—Mi madre siempre decía que la leche o la crema deben servirse primero, así que supongo que he adoptado su preferencia.

Le miré y sonreí.

—¿Hay alguna diferencia?

Me encogí de hombros.

—Creo que sí.

Me incliné hacia él y le di la taza. Sus dedos se rozaron con los míos. Ambos tuvimos la misma reacción, respiramos profundamente, como si estuviésemos en sincronía. Nuestraos ojos se encontraron y nos quedamos mirándonos. Sentí la misma chispa de emoción que la noche anterior, y me pregunté si él también la habría sentido. Su expresión era indescifrable, pero podía ver algo en su expresión. Él también la sentía. Saberlo me dejó sin aliento. Me pareció que se inclinaba un poco más hacia mí, y yo me sentí atraída por él. Se hizo el silencio entre los dos, pero la química sin duda estaba allí.

El coche cogió algunos baches y nos sacó de nuestro trance. Parpadeé y volví a sentarme, como él, y se llevó la taza a la boca. Seguí el movimiento y el modo en que sus labios se fruncieron en el borde de la taza. Cada movimiento que hacía era seductor, aunque no se diese cuenta.

—¿Tiene usted un nombre?

Me miró, y contuve la respiración. Tomó un pequeño sorbo de café, sonrió, y yo esperé, ansiosa por saber cuál era su nombre.

—Puede llamarme señor Lunes.

Puse los ojos en blanco.

—¿En serio? —murmuré en voz baja—. ¿Qué más da? Nada de esto es normal.

—¿Perdón? —me preguntó.

—No importa. A veces hablo conmigo misma. ¿Creció en la ciudad?

Me miró, y tuve la clara impresión de que estaba tratando de decidir qué decirme, lo sincero que se estaba planteando ser.

—Sí, aquí y en las afueras de la ciudad, muy, muy lejos. ¿Y usted?

—Principalmente en las afueras. Ya sabe, la típica infancia, jugando al escondite y al juego del pañuelo en la calle, con los niños del barrio.

Tomé otro sorbo de café y esperé su respuesta. Miró por la ventana de la limusina y luego me volvió a mirar a mí. Tuve la total certeza de que había una mezcla de tristeza y rabia en sus ojos.

—No, yo no tuve una infancia típica. Cuando estuve en la ciudad no salía a jugar a la calle ni tenía un grupo de amigos. Y la época que pasé en el campo fue también muy distinta a lo que describe. —Se encogió de hombros y dejó de hablar.

—¿Un chico de campo? —murmuré. Me gustaba la idea—. Apuesto a que montaba a caballo, perseguía conejos y pasaba los días calurosos nadando en pozas.

Sonrió, y mi corazón se hinchó.

—No era tan idílico. Digamos que mi familia era más de campos de golf y de salir a navegar. Pero sí, la vida en el campo tenía sus ventajas.

—¿Tenía su propio barco?

—Pertenecía a la familia, y yo navegaba en él de vez en cuando.

—Yo nunca he navegado. ¿Ha competido alguna vez? —Me giré un poco para mirarlo a la cara, y él me miró, lo que me hizo estremecer de emoción—. ¿O ha hecho alguno de esos largos viajes imposibles en los que pasas años a bordo?

Se encogió de hombros, pero no apartó los ojos de mí.

—No he dado la vuelta al mundo ni he participado en la Copa de América, si es a eso a lo que se refiere.

Después de esperar a que me diese más detalles, lo cual no hizo, entrecerré los párpados.

—Al parecer usted pertenece a una de esas raras especies de hombres a los que no les gusta presumir de sí mismos.

—¿Recuerda lo que dijo anoche? Que no hablo mucho. Bueno... —Se encogió de hombros y sonrió de nuevo.

—De acuerdo, lo entiendo. Tema prohibido. —Decidí dejarlo. Estaba claro que no quería hablar de ello. Todos tenemos secretos—. Las infancias decepcionantes pueden dejar cicatrices desagradables.

De nuevo pensé en la que él tenía y volví a preguntarme qué le habría dejado aquella marca permanente en el rostro.

Me lanzó una mirada, y temí haberle ofendido.

—¿Qué le hace pensar eso?

Levanté un hombro y fruncí un poco el ceño antes de continuar.

—Oh, no lo sé. Es solo una sensación. He pasado por buenos momentos, y por otros menos buenos, así que lo entiendo. —Quería que supiera que le entendía de verdad. No podía decirle por qué, por supuesto, ya que se descubriría todo, pero quería que supiera que comprendía el dolor que brillaba en sus ojos—. Tal vez ambos llevamos cierto equipaje emocional procedente de nuestra infancia.

Su mirada buscó la mía, y así nos quedamos durante unos minutos, mirándonos y quizá viéndonos detrás de los muros que nos rodeaban.

Bebí un poco más de café, decidida a cambiar de tema.

—Podría acostumbrarme a todo esto.

—Bueno, no se acostumbre demasiado rápido —me advirtió.

—¿Tal vez esto es como la última cena? —Se echó a reír una vez más, y sonreí, me gustaba el timbre de su voz—. ¿Qué le parece tan gracioso?

—Le encanta ponerse dramática.

—Ummm.

Le mostré lo que esperaba fuese una sonrisa descarada. Debí de conseguirlo, porque volvió a reírse.

El coche abandonó aquella calle secundaria y se incorporó a un tráfico más denso, y eso me recordó lo que me esperaba. Lo desconocido. Lo único que sabía con certeza era que iba a tener que superar siete pruebas. Bueno, seis, puesto que había pasado la primera la noche anterior, y tuve que admitirlo: estaba de los nervios. No saber lo que iba a suceder me estaba matando. Yo era una criatura de costumbres y tenía la imperiosa necesidad de saber qué ocurría siempre en cualquier área de mi vida. Si a eso le sumábamos la tensión que se había tejido en la parte trasera de la limusina, obteníamos la receta perfecta para el desastre.

—Es complicado, ya sabe, adentrarse en todo esto sin saber qué va a suceder.

—Podrá con todo.

No era la respuesta que esperaba. Su móvil sonó, y me encantó que hiciera caso omiso de la llamada y mantuviera la atención centrada en mí. Aquel hombre tenía un objetivo claro e iba a por él y a mí me fascinaba hasta el infinito. En ese momento yo parecía ser el centro de su atención. Y me gustaba.

—¿Adónde vamos?

Su voz profunda llenó el vacío.

—A las oficinas de Diamond Enterprises. Por favor, sírvase algo de comer. Sé que le gustan los *bagels* de Nueva York.

Otra pequeña píldora de información personal que conocía, y volví a ponerme nerviosa.

Coloqué la taza en el portavasos del coche, me acerqué la canasta y la coloqué en el asiento entre nosotros.

—En realidad, no me gusta comer sola —le dije mientras extendía con cuidado el queso crema en medio *bagel* que había depositado sobre una servilleta de lino. La cesta contenía todo tipo de exquisiteces. Un plato con hielo dentro del fondo para que las delicadas rodajas de salmón se mantuviesen frescas. Con un pequeño tenedor de plata levanté una pieza y la coloqué sobre el queso crema. Incluso había alcaparras en un pequeño cuenco.

—Aquí tiene. —Le di el panecillo.

Verlo comer y beberse el primer café del día resultaba muy familiar e íntimo, como si compartiésemos aquel ritual matutino. Me volví y me dispuse a preparar la otra mitad del *bagel* para mí, y a llevar mis pensamientos por otro camino.

El *bagel* estaba delicioso. Podría haberme comido otro, porque el señor Lunes y yo habíamos compartido uno. Como lo haría una pareja casada. Me estremecí. No debería estar pensando en esas tonterías. No parecía el tipo de hombre que se casaba, y desde luego yo no estaba buscando un marido. El matrimonio y las relaciones eran lo último en lo que pensaba. En ese momento, un poco de diversión, un revolcón, una aventura de una sola noche, no me vendrían mal. Tenía un proyecto prioritario, y el tiempo era esencial. No podía haber complicaciones.

Me deslicé de nuevo en el asiento y acabé mi mitad del panecillo con un último sorbo de café. Si este sabroso aperitivo era algún tipo de ejemplo, trabajar para Diamond sería el sueño de cualquier *gourmet*.

—Entonces, ¿tiene algo que decirme? ¿Alguna sugerencia? Sobre lo que se supone que debo hacer.

Esperé en silencio su respuesta, tratando de adivinar cualquier tipo de expresión facial en su rostro.

Parecía relajado. Ninguna expresión. Me sentí decepcionada; esperaba algo. Todavía mantenía ese aire de misterio y calma, incluso después del momento de complicidad hablando de nuestra infancia.

Negó lentamente con la cabeza.

—Nada. No soy yo quien le proporcionará las pruebas. Mi función hoy es asegurarme de que llega a la oficina sin ningún incidente. Su horario ya está organizado.

—¿Tengo un horario? ¿De verdad? ¿Y no tiene ni idea de cuáles serán las pruebas?

Levantó la boca hacia un lado, lo que hizo que su cicatriz se curvara de forma tentadora.

—Lo averiguará a medida que avance el proceso. Siempre que pase la prueba diaria, por supuesto.

Resoplé. Me pregunté hasta qué punto estaba implicado el señor Lunes en la compañía y si participaba de sus engaños ¿Trabajaba allí cuando mi padre fue despedido? Calculé que su edad sería de unos veintimuchos, o quizás unos treinta y pocos, de modo que, a menos que empezara a trabajar cuando era un adolescente, la respuesta más probable era que no.

Le pedí más detalles, pero no se inmutó. Estaba claro que era una tumba y no me iba a decir nada. Cerré los ojos y dejé que mi mente deambulara durante un rato. Podía oírle a mi lado, igual que la noche anterior en el helicóptero cuando me vendó los ojos. Recordarlo me hizo estremecer de placer y me di cuenta de que no me importaría que me volviese a hacer lo de los ojos otra vez... pero por una razón muy diferente.

—¿Será mi guía durante todo el día? ¿Y después?

Estaba deseando pasar más tiempo con él. Era tan intrigante, y quería tener la oportunidad de conocerlo mejor.

Negó de nuevo con la cabeza.

—No. Eso no forma parte del horario de hoy.

Me saltaron todas las alarmas.

—¿No se va a quedar conmigo?

—No.

Me lanzó una larga mirada, que me desconcertó. No podía dejar de mirarlo, y sentí que la boca se me secaba.

No supe qué decir. Para poder lograr mis propósitos sin problemas tenía que permanecer fuerte, segura y atenta. Parecíamos estar en algún lugar entre la charla y la mirada fija. Me sentía magnetizada por él, incapaz de concentrarme en nada más. Tal vez era una buena idea que no estuviera conmigo. Necesitaba centrarme en mi venganza, y él, sin duda, era una dulce distracción. Hasta que la limusina no giró y la luz del día desapareció de repente no fui capaz de cambiar mi centro de atención. Estiré el cuello para poder ver fuera.

Entramos en la sombra del edificio. Era diferente a la luz del día, no tan ominoso y amenazador. En realidad era bastante luminoso y alegre, y muy lujoso. Tuve que admitirlo, era realmente impresionante. Un rascacielos de Nueva York reformado que acariciaba la arquitectura del nuevo milenio. La forma en la que habían construido una entrada privada en lo que, sin duda, había sido la planta principal antes de la reforma era única. Permitía que los coches entraran y dejaran a los pasajeros, como con un aparcacoches. Pensé que yo podría estar a cargo de todo aquello. La oleada de emoción resultó excitante.

El portero se acercó al coche, con uniforme y todo. No esperé que me abriera la puerta de la limusina. Tiré del mango, empujé, y saqué las piernas. Me puse en pie y miré al caballero que esperaba para ayudarnos. Había unos enormes maceteros de hierro macizo colocados a cada lado de la entrada con magníficas cascadas de flores de verano. Era la perfección. Las manecillas de bronce y los paneles de vidrio de las puertas estaban impecables. Me quedé allí y esperé al señor Lunes.

—Por aquí, señora.

El portero levantó la mano y me indicó la puerta principal. Miré detrás de mí para ver si el señor Lunes venía, pero volvía a hablar por teléfono. El portero señaló la puerta giratoria con la barbilla, así que entré en el vestíbulo y esperé.

El lugar rezumaba riqueza, al igual que la sala de espera de la noche anterior, pero no era tan exagerada. Un guardia de seguridad, de aspecto muy profesional, se puso en pie en cuanto entré. Rodeó el mostrador y su tamaño me dejó estupefacta. Era una montaña de hombre que parecía llenar el vestíbulo. Detrás de él, vi un panel de monitores, cada uno mostraba vídeos más pequeños. Todo el edificio estaba bajo viligancia. Asentí con la cabeza, no esperaba menos.

—Stanley, buenos días. —El señor Lunes se acercó por detrás de mí y saludó al guardia de seguridad. Casi me echo a reír, pero me contuve. No tenía cara de Stanley—. Le presento a la señorita Canyon. Si la ve deambulando perdida, ayúdela, por favor. Hoy es su primer día.

Stanley volvió sus oscuros ojos hacia mí, y yo me quedé sin aliento. Era un hombre de aspecto interesante, de unos cincuenta años aproximadamente, aunque muy musculoso. Era impresionante.

—Señorita Canyon, solo tiene que marcar el número cincuenta y uno desde cualquier teléfono del edificio y le atenderemos. Estamos aquí para ayudarle.

—Gracias, Stanley.

—Señorita Canyon, si pudiera pasar por aquí, por favor. Tiene que registrarse.

Me apoyé en el mostrador de seguridad, y al colocar el bolso tuve la oportunidad de echarle un vistazo al sistema de seguridad. Era complejo, y sabía que tendría que ser muy cuidadosa al intentar escabullirme. Cuando coloqué el bolígrafo de nuevo en la parte superior del libro de visitas, golpeé el bolso y la tarjeta de seguridad cayó al suelo.

El señor Lunes se agachó para recogerla.

—No la pierda, o se quedará encerrada en este edificio. ¿Vamos?

Me agarró del codo y, bam, allí estaba otra vez. La sensación que hacía que me flaqueasen las piernas y se me acelerase el corazón. Parpadeé y respiré despacio, y en contra de mi mejor juicio, me encantó lo que me hacía sentir, aunque traté de hacer todo lo que pude para no delatar lo mucho que me gustaba.

—Ummm, no tengo ni idea de adónde ir. ¿Hay algunas instrucciones o algo que me diga lo que tengo que hacer? Creí que el señor Ki...

—Por aquí, señorita Canyon.

Sentí que sus dedos me rodeaban con un poco más de fuerza, pasamos junto al guardia de seguridad y me llevó hasta la zona de los ascensores.

Lo miré.

—¿De qué va todo eso? —le pregunté.

Me estaba ignorando.

El señor Lunes se giró y me miró enfadado.

—Creía que lo había entendido.

—¿Entender qué? Nadie me ha dicho qué puedo hacer y qué no, así que, ¿cómo espera que lo entienda?

—Es una mujer inteligente. Piense un poco.

Su voz tenía un tono tenso que le llegaba hasta los ojos. Supuse que nuestro momento de intimidad en la limusina había pasado a la historia.

¿Había fallado esa prueba? El pánico se apoderó de mí y aparté la cabeza para que no pudiera verme la cara. Pensé con todas mis fuerzas. ¿Qué había dicho que le hubiese molestado tanto? La puerta del ascensor se abrió y me indicó que pasase. Observé cómo introducía la tarjeta en la ranura y las luces de los botones se encendieron.

Sonrió y me dio la tarjeta. La cogí y nuestros dedos se rozaron de nuevo. Mi corazón dio un vuelco al ver cómo se suavizaba su cara. Era un hombre complicado, con el ceño fruncido un instante y al minuto siguiente sonriendo. Dios, parecía estar hecho para mí.

Tenía las emociones a flor de piel. Necesitaba mantener la calma. Aunque no supiera explicarlo, me consternaba haberle hecho enfadar. No era una sensación agradable y sabía que mi preocupación no se debía solo al trabajo, sino a algo más. Había algo diferente en él que me gustaba; parecía un hombre profundo y muy complejo. Quería saber más cosas de él. ¿Se presentaría la oportunidad de explorar esa conexión que teníamos? Ay, eso esperaba.

Apretó el botón del piso veintiocho.

—Una tarjeta, un piso.

Comprendí lo que me estaba diciendo e intenté convencerme de que no debía molestarme que me hubiesen limitado el acceso, pero me molestaba. Mis movimientos por el edificio estaban muy restringidos y empecé a preguntarme cómo iba a obtener la información que buscaba: aquella restricción era un problema, pero dejaría de serlo si conseguía el puesto de director general. Necesitaba tener libre acceso. Me desmoralicé al comprobar una vez más mi posición de inferioridad. La investigación previa que había hecho no servía de nada; la compañía seguía llevándome ventaja. Y seguiría así hasta que lograse infiltrarme y derribar ese imperio desde dentro.

—¿Puede contarme algo más sobre hoy, o sobre a qué me voy a enfrentar?

Sonó una campanilla cuando el ascensor llegó al piso veintiocho. Él titubeó antes de salir y me miró.

—Confíe en sí misma.

Asentí sin saber cómo interpretarle. ¿Me estaba advirtiendo de algo?

Traté de controlar mis nervios con todas mis fuerzas. Había tantas cosas que podían salir terriblemente mal, y en muy poco tiempo. Los músculos me traicionaron, comencé a temblar, apreté los dientes para que no castañetearan y entrelacé los dedos para mantener las manos quietas. El fabuloso desayuno a base de café de Costa Rica y *bagels* de Nueva York me pesaba como una piedra en el estómago. Tuve que tragar saliva unas cuantas veces para dominar las náuseas. Tenía que tranquilizarme. Seguí al señor Lunes por el vestíbulo.

Miré a mi alrededor y, de nuevo, la decoración me llamó la atención. Las puertas eran de madera de color miel, talladas, con tiradores de latón y zócalos. Incluso la iluminación era dorada, tenue, y proyectaba un intenso resplandor sobre un par de sillones orejeros.

—Por aquí, por favor.

Me quitó la tarjeta y la introdujo en la ranura de una de las dos puertas del vestíbulo. Esta se abrió y él la sostuvo mientras yo pasaba; me gustaba tenerlo tan cerca. Respiré hondo un par de veces y me encantó oler su maravilloso aroma.

En esta planta había filas de mesas de dibujo y otra mesa, grande y ancha, en el centro con rollos de papel en un extremo y amplios cajones en la parte inferior contraria. Mientras caminábamos, vi que había planos sobre todas las superficies. Era el tipo de disposición que podría encontrarse en un estudio de arquitectura.

—¿Qué departamento es este? —le pregunté al señor Lunes.

—Fusiones y adquisiciones.

—Parecen mesas de dibujo para arquitectos.

—Aquí compramos empresas y volvemos a construirlas. Tenga. —Me devolvió la tarjeta.

Lo seguí, intentando aparentar que sabía qué me traía entre manos, que estaba allí por un motivo concreto y no era un pez fuera del agua. Al pasar junto a las mesas, aproveché para mirar de reojo los papeles y traté de leer los nombres de las carpetas en busca de cualquier detalle que pudiese ser de ayuda para obtener mi venganza. No esperaba encontrar nada tan a la vista, pero no perdía nada por estar vigilante y atenta. También intenté escuchar las conversaciones de los empleados, sin que resultara demasiado evidente, y me obligué a sonreír en todo momento. La mayoría me saludaba con un movimiento de cabeza. Unos pocos me miraron con curiosidad y otros me ignoraron. Ninguna de esas reacciones me importó; yo tenía mis planes.

—¡Tess Canyon!

Una voz estridente resonó por toda la planta. Me quedé inmóvil, sorprendida de que alguien hubiera gritado mi nombre. Miré al señor Lunes y luego a mi alrededor para ver las expresiones de los demás. Nadie pareció sorprenderse lo más mínimo, simplemente levantaron la vista para ver quién podía ser esa tal Tess Canyon. El propietario de la voz estaba de pie junto a la puerta de una oficina al otro extremo de la sala. El señor Lunes parecía tenso. ¿Existía algún problema entre aquellos dos hombres?

El señor Lunes frunció el ceño, y tuve la certeza de que lo oí gruñir.

El hombre levantó la mano, vi su sonrisa desde donde yo estaba, dientes blancos en contraste con un rostro muy bronceado. Era enorme, y parecía más grande cuanto más me acercaba. Cruzó los brazos en un pecho increíblemente ancho al ver que me aproximaba. Me estremecí cuando su sonrisa se ensanchó, y no pude evitar que mis caderas se contoneasen un poco más. Estaba bastante cachas. La compañía se nutría sin duda de hombres gigantescos. Me detuve delante de él y me descolocó un poco el sexi brillo de sus ojos, pero no pude evitar compararlos con los ojos azul cristalino del señor Lunes y su intrigante cicatriz. Algún día averiguaría cómo se la había hecho, me prometí a mí misma. Lo miré un momento, ya que había estado muy callado, más de lo normal, desde que salimos del ascensor.

Entramos en la oficina de la esquina, que tenía ventanas a cada lado y unas impresionantes vistas de la ciudad. El hombre se acercó a mí. Tenía el tipo de cuerpo ancho propio de un jugador de fútbol universitario, la tela del traje de diseño se ajustaba a la perfección a su musculoso torso. Miré hacia arriba y toda mi visión se llenó de él.

—Hola, encantado de conocerla, Tess.

Extendió la mano, y se la estreché, la mía quedó envuelta por la suya. Lo primero que pensé fue... no hay chispas... El jugador de fútbol miró al señor Lunes y lo saludó.

Sí, había tensión. Podía sentirla.

El señor Lunes se volvió hacia mí.

—Señorita Canyon, tengo que dejarla. Disfrute del día.

Y se marchó. Aquella despedida tan abrupta me sorprendió y debió de notarse en mi cara.

—No le haga caso. Es un tipo muy intenso —dijo el hombre. Lo miré y sus oscuros ojos se posaron sobre mí—. Bienvenida al laboratorio de ideas de Diamond. Yo soy el señor Martes.

—Encantada de conocerle, ¿señor Martes?

Lo encontré gracioso y traté de no sonreír.

Se echó a reír. Era una risa grande como él, muy contagiosa, y no pude evitar que una sonrisa me curvase la boca. Decidí que me gustaba. Parecía auténtico, y sus gestos me hacían sentir relajada. Se me escapó un suspiro nervioso. Señaló una silla.

—Por favor, póngase cómoda. Hoy es martes, ¿no? Pues entonces llámeme señor Martes.

Me senté y crucé las piernas, con los dedos presionando el borde de mi falda. Posó los ojos en mis muslos y luego en mi cara. Intenté no mostrar sorpresa y ocultar el calor sensual que me atravesó. Puede que no hubiese ninguna chispa hace un momento, pero la mirada de aquel hombre no me resultaba indiferente. Lo observé mientras acomodaba su enorme cuerpo en la silla de cuero del otro lado de la mesa, sorprendida de que no crujiese ante su musculoso físico. Tomé aliento sin hacer ruido y establecí contacto visual con él, confiando en que el rubor no me delatara. Levanté un poco la mano de la rodilla y estuve a punto de acariciarme las mejillas para enfriarlas, pero eso habría sido un claro indicio.

—Bueno, entonces, señor Martes, supongo que sabe por qué estoy aquí. Que es más de lo que yo puedo decir.

Se echó a reír de nuevo, se recostó en la silla y entrelazó los dedos detrás de la cabeza. Cada movimiento que hacía era natural, relajado, y esa sensación me invadía a mí también. «Todo va bien». Sus oscuros ojos marrones eran expresivos y atrayentes. Su naturaleza fácil era reconfortante, en contraste con la constante excitación que sentía junto al señor Lunes.

—Todo ha sido bastante precipitado —añadí.

—Sí, sí, me lo imagino. Lo importante es que ahora está aquí. No podemos perder más tiempo. Tenemos mucho que hacer. Tiene que ponerse al tanto de muchas cosas antes de irnos.

—¿Irnos? ¿Adónde vamos? —pregunté; no podía creerme que tuviésemos que irnos justo cuando acababa de llegar.

—Sí. Nos vamos, dentro de... —Sacó el teléfono del bolsillo y lo miró—, unos veinticinco minutos.

—Pero, ¿adónde? —insistí, mis alarmas empezaban a dispararse de nuevo. ¿Adónde se había ido la tranquilidad de unos minutos atrás?

El hombre sonrió y se balanceó en la silla. Me recordó a cuando era niña y mi padre echaba la silla hacia atrás y la apoyaba en las patas traseras cuando estábamos sentados a la mesa. Eso volvía loca a mi madre. Sonreía, soltaba una carcajada y golpeaba el suelo con las patas delanteras, y mi madre y yo lanzábamos un grito de sorpresa. Luego saltaba de la silla y nos hacía cosquillas hasta que nos reíamos tan fuerte que terminábamos llorando. ¿Cómo pudo un hombre como él, tan feliz y cariñoso con su familia, convertirse en un amargado caparazón, en una sombra de su verdadero ser? El señor Martes parecía agradable y relajado, y su actitud consiguió que yo volviese a tranquilizarme.

—Un viaje por carretera —me dijo, y se echó a reír otra vez antes de levantarse de la silla—. Venga conmigo. —Vi que cogía una carpeta al rodear la mesa para salir de la oficina. Lo seguí. Él se detuvo de repente y yo choqué con su espalda—. Oh, vaya. ¿Está bien?

Se giró y me agarró del codo para ayudarme a recuperar el equilibrio.

—Sí, estoy bien. Pero la próxima vez que decida parar de pronto, al menos podría avisar.

—Tomo nota. Tenga esto. —Me dio la carpeta—. Encuentre una mesa que nadie esté usando y comience a leer esta documentación. Irá entendiéndolo todo a medida que avance. Siéntase libre de explorar el departamento si tiene tiempo, aunque dudo que lo tenga. Si quiere un café, quizá pueda tomarse uno rápido, pero recuerde, nos vamos en breve, en veinte minutos.

Acepté la carpeta. Él se dirigió hacia un grupo de personas que se agolpaban alrededor de una mesa de dibujo. Oí su ruidosa voz, y sonreí al presenciar que todos se reían por algún comentario que él había hecho. Obviamente, era el jefe. Y uno muy querido además, excepto, tal vez, por parte del señor Lunes.

Encontré una mesa junto a una ventana y me senté. Luego miré el reloj para calcular cuánto tiempo tenía. El señor Martes parecía tener cada minuto contado. Traté de concentrarme en el documento, pero no podía dejar de estar pendiente del reloj. Enfrenté la primera página; se había quedado pegada al interior de la carpeta y la solté con cuidado.

Era la portada. No decía mucho. Pero lo que decía era de vital importancia.

«Propuesta de adquisición. Industrias Northbrook».

Vaya, Diamond quería comprar Northbrook. Había oído hablar de ellos. Era un negocio familiar con mucho peso dentro del mundo tecnológico. Intrigada, pasé a la siguiente hoja. Me pregunté qué tenía Northbrook que le interesaba tanto a Diamond. Le eché un vistazo al documento, luego miré el reloj una vez más. No disponía de más tiempo para leer y apenas comprendía la situación, lo que hizo que me sintiera de nuevo en desventaja. Tuve un ataque de pánico, todo sucedía demasiado rápido. Faltaban cinco minutos para las diez. Cerré la carpeta y salí corriendo al encuentro del señor Martes.

—¡Tess!

Tenía el presentimiento de que ese hombre me llamaría a gritos todo el día, suspiré. Tras asegurarse de que lo había visto, desapareció a través de la puerta y tuve que acelerar para alcanzarlo. Su energía me dejaba sin aliento. ¿Cómo iba a sobrevivir al día de hoy si él corría de un lado al otro todo el tiempo?

—¿Preparada? —me preguntó cuando por fin lo atrapé en el ascensor.

—Tanto como lo puedo estar después de una intensa sesión de lectura de veinte minutos.

Se echó a reír, no parecía preocupado en lo más mínimo.

—Vamos, entonces. Puede volver a leerlo en el coche.

Unos minutos más tarde salíamos de la ciudad rugiendo a toda velocidad en su Porsche Panamera. Era un coche increíble. Nunca había visto uno igual. Me costaba entender lo que me estaba pasando desde que entré anoche en Diamond Enterprises. Allí estaba yo, volando por la ciudad en un Porsche, en dirección a un destino desconocido. Esto no era propio de mí; yo no era imprudente ni salvaje. Había perdido el control y estaba fuera de mi zona de confort. Tenía que recuperar el mando, de lo contrario mi plan podía desmoronarse. Decidí que intentaría saborear lo que el futuro me deparase. Aunque era una lástima que tuviese que estudiar el documento y no pudiese disfrutar de esa carrera.

—¿Qué le parece si nos tomamos unos minutos para repasar el acuerdo? —dijo el señor Martes.

—Creo que necesitaría algo más de unos cuantos minutos para familiarizarme con esto.

—Tengo fe en usted, Tess. —Me miró con ojos oscuros como el chocolate, pero ¿había un matiz de dureza en ellos? Quizás él no era todo sonrisas y risas. Sospeché que guardaba un as bajo la manga.

—Y yo.

Echó la cabeza hacia atrás y lanzó una enorme carcajada.

—Excelente. —Sin duda disfrutaba de la vida—. Nos queda casi una hora y media de viaje. —«Vaya, esa información sí que era interesante»—. No voy a decir nada mientras esté revisando las notas.

«Muy agradecida».

Nos quedamos en silencio durante un rato mientras nos alejábamos de la ciudad. No tenía ni idea de adónde nos dirigíamos. Quería recostarme en el lujoso coche y disfrutar del viaje, pero tenía una carpeta en el regazo gritando mi nombre.

La cartulina me pesaba como el plomo sobre las rodillas. Sabía que debía abrirla. Un escalofrío de intranquilidad me recorrió la columna vertebral. ¿Me superaba la situación? Estaba empezando a preguntarme en qué me había metido. Miré al señor Martes. Estaba concentrado en la carretera, con sus grandes manos sosteniendo ligeramente el volante. Debió de sentir el peso de mi mirada porque se volvió y me dedicó una leve sonrisa. Era casi seductor, y me pregunté si estaba flirteando. Sin duda era atractivo, y un calor muy agradable prendió en mi interior. Desde la noche anterior, me había relacionado con dos hombres sexis, y mi líbido estaba en estado de alerta. Cada momento traía consigo una nueva estimulación, ya fuera mental, por los innumerables desafíos desconocidos que tenía por delante, o física, como la adrenalina provocada por ir de copiloto en un coche a máxima velocidad. Estaba viviendo al límite. Si mi vida mantenía ese ritmo, tendría una sobrecarga de sensaciones.

Eso ya no parecía una entrevista de trabajo. Al menos no en aquel preciso instante con el viento entrando por la ventana y mi cabello alborotado, volando a mi alrededor, negándose a obedecerme, sin importar cuántas veces lo apartara de mi frente. Sentí que mi sonrisa se ensanchaba hasta que me dolieron las mejillas. No, definitivamente aquello no parecía una entrevista de trabajo. Si no supiera lo contrario, diría que estaba en una cita con ese hombre tan sexi, que conducía un coche igualmente sexi, y que nos llevaba a un lugar desconocido con el fin de que dicha cita tuviese un final muy, muy emocionante.

—¿Está nerviosa? —él me habló por encima del viento que resonaba en el vehículo y me devolvió a la realidad a toda prisa.

La pregunta me sorprendió. No creía estarlo ahora, aunque lo había estado antes. Pero tal vez él presentía lo contrario. Quizás el señor Martes era la clase de hombre capaz de conectar con quienes le rodean, pero yo no estaba preparada para ser honesta con él. Si le contaba cómo me sentía, corría el riesgo de exponerme demasiado y mostrar mis puntos débiles, así que me esforcé por ocultar cualquier indicio. No iba a hacer nada que pusiera en peligro la oportunidad de conseguir ese trabajo.

—¿Debería estarlo? —Le pregunté—. ¿Por qué necesito conocer la situación de Northbrook?

—Tenemos una reunión con ellos, y su prueba será allí. No se preocupe, estoy seguro de que lo hará bien. Estaré allí para ayudarla, si es necesario.

Dejé caer la cabeza contra el asiento. Me volví hacia la ventana, en busca de la brisa, y dejé que mis nervios se disipasen. Cerré los ojos y disfruté del resto del trayecto. Tenía el presentimiento de que iba a suceder algo importante y, aunque no tenía ni idea de qué iba a ser, aprovecharía el momento para dejarles embelesados. El señor Martes también me afectaba. Era incapaz de explicarlo, solo sabía que lo hacía y que no iba a intentar averiguar cómo era posible, ni ahora ni en el futuro, pues iba a concentrarme en la reunión que me estaba esperando. Tenía que dar lo mejor de mí. Tenía que estar alerta. Había mucho en juego.

Debo admitir algo: toda esta emoción resultaba estimulante. Me gustaba. La creciente expectación por lo desconocido, por las incógnitas que tenía por delante. Cada paso que daba me hacía avanzar de forma casi temeraria. Aquella no era yo. Lo único que podía hacer ahora era seguir adelante y confiar en no estrellarme. ¿Era posible que hubiese estado tan concentrada en mi plan de venganza que me hubiese olvidado del mundo a mi alrededor, olvidado vivir, divertirme? ¿Y que la adrenalina de esta entrevista fuese la sacudida que necesitaba para despertar y darme cuenta de todo lo que me había estado perdiendo? Tal vez, en el fondo quería vivir así, al límite. Nunca antes había estado en una situación como esta. Me obligaba a observar la vida desde una multitud de ángulos nuevos y diferentes.

Abrí la carpeta y la estudié. Me resultó difícil concentrarme, pero tenía que hacerlo. Mucho dependía de mi habilidad para comprender la situación, así que recurrí a mis dotes de investigación para encontrar más información. Saqué el móvil y comencé a hacer algunas búsquedas sobre Northbrook. Quería estar completamente preparada, por si acaso más tarde me esperaba alguna sorpresa. Encontré algunos comunicados de prensa bastante interesantes. Uno en particular me llamó la atención. Northbrook había desarrollado un chip de ordenador, y era fácil adivinar que era eso lo que Diamond quería de la compañía. Northbrook afirmaba que el chip revolucionaría el mundo de las comunicaciones. Resoplé: muchos inventos prometían ser revolucionarios, pero no tantos lo cumplían. Desconfié de la operación. Diamond no era la única compañía interesada en esta nueva tecnología, y también se mencionaba la existencia de una empresa de la competencia con un chip similar. La información del comunicado de prensa era bastante vaga, y por más que busqué no pude encontrar más datos fiables. Ni el mejor bibliotecario podía hacer aparecer información por arte de magia. Tendría que dejarme llevar por la intuición. Guardé la información en mi cerebro por si la necesitaba más tarde. Cuando levanté la vista, ya no estábamos en la ciudad.

—¿Se siente cómoda con la situación después de revisar el expediente? —preguntó el señor Martes.

—Sí, eso creo.

Me estiré un poco en el asiento para aliviar el dolor que empezaba a sentir en el cuello. Giré la cabeza y lo miré. Me pregunté por qué tenía el ceño fruncido. ¿Sería culpa mía?

—No es suficiente con creerlo. Tiene que saberlo. Estar completamente segura de ello. Es imprescindible que este acuerdo se lleve a cabo, y estar bien preparada será fundamental para cerrar el trato. Esta es su prueba. Así que tal vez debería continuar revisando los documentos. Nos quedan al menos veinte minutos para llegar.

¿Me estaba regañando? No me gustó, estaba esforzándome al máximo por comprender hasta el más pequeño detalle de la operación. Tarea imposible cuando eres la última en enterarte de todo. Suspiré y abrí la carpeta sobre las rodillas para estudiarla. Otra vez.

Conseguí memorizar la propuesta unos cinco minutos antes de llegar a nuestro destino. Aquella información pormenorizada dibujaba un buen retrato de Northbrook y ahora conocía mejor la compañía.

Los documentos mostraban exhaustivamente el impacto positivo que una adquisición de esa naturaleza tendría en Diamond Enterprises. A pesar de que no era mi área de especialización, sí sabía negociar. Había trabajado antes en un ambiente masculino, y había aprendido a valerme por mí misma, en especial a la hora de pactar los presupuestos. No dejaría que un montón de hombres de negocios desfasados y sus métodos anticuados se interpusieran en mi camino. Tal vez me estaba precipitando. Tal vez el equipo de Northbrook no sería un festival de testosterona, pero yo no apostaría por ello. El mundo corporativo era aún un mundo de hombres. Cerré la carpeta y miré por la ventana del coche. Estábamos en las afueras de la ciudad, en tierra de Dios.

Íbamos por una hermosa carretera rural, montañosa y con muchas curvas. Veía el paisaje pasar y, cuando el señor Martes redujo la marcha y disminuyó la velocidad del vehículo, me levanté un poco del asiento. Teníamos que estar cerca. Se dirigió hacia un carril lleno de árboles. La frondosidad de las copas proyectaba sobre el carril una envolvente luz dorada. La hierba recortada cubría ambos lados y conducía de nuevo al bosque. Casi esperaba ver a un ciervo saltar, o a un conejo corriendo. Suspiré. Me alegré cuando el señor Martes frenó un poco más y abrió las ventanas. El aire fresco era reconfortante. Comencé a sentirme más confiada, aunque continuaba estando un poco nerviosa por todo lo que me esperaba. Continuamos por el carril, a través del bosque, durante aproximadamente una milla. A la izquierda, un pequeño camino llevaba hasta un aparcamiento, apenas visible a través de los árboles y lleno de coches. Un precioso edificio rústico rebosaba actividad, había golfistas equipados con sendas bolsas a juego y el personal del club apresurándose a ir a buscarles con sus cochecitos eléctricos. El Porsche tomó la curva y recorrió varias colinas más suaves hasta que llegamos a un claro que me dejó sin aliento. El sendero serpenteante se inclinaba hacia las aguas claras del lago. Pasamos junto a un campo en el que unos golfistas estaban empezando la partida. No podía asimilarlo todo con la suficiente rapidez. Luego pasamos por un puente arqueado de un solo carril con un muro bajo de piedra a cada lado, y bajo otra cubierta de árboles, hasta que llegamos a un largo camino que conducía al edificio principal.

—¡Dios mío! ¡Mire eso! —dije.

—Bonito, ¿no? —El señor Martes miró a su alrededor—. Bienvenida al Rockwood Country Club.

—Es mucho más que bonito.

—Decidimos celebrar la reunión aquí. Coincidimos que era mejor mantener la negociación en secreto y citarnos lejos de Northbrook para evitar rumores innecesarios.

Asentí.

—Tiene sentido. Pero, ¡vaya sitio!

—Pues sí. Lo usamos de vez en cuando para nuestros retiros ejecutivos, cursos de empleados, o cualquier otra actividad que estimamos preferible llevar a cabo fuera de nuestras oficinas. Incluso construimos un helipuerto.

Aquella frase tan casual me recordó la noche anterior, pero me negué a permitir que mi mente entrara en esa madriguera de conejo.

Definitivamente me habían introducido en el estilo de vida de la clase alta, con vuelos en helicóptero, coches caros y, lo más importante para mí, café por encargo. Cualquier chica podría acostumbrarse a esto.

—¿Recurren a este sitio muy a menudo?

—La verdad es que sí. Para almuerzos y cenas de negocios, y una vez al año organizamos un torneo de golf benéfico, entre otros muchos acontecimientos.

—Ya veo. Así que es como un lugar exclusivo de Diamond Enterprises.

—Supongo que podría definirlo así, sí. —Hizo una pausa—. ¿Se da cuenta de que esta adquisición es muy importante para la compañía? Los propietarios de Northbrook nos están mareando. Unos pocos están dispuestos a vender, pero la mayoría desconfía de nuestra oferta. Creo que quieren más dinero, pero ya les hemos comunicado la cantidad máxima que estamos dispuestos a pagar. Así que a usted le toca ser creativa.

—Bueno, si es tan importante, ¿por qué he venido yo a cerrar el trato?

—Usted es exactamente lo que necesitamos.

Creo que me quedé con la boca abierta. Era la primera vez que el señor Martes manifestaba abiertamente su fe en mis habilidades. Hasta ese momento como mucho me había dado apoyo moral, pero tras esa muestra tan clara de confianza noté un enorme peso sobre los hombros y volví a ponerme nerviosa. Tenía que creer en mí misma, me repetí, en que podía hacerlo, en que podía infiltrarme en ese mundo desconocido repleto de helicópteros y cafés *gourmet* y enfrentarme a un equipo de negociación hostil. Pero, ¿y si no podía? Una semilla de duda apareció en mi mente. Sacudí la cabeza para apartarla y recé para que todo saliese bien. Miré al señor Martes y me mordí el labio mientras nos acercábamos a la sede del club.

—Espero estar a la altura de sus expectativas. —Me moví en el asiento para poder mirarlo y crucé los tobillos—. Dado que es mi responsabilidad, haré todo lo posible para sellar el trato.

No podía mencionar mis verdaderas razones para sobresalir y, maldita sea, cada prueba era solo una barrera más que, si fallaba, me impediría ahondar en los archivos de Diamond. Si no tenía éxito, estaría más lejos de encontrar los documentos que buscaba desde hace meses. Tenía seis posibilidades más de encontrar la documentación que necesitaba; oportunidades de las que antes carecía.

—Me sería de gran ayuda si supiera qué preocupa a la gente de Northbrook.

—Quieren más dinero.

—¿Dieron alguna razón para no estar contentos con el acuerdo que Diamond les proponía?

Empezaba a preguntarme si me faltaba información importante. Tal vez me la ocultaban para perjudicarme. O para que tuviese que esforzarme más para encontrar una solución.

—Northbrook ha sido una empresa familiar durante muchos, muchos años. Se han vuelto demasiado cómodos y arrogantes. Pero ahora están bajo presión financiera. Así que cuando se acercaron a nosotros, aprovechamos la oportunidad.

—Ya veo. Pero eso debería aparecer en estos documentos. —Golpeé el dedo contra la tapa de la carpeta. —Y no está. ¿Cómo se supone que voy a dar lo mejor de mí si solo dispongo de la mitad de la información? ¿Hay algo más que debería saber?

—En el informe dice que tienen problemas financieros.

—Sí, lo he visto, pero unos cuantos detalles más me serían de gran ayuda.

—Siempre han estado orgullosos de fabricar productos de primera calidad, pero no pueden mantener ese nivel de excelencia en sus actuales condiciones financieras. Algunos de sus productos no superan las pruebas de los controles de calidad. Hemos tenido unos cuantos tira y afloja durante la negociación y finalmente hemos llegado a un acuerdo. —Señaló la carpeta—. Pero necesitamos sus firmas para cerrar el trato.

Pensé en ello.

—Debe de ser angustioso no ser capaz de proporcionar el servicio al que los clientes están acostumbrados. Se pone en riesgo tanto la reputación como la marca.

—Exactamente por eso esta adquisición es buena para ambas partes. Nos ayuda a nosotros, ya que la nueva tecnología de chips es lo que necesitamos para llevar nuestro negocio al siguiente nivel. Entonces estaremos por delante del resto. Estaremos a la vanguardia, estableceremos el futuro posicionamiento de Diamond en el mercado mundial. Para Northbrook, es una ayuda para reponer la fortuna familiar sin disminuir su reputación.

Me pregunté si eso sería realmente una preocupación importante para alguien, la reputación. A pesar de ser una escoria como Diamond, cuando conocí al señor King me dio la impresión de que amaba su compañía. Dudo mucho que quisiera que un desconocido se la arrebatara para despedazarla y venderla por partes. En el informe no había nada que sugiriera que el señor King hubiese hecho algo así antes. Allí había gato encerrado.

—Hay algo que no figura en ningún documento: ¿qué piensa hacer Diamond con la empresa? ¿Tiene intención de quedarse con la tecnología y vender el resto de los activos?

El señor Martes giró la cabeza para mirarme. ¿Me había topado con algo?

—No, esa no es la intención. Northbrooks es un buen negocio, es viable. Solo necesitan un poco de ayuda, un director general que supervise las operaciones diarias y que haga más hincapié en la investigación y en el desarrollo. Si eso no es posible, y si nuestros objetivos no consiguen dislumbrar la luz al final del túnel, entonces sí, es muy probable que la empresa se cierre y sea desmantelada. Pero no lo sabremos hasta que nos den la oportunidad de darle la vuelta. Ese es el reto, y ahí es donde entra usted.

—¿Reto?

—Así es. A pesar de que casi hemos alcanzado un acuerdo, aún siguen un poco nerviosos por todo el asunto y podríamos marcharnos sin nada. Cerrar este acuerdo. Eso es lo que tiene que hacer hoy. Negocie hasta perder el aliento.

Me sonrió de nuevo.

—¿Cuánto margen tengo para la negociación?

—Déjeme decirlo así: queremos esta empresa, y mucho, pero nos han empujado cerca del límite superior de nuestro presupuesto. Aunque aún hay un poco de margen, y estaré allí para controlarlo si sube demasiado.

Eso significaba un cheque en blanco, en mi opinión, pero no dije nada más, y decidí que era mejor que mantuviera mis pensamientos para mí misma, a pesar de que volaban en el interior de mi cabeza como murciélagos intentando salir de una cueva. Me estaban arrojando a los leones, podía verlo. ¿Sobreviviría? Abrí la carpeta de nuevo. A pesar de que la reunión era ese mismo día y de que habían hecho su oferta final, ahora comprendía lo que estaba en juego. Cogí el cheque que había grapado en el interior de la carpeta. Sabía para qué era. Una muestra de buena fe por nuestra parte. Llegar con un cheque no reembolsable de doscientos cincuenta mil dólares, para empezar, demostraba lo en serio que se tomaba Diamond esa compra.

El interior del club de campo era tan impresionante como el exterior. Me quedé de pie en el enorme vestíbulo y lo observé todo. Las paredes revestidas de madera se elevaban hasta un salón abierto en el segundo piso, con una barandilla que se extendía por toda su longitud. Había un precioso restaurante y otro salón al otro lado de una chimenea de piedra que iba del suelo al techo. Me imaginé acogedoras noches de invierno, acurrucados junto al fuego. ¡Era precioso!

—¿Le gusta? —me preguntó el señor Martes, que se acercó por detrás de mí y me apoyó una mano en el hombro. Me tensé un poco, pero me obligué a relajarme.

—Sí, creo que nunca antes he estado en un sitio tan bonito.

Detrás de la chimenea, los pilares que parecían estar hechos de troncos de árboles se elevaban hasta el techo abovedado y dejaban ver la maravillosa luz que entraba por las altas ventanas. Las plantas añadían una verde paz a la rústica habitación. Más allá del patio exterior de losas se veían filas de muelles con lanchas rápidas y catamaranes amarrados en ellos. Incluso había dos hidroaviones.

—¿La gente realmente vuela hasta aquí?

—Por supuesto que sí.

—Este lugar es una mina de oro.

—Tiene razón, pero ahora tenemos que irnos. He hecho una reserva para comer algo después de la reunión.

Parecía satisfecho consigo mismo después de revelar esa información. Yo lo estaba. Deseaba con todas mis fuerzas pasar unas cuantas horas más aquí.

—Bueno, ya usted que conoce el camino, por favor, pase; yo le seguiré. ¿Qué le parece si acabamos de una vez con esta reunión?

Los nervios se me dispararon mientras lo seguía hasta las salas de conferencia. La decoración era la misma que en el vestíbulo y el restaurante. Realmente me encantaba ese lugar.

Cinco hombres esperaban junto a la barra de café que había sido instalada cerca de la ventana en la sala reservada para nuestra reunión. Parecían muy serios, y mi corazón se llenó de temor. Cuando me vieron, un par de ellos parecieron sorprendidos. Me pregunté si me tomarían en serio. Tuve que sacar mis mejores armas nada más entrar. Era de suma importancia que esos hombres me respetasen, me consideraran un igual. Así que caminé alrededor de la mesa y saqué de mi memoria las fotografías que había estudiado en el informe, asociando nombres con caras.

—Buenos días, caballeros. Como ya sabrán, soy Tess Canyon. —Extendí la mano y me dirigí hacia el primer hombre, quien yo sabía que era el patriarca de la familia—. Señor North, es un placer conocerlo.

Tomó mi mano y la estrechó con firmeza. Saludé al resto de los hombres de forma similar, e inmediatamente supe que me había ganado al menos un poco de respeto. Era un comienzo.

Elegí sentarme de espaldas a la ventana. El señor Martes se sentó a mi lado. Los cinco hombres se sentaron frente a nosotros. Esta disposición me permitía ver sus rostros con total claridad. La luz exterior que entraba por la ventana nos daba sombra al señor Martes y a mí, lo que nos proporcionaba una ligera ventaja para poder ver sus expresiones faciales mejor de lo que ellos podían ver las nuestras. Coloqué la carpeta sobre la mesa, pero no la abrí.

—Veo que estamos muy cerca de llegar a un acuerdo, y estoy convencida de que hoy cerraremos el trato.

Decidí ir al grano y no darles la oportunidad de retroceder. Necesitaba hacerles frente a nivel personal, y no proceder de forma agresiva, que era lo que hacían la mayoría de los hombres.

Los dedos cruzados solían funcionar.

—Quiero asegurarles que Diamond Enterprises está muy entusiasmada con esta adquisición.

Entonces el señor Martes me sorprendió al irrumpir en la conversación.

—Caballeros —dijo.

Creía que iba a dejar la negociación en mis manos. Lo miré, y me hizo un imperceptible gesto con la cabeza. Así que me eché hacia atrás y esperé a ver qué sucedía. ¿Había hecho algo mal? Apenas había empezado.

Me sorprendió su actitud profesional. Era un completo contraste con la forma de ser alegre y despreocupada que me había mostrado antes.

—Ha llegado el momento de firmar la operación. Ya le hemos dado suficientes vueltas a todo esto. Debemos cerrar el trato hoy.

Me quedé un poco sorprendida por sus duras palabras iniciales. Miré a los hombres del otro lado de la mesa y vi cómo se enfurecían.

Esperaba que supiera lo que estaba haciendo. La expresión de los rostros de los hombres que estaban frente a mí me decían todo lo que tenía que saber. No estaban contentos. Miré al señor Martes para comprobar si él también se había dado cuenta. Pero si era así, no lo demostraba.

—No estoy seguro de que me guste su tono.

El señor North se incorporó en su silla. Parecía dispuesto a desafiar al señor Martes a un duelo de miradas.

—Lo siento, señor North, pero ya hemos pasado por esto antes. Esta es la última vez. Ambos sabemos que necesita este acuerdo.

Comprendí la amenaza velada que estaba haciendo el señor Martes: se refería a la inestabilidad económica de la compañía.

El señor North se puso en pie. Llevaba un bastón, y lo estampó contra el suelo. Por un momento, me recordó al señor King en su silla de ruedas. Apreté los dientes y miré al señor Martes. Sus labios se movían, pero yo no oía lo que decía. La sangre se agolpaba en mis oídos, ahogándolo todo. ¿Cómo podía ser tan insensible? ¿Y por qué estaba usando esas tácticas? Podría ser un error muy grave, e irreversible. Se suponía que iba a ser yo quien se hiciera cargo de las negociaciones. Volví a mirar a los hombres. Se estaban poniendo nerviosos. Presentí que estaban a punto de irse. Tenía que hacer algo y, cuando todos comenzaron a levantarse, supe que era ahora o nunca.

Puse la mano en el antebrazo del señor Martes y apreté. Lo hice callar, pero de modo que solo él pudiera saberlo.

Hablé en voz alta.

—Por favor, señor North. Tome asiento. —Mantuve la voz firme y dejé claro que no había lugar a discusión—. Deme la oportunidad de hablar con usted.

El anciano me miró. Creo que se sorprendió por el tono de mi voz, y eso me dio la confianza que necesitaba. Ya lo tenía. Cuando le señalé su silla con la mano, se sentó.

—Gracias —le dije—. No estoy segura de por qué tiene dudas con respecto a este trato. Después de todo, fue usted quien lo propuso. Le ofrecemos un buen precio por su compañía, y ambos sabemos que necesita el dinero. —Continué, sin darle oportunidad a que me interrumpiera—. Quiero que se dé cuenta de lo importante que es que firme los documentos hoy mismo.

Los hombres se quedaron en silencio y me miraron, con el escepticismo escrito en sus rostros.

—Los dos necesitamos cerrar este trato hoy. Los dos —repetí antes de continuar: —Northbrook se convertirá en filial de Diamond Enterprises. Diamond Enterprises será reconocida como la nueva propietaria de Northbrook. Tenemos hasta la medianoche de hoy para presentar todos los documentos necesarios. Si para ese momento no ha firmado el acuerdo, retiraremos la sustancial oferta que hemos hecho. ¿Está preparado para regresar y explicárselo a su junta?

Los hombres se miraron, luego se agruparon, susurrando. El señor North asintió ligeramente con la cabeza, lo que me provocó una leve sonrisa. Podríamos haber dado en el clavo.

Saqué el cheque y lo dejé sobre la mesa.

—Esto es para demostrar que Diamond Enterprises está actuando de buena fe, y para hacer más atractiva la oferta. Estamos dispuestos a seguir adelante con este acuerdo.

Deslicé el cheque por la mesa y aquel papel atrajo la atención de los hombres. La suma de doscientos cincuenta mil dólares no era nada despreciable.

—Si Diamond Enterprises decidiera retirarse en cualquier momento, podrían quedarse con el dinero —dije.

Los hombres miraron al señor Martes, a quien noté ponerse un poco tenso junto a mí. Había estado callado desde que comencé a hablar. Lo miré para ver qué iba a hacer. ¿Iba a asumir el control? Esperé.

Se inclinó hacia delante y puso las manos sobre la mesa. Estaba emocionada y temblaba por dentro. Si estaba de acuerdo conmigo, tenía la sensación de que el trato estaba hecho. Tenía que dejarlo en sus manos, el señor Martes exudaba poder, y en aquel momento comprendí por qué decían que ese atributo era atractivo. Lo miré, me costó respirar porque sus gestos y su apariencia no dejaban de excitarme. Contuve la respiración a la espera de sus palabras. Extendió las palmas de las manos sobre la mesa.

—Estoy completamente de acuerdo con la señorita Canyon —dijo el señor Martes. Fue como si todos los hombres del otro lado de la mesa exhalaran a la vez.

Dejé escapar un suspiro. El señor Martes me miró, y vi un malévolo brillo en sus ojos marrones. Parpadeé y fruncí el ceño, no esperaba encontrarme con esa mirada. ¿Había hecho todo aquello para ver cómo manejaba la situación?

Volví mi atención a los hombres del otro lado de la mesa.

—¿Tenemos un trato?

El señor North habló.

—Señorita Canyon, apreciamos su franqueza.

—Señor North. —Miré al anciano—. Usted es el padre fundador, y desde luego puedo entender cualquier preocupación que tenga con respecto a su marca. Por eso, estaríamos encantados de tener a un miembro de la familia sentado en la junta directiva. Pero necesito preguntarle: ¿Tenemos un trato?

La sala se quedó en silencio; todos esperábamos a que el señor North diera su respuesta.

—No, señorita Canyon, no lo tenemos.

Rápido. Piensa.

—Lo siento, señor North. No lo entiendo.

Mantuve el tono de mi voz monótono.

El hijo del señor North se inclinó sobre la mesa, cogió el cheque con un dedo y lo deslizó hacia él. Casi salto encima de la mesa para recuperarlo. El hombre me lanzó una mueca de satisfacción. Fue entonces cuando me di cuenta de que había juzgado mal a ese grupo de hombres. Tenían hambre de dinero.

—Es simple, señorita Canyon. Sentimos que nuestra compañía vale más que la oferta que hay sobre la mesa.

Estaba empezando a enfadarme. Estaban jugando. De repente, me di cuenta de lo que buscaban. Sonreí para mí.

—Señor North, las negociaciones han ido bastante bien. Acordamos un valor de mercado justo, y esto se especifica en el contrato. —Golpeé la carpeta delante de mí—. Por no hablar de la bonificación adicional que su hijo no ha dudado en tomar.

—Conocemos el valor de la compañía. Empleamos a científicos de primera categoría muy cotizados en todo el mundo, que crean tecnología de vanguardia. Esas mentes son un producto de primera categoría y son nuestro mayor activo.

—Si tan bien le van las cosas a nivel global, entonces, ¿por qué está aquí negociando con nosotros? —pregunté—. ¿Y regateando el precio? Si hubiera otras partes interesadas ahora mismo estaríamos ensarzados en una guerra de ofertas.

Creí oír al señor Martes hacer un ruido. Tal vez de sorpresa. «Que le den», pensé. Él había decidido no informarme de los pormenores de este contrato y había tenido que averiguarlos por mi cuenta, y menos mal que lo había hecho.

Me puse en pie y apoyé las manos sobre la mesa. Me incliné, con la esperanza de lograr algo de intimidación.

—Esto es inaceptable. Somos muy conscientes de la tecnología que Northbrook pone sobre la mesa. Y de un producto en particular.

No iba a mencionar el chip en cuestión. Los hombres que había frente a mí palidecieron. Premio.

No dejaría que me intimidaran. Así que retrocedí y caminé alrededor de la mesa. Me temblaban las rodillas, pero no hice caso de eso, me dirigí hacia el hijo del señor North y le quité el cheque.

—Ofrecimos esto de buena fe. Soy muy consciente de que la tecnología que dice será revolucionaria aún no ha sido probada. También sé que su competidor, EGL Communications posee una tecnología similar. Tal vez Diamond Enterprises debería ver si ellos están más dispuestos a cooperar.

—¡No puede quitarme eso! —exclamó el hijo de North. Lo sostuve en alto y le sonreí de la forma más fría que pude.

—Ya lo he hecho.

Regresé a mi lado de la mesa, coloqué el cheque en la carpeta y la cerré. Permanecí de pie. ¡Dejémosles que digieran eso!

Los hombres se miraron los unos a los otros, y creí haber visto miradas de preocupación en sus rostros.

Les dejé ponerse nerviosos antes de decir cualquier otra cosa.

—Ahora, han rechazado un trato bastante justo —dije señalando la carpeta—. Este cheque sigue en juego, solo para que lo sepa, siempre que el contrato se firme hoy. Pero antes de que diga nada, hay una condición.

Me estaba adentrando en un territorio desconocido.

—¿Cuál es? —preguntó el señor North.

—Queremos que su investigador principal y el equipo ejecutivo permanezcan a bordo para la transición.

Sabía que esas personas eran el corazón de cualquier organización y hacer que estos miembros clave permanecieran era esencial. Sabía que era algo poco convencional comprar empleados junto con la tecnología, pero si podía conseguir esto sería un gran golpe.

—Entonces, para ser francos, señorita Canyon, el cheque que tiene en esa carpeta tiene que ser más cuantioso. Si consigue una cantidad mayor, cerraré el trato ahora mismo.

—Yo también le seré franca, Señor North. No. No añadiremos nada. La cantidad está cerrada. Usted recibe por encima del valor del mercado por su empresa y estamos asumiendo la deuda de la compañía. No tiene ninguna otra oferta sobre la mesa. Nuestra oferta permanece como está o la cancelamos y nos vamos con EGL.

—Quiero hablar a solas con mis asesores —dijo el señor North Jr.

Los hombres se pusieron en pie y caminaron hasta el otro extremo de la habitación, donde conversaron. Contuve la respiración sin mirar al señor Martes. No necesitaba ver ningún tipo de señal de desaprobación en su rostro. Mi trabajo consistía en cerrar el trato, y eso es lo que estaba intentando.

Los hombres regresaron y el señor North dio un paso adelante.

—Es dura, señorita Canyon, pero tiene su trato. Muéstreme dónde tengo que firmar, y devuélvame ese cheque.

Quería dar saltos de alegría. El equipo de Northbrook firmó el contrato, intercambiamos el papeleo necesario y se marcharon. Vi que intercambiaban una mirada extraña entre ellos, pero decidí no hacer caso y me centré en disfrutar de la victoria. ¡Lo había conseguido!

Casi estallé de felicidad cuando el señor Martes me dijo:

—¡Ha sido impresionante!

—Gracias. Me alegro de que funcionara. Por un momento pensé que se iban a marchar.

—Yo también. Pero lo ha manejado bastante bien.

—¿Sí? —Le clavé la mirada—. Presentí que contaba con su apoyo y me arriesgué.

—Esa también ha sido una decisión muy arriesgada. ¡Ha conseguido ampliar el trato! El investigador y el equipo ejecutivo. Estoy impresionado. Ni siquiera me importa que me haya puesto la mano en el brazo para hacerme callar.

Me ofreció esa amplia sonrisa que esperaba de él, y sentí que toda la ansiedad que había estado acumulando durante las últimas horas se desvanecía.

—Me alegro de que no le importe. Sentí que la situación estaba empezando a descarrilarse, y seguí mi instinto.

—Me alegro de que lo hiciera.

—Deberíamos regresar a la ciudad ahora mismo y llevar estos documentos al Departamento Legal antes de que el reloj dé las doce. No quiero que estos patanes nos hagan una jugarreta. Así que me temo que vamos a tener que cancelar nuestra reserva.

Accedí.

—Es una lástima, pero lo comprendo. Tal vez en otra ocasión. Me siento tan aliviada de que las cosas hayan salido bien.

Estaba muy orgullosa de mí misma, de cómo había manejado una situación que claramente iba cuesta abajo a toda velocidad.

Lo seguí desde la sala de conferencias y a través del edificio. Me daba pena no poder quedarme allí un poco más, pero comprendía la necesidad de regresar con esos documentos y finalizar la operación. Quería asegurarme de que se presentaban antes del final del día hábil, olvidemos medianoche, y la mejor forma de hacerlo era entregarlos yo misma. Una vez entregados al Departamento Legal, ellos se asegurarían de que no hubiera incumplimiento por parte de Northbrook. Me preocupaba que, si había otra empresa interesada, tal y como habían dicho, pudiera haber complicaciones. Ya había visto antes irse al garete un negocio cerrado, cuando una compañía de exploración llegó a un acuerdo con uno de los ingenieros de mi antigua compañía. Cuando la compañía de exploración se retiró del acuerdo casi perdió su trabajo. Se fueron con un competidor, y nosotros perdimos cientos de miles, incluso millones, de dólares en aquella debacle. No iba a permitir que algo así sucediera mientras yo estuviera allí.

Caminamos por un sendero privado, lejos de las miradas curiosas. Me imaginé que sería para detener cualquier habladuría. Alguien podría vernos con los hombres de Northbrook y sumar dos y dos.

Respiré hondo, adoraba el aroma del bosque.

—Creo que puedo hacerme cargo de todo a partir de ahora.

Una voz profunda y familiar sonó detrás de nosotros. Casi tropecé, y un escalofrío se apoderó de mí. Miré por encima de mi hombro. Era el señor Lunes. Mi corazón se aceleró.

El señor Martes me miró, y después se giró.

—Hola. No estaba seguro de si nos veríamos hoy. Me dijeron que tal vez no podrías venir hasta aquí.

—Pues aquí estoy —dijo el señor Lunes, sin despegar sus ojos azules de mí. Busqué cualquier tipo de expresión en ellos. Desaprobación para empezar, pero no encontré ni rastro. Me sentí aliviada. ¿Sabía lo del trato que acababa de cerrar? ¿Estaría satisfecho o molesto?

Miró el teléfono.

—Siempre está mirando el teléfono —señalé, y me arrepentí cuando la palabra «teléfono» sonó a reproche. Maldito fuera por aparecer y por hacer que mi mundo se tambaleara.

—Estoy comprobando si vamos muy tarde y si podemos ganar algo de tiempo. Hay un plazo para el papeleo, ¿no?

—Todavía faltan horas.

Perdí el equilibrio un poco; la emoción del día y su aparición inesperada me abrumaron, y busqué un punto de apoyo. El señor Lunes alargó el brazo y lo deslizó alrededor de mi cintura. El señor Martes acudió a ayudar al mismo tiempo y se detuvo cuando vio que ya estaba en buenas manos. Levanté los dedos y me acaricié la mejilla.

El señor Lunes me sujetó hasta que llegamos al aparcamiento.

—Puedo caminar.

—Estoy seguro de que puede, pero va demasiado despacio.

Me tragué la respuesta y dejé de resistirme. Me gustaba sentir su brazo alrededor de mí. Esto era lo más cerca que había estado de él, y estaba disfrutando de su cuerpo musculoso. Levanté la vista y le encontré observando al señor Martes, que le estaba pidiendo su vehículo al aparcacoches.

Después caminó hasta nosotros.

—Entonces, ¿cuál es el plan ahora?

El señor Lunes me miró.

—Usted decide.

—¿Yo?

Él asintió.

—Sí, usted. Puede volver con él en el coche o puede venir conmigo.

—¿Por qué?

—Ya sabe cuánto tardará el coche. Pero yo tengo otro medio de transporte mucho más rápido. El día hábil aún no ha terminado. Y como ya sabe, el tiempo es esencial.

Por un momento me sentí confusa.

—Lo sé. ¿Pero cómo podemos regresar a la ciudad más rápido? A no ser que nos crezcan alas y echemos a volar. —Sonreí ante mi sentido del humor. Además, aún estaba embriagada por mi victoria.

—Exacto. Tengo alas. —Señaló con el pulgar al señor Martes—. Él solo tiene ruedas.

El corazón se me bajó hasta el estómago.

—¿Tengo que volver a montar en helicóptero?

—Eso depende de usted. Pero tiene que tomar una decisión rápida.

Miré al señor Martes, y luego al señor Lunes. Uno tenía un fabuloso coche y el otro un aterrador helicóptero al que odiaba con todas mis fuerzas.

Apreté los labios y miré a un hombre y al otro. Sabía exactamente con quién iba a ir.

El tiempo voló, literalmente, en el helicóptero. No podía creer que lo hubiera elegido antes que al coche. Desde la noche anterior no había superado mi miedo a volar o a morir al caer desde las alturas. Después de una breve parada para presentar la documentación, regresamos a la limusina.

—Al parecer ha tenido una mañana interesante.

Cómo me gustaba escuchar su voz.

—Sí, lo ha sido. —Me relajé en el asiento, respiré profundamente y suspiré.

—Lo ha hecho bastante bien.

Se acercó y puso una mano sobre la mía, apoyada en el asiento entre nosotros. Su roce me quemaba, y yo quería que me abrasara. Por completo. No sabía por qué, pero algo en mi interior quería mucho más de él. Lo miré y tuve que hacer un gran esfuerzo para no arrastrarme por el asiento y acunarme en su regazo.

Envolví mis dedos alrededor de los suyos. Me apretó la mano y me estremecí. Nos miramos a los ojos y no estaba segura de lo que vi allí. Por ahora, me conformaba con su mirada de admiración.

Miró por la ventana mientras el coche se detenía.

—Hemos llegado. Su apartamento. Sé que es solo media tarde, pero dado que ha logrado finalizar la prueba antes de tiempo, tiene el resto del día libre. —Metió la otra mano en el bolsillo y sacó una tarjeta. La acepté—. Para mañana —me dijo.

La tarjeta que tenía en la mano era la segunda llave que me daban.

—¿He superado la prueba?

—Con creces —afirmó—. Ha confiado en sí misma y ha conseguido cerrar el trato.

Dos pruebas superadas, solo me quedaban cinco más.

3
Señor Miércoles

Era la segunda mañana seguida que el señor Lunes me recogía. Estaba claro que podía acostumbrarme a algo así: los viajes en limusina, el café excelente y todos los *bagels* de Nueva York que quisiera. Eso por no mencionar el hecho de estar encerrada en la lujosa parte trasera de ese coche con el hombre más guapo y atractivo que jamás hubiera visto. El día anterior él se había abierto un poco, cuando hablamos de nuestras respectivas infancias, pero después se mostró reticente a compartir nada, y eso solo había servido para que mi curiosidad aumentase. Quise saber más sobre él.

Al igual que el día anterior, salió de la limusina y mantuvo la puerta abierta para mí. Nuestras miradas se cruzaron, y le sonreí. Él también lo hizo, y pasé a su lado, más cerca de lo apropiado. Todos mis sueños de la noche anterior habían sido sobre él. Sueños eróticos y apasionados, llenos de ardor y de gemidos sin aliento mientras nuestros cuerpos cubiertos de sudor se movían juntos y al compás. Él encima de mí, llevándome a unas cimas de placer que nunca antes había experimentado. Me había despertado exhausta, como si realmente hubiera pasado la noche haciendo el amor. En ese momento lo miré con una mayor sensación de deseo.

No podía negar que me atraía. Y ahora que él también se había infiltrado en mis sueños, yo ya no podía decir que solo sentía curiosidad. Tenía ganas de lanzarme sobre él, de ponerle los brazos alrededor del cuello y tirar de su cabeza hacia abajo para poder pasarle la lengua a lo largo de su cicatriz, antes de encontrar su boca y hacer que me besara. Contuve un gemido cuando el tremendo deseo casi me hizo tropezar. Debí tambalearme porque él me tomó de la cintura, como había hecho el día anterior en el club de campo. No me resistí, pero me giré en sus brazos para quedar cara a cara.

—Y aquí estamos —le dije, en voz baja, con lo que esperaba que fuera un tono atractivo y seductor.

—Aquí estamos —me respondió con una voz profunda, tranquila y tan sexi que un delicioso escalofrío me recorrió todo el cuerpo.

Él tampoco se movió. De hecho, creo que me sostuvo con un poco más de fuerza, hasta que quedamos pegados uno frente al otro. El aire entre nosotros pareció chisporrotear y aumentar de temperatura. Lo sentí tan claramente como sentía su brazo alrededor de mi cintura. El tiempo se ralentizó, hasta que solo quedamos él y yo. El mundo a nuestro alrededor desapareció en un cegador desenfoque y lo único que veía claramente era a él.

Su mirada intensa me contó todo lo que necesitaba saber. Él me deseaba. Inspiré, satisfecha, y sonriente. Me encantaba el modo en que su energía y presencia me envolvían como una capa de pasión. Para entrar en la limusina tenía que soltarme y no estaba preparada para eso, pero no podíamos quedarnos así todo el día. Me aparté de él a regañadientes, apoyando las manos en esos pectorales tan fuertes y musculosos que ningún tejido podría ocultar jamás. Fue difícil alejarme de su espacio personal, de la energía que nos rodeaba, pero me obligué a hacerlo. Cuando me soltó, dejé que mis dedos bajasen deliberadamente a lo largo de su brazo mientras me metía en la limusina.

Todo se centraba en tocarlo. En estar cerca de él. En recordar lo excitante que había sido mi sueño y la necesidad que sentía por hacerlo realidad. La conexión que de alguna manera habíamos desarrollado me hacía anhelar estar a su lado, aunque tal vez él y yo fuésemos un grave error.

Me subí la tela de los pantalones de pata ancha de los años cuarenta para que el dobladillo no se pillara con el tacón de los zapatos. Me senté y alisé el tejido estampado con lunares de color naranja tostado y negro sobre los muslos. Me encantaban esos pantalones, tanto como la blusa de seda blanca sin mangas con un toque de encaje en el borde que había elegido para llevar ese día. Se ajustaba a mis formas y mis pechos se sentían llenos, como si fueran conscientes de la cercanía del señor Lunes y quisieran llamar su atención. Mi cuerpo estaba desarrollando una mente propia, una adicción, en lo que a él se refería. El corazón me palpitaba a toda velocidad, y no importó cuánto lo intenté, no pude calmarme, así que la sangre me latió con fuerza y lentitud por las venas antes de asentarse en una gloriosa necesidad acuciante entre los muslos.

Cuán fácilmente podía ese hombre distraerme de mi objetivo. Con qué rapidez respondía a su presencia. Le miré, sintiéndome más cerca de él ese día que el día anterior, tras haber compartido esos pequeños recuerdos de nuestra infancia.

—Es muy agradable que me acompañe a la oficina. No tiene por qué hacerlo. Puedo encontrar el camino.

Me miró, y casi abrí la mandíbula por la sorpresa cuando alargó una mano y me tocó la mía, como lo había hecho el día anterior, solo que esta vez no la sostuvo.

—No me importa.

Sonreí ante aquellas pocas palabras. Me estaba acostumbrando a su naturaleza taciturna.

—Me alegro.

Nos miramos, y sentí un cambio sutil. ¿Habíamos dado un paso en algún momento que había llevado nuestra relación a otro estado? ¿Qué había sido? Tal vez era simplemente que habíamos tomado conciencia del otro como hombre y mujer, y no solo como entrevistador y entrevistada. Era tan insoportablemente atractivo, por no mencionar misterioso, que nuestra química sexual se salía de cualquier gráfica. ¿Podíamos llegar a tener algo más que eso? Aunque él no hablaba mucho, los pequeños atisbos que había revelado sobre sí mismo me intrigaban. Dejé escapar un suspiro mientras me acomodaba en el asiento y cruzaba los tobillos.

El señor Lunes se sentó a mi lado, más cerca que el día anterior. Me gustó eso, así que me moví un poco, también, y acorté la distancia entre nosotros. El impulso de acurrucarme sobre él fue casi insoportable y tuve que recurrir a toda mi fuerza de voluntad para quedarme donde estaba.

—¿Un café?

Su voz profunda me recordó a cómo me había hablado en mi sueño: sensual, sin dejar de susurrarme palabras maliciosas al oído.

—Por supuesto —Me faltaba el aliento—. ¿Lo han traído volando esta mañana como el de ayer?

—Posiblemente. Pero recuerde que un capricho no es especial si se consigue todo el tiempo. Pero los *bagels* son frescos de hoy.

Se giró y me ofreció la mayor sonrisa que le había visto hasta ese momento. Se le arrugaron los rabillos del ojo de un modo muy agradable y mostró unos hoyuelos encantadores. Era simplemente la perfección personificada. Podía quedarme mirándolo todo el día. Descubrí que me había quedado sin palabras, casi a punto de desmayarme.

—Oh... sí, eh, bueno, espero que los *bagels* estén frescos todos los días.

Parpadeé al darme cuenta de lo estúpido que había sonado aquello, y me maldije silenciosamente. Él no pareció darse cuenta, y se puso a prepararnos los cafés como si fuera algo que sucediera todos los días. Tomé la taza que me ofreció y nuestros dedos se rozaron. No me aparté, y él tampoco. Nos quedamos inmóviles, mirándonos a los ojos. Deseé saber qué estaba pensando; si él supiera qué me pasaba a mí por la cabeza, probablemente no llegaríamos a la oficina.

Me ruboricé y acepté la taza de café, sosteniéndola con ambas manos, y miré por la ventana. Necesitaba un descanso, recomponer mis pensamientos e impedir que mi rostro revelara mis emociones. Ese hombre se me estaba metiendo bajo la piel de la manera más deliciosa. No podía negarlo, pero tenía que recordar las complicaciones que sin duda supondría. No podía sentirme atraída por él. Tenía que mantenerme firme. Necesitaba superar las pruebas que me faltaban y desenterrar la información necesaria para seguir con mi plan de venganza. ¿Por qué tenía que conocer a alguien como el señor Lunes en un momento así? ¿Por qué no podía esperarme hasta que todo aquel drama terminara? Él era diferente, y tan atractivo. Nunca me había interesado comprometerme, pero ahora que el señor Lunes había entrado en mi vida cuando menos lo esperaba, me había dado cuenta de que no solo quería acostarme con él, también quería salir con él. Quería eliminar una capa tras otra y descubrir al hombre de verdad que se escondía tras esa fachada tan sexi. Me volví para mirarlo y comprendí que quería conocerlo mejor. Era tan atento conmigo, y parecía sincero, a diferencia de cualquier otro hombre que había conocido. Me gustaba, a pesar de que la situación en la que nos encontrábamos era muy extraña.

De repente, me sentí abrumada. ¿Podía hacerlo? El último día y medio, empezando la reunión con el señor King y terminando por la negociación con el señor Lunes, habían sido bastante surrealistas y estaba exhausta. Pero no podía compararse a la devastación que había sentido tras la muerte de mi padre y la decisión de mi madre de volver a Inglaterra. Y no podía negar que lo que me estaba sucediendo me resultaba muy estimulante. Tomé un sorbo y disfruté del cremoso sabor del café. Entonces me volví hacia el señor Lunes. No estoy segura de qué reflejaban mis ojos en ese momento, pero estaba pensando: «Sí, puedo hacerlo». Él levantó las cejas y se recostó en su asiento. ¿Me estaba evaluando? Me pregunté si había visto algo en mi expresión. En mi antiguo trabajo echábamos partidas de póquer una vez al mes en los archivos. Mis compañeros solían decirme que mi rostro era un libro abierto, que todos mis pensamientos estaban a la vista. Había perdido de un modo patético hasta que aprendí a desarrollar una cara de póquer. Esas noches de cartas, patatas fritas y cerveza eran mis únicos verdaderos actos sociales en aquellos tiempos, y los echaba mucho de menos, pero había que hacer sacrificios. Inspiré profundamente y me di cuenta de que seguramente había dejado caer mi máscara de estoicismo.

—¿Qué ocurre? —me preguntó.

Negué con la cabeza. No debía mostrar debilidad. Me sorprendió que fuera tan perceptivo. ¿Cómo podía responderle sin revelarlo todo?

—Oh, nada. Solo un recuerdo.

—¿Qué? ¿Un recuerdo de su infancia, tal vez?

Me giré a mirarlo, con mi cuerpo tenso como un resorte.

¿Cómo podía saberlo? Se había acercado demasiado a la verdad; a este ritmo él terminaría leyéndome la mente. Busqué en su rostro algún indicio de que me había descubierto, de que conocía el auténtico motivo por el que yo estaba allí... pero no encontré nada, y me relajé poco a poco.

—Estaba pensando en mi padre.

Contuve el aliento para ver qué decía después. Estaba bastante segura de que me habían investigado, y aquel detalle podría mostrarme hasta qué punto lo habían hecho.

Pero no tuvo la oportunidad de hacer más preguntas porque le sonó el teléfono. Me acerqué para poner un poco de salmón ahumado en mi *bagel* mientras él contestaba. Hasta ese momento, la mañana era un caos de emociones. El ajetreo, y toda la incertidumbre que giraba alrededor de aquellas pruebas, estaban empezando a pasarme factura.

¿Qué iba a ocurrir a continuación? El día anterior había sido muy estresante, pero también extremadamente emocionante. Ser capaz de mantenerme firme frente a los hombres que me rodeaban en esa mesa de reuniones y cerrar el acuerdo le había sentado muy bien a mi ego. Tal vez sí tenía lo que se necesitaba para ser director general. Yo era inteligente. Podía ser dura. Pero me pregunté lo despiadada que podía llegar a ser. Mi lado compasivo todavía no había sido puesto a prueba. ¿Qué pasaría cuando eso ocurriera?

El viaje en limusina terminó demasiado pronto. Podría haberme quedado sentada sin problemas junto al señor Lunes y simplemente ir de un lado para otro durante todo el día. Esta vez, el portero estaba allí para abrirme la puerta y salí, esperando a que el señor Lunes rodeara la parte trasera del coche y llegara a mi lado. Me puso una mano en la parte baja de la espalda. No contuve el delicado escalofrío que me recorrió y lo miré con una sonrisa. Él bajó la vista hacia la mía y me encantó la expresión de su rostro. Sus rasgos se habían suavizado tanto que parecía un hombre diferente. Aquella sería la cara que tendría después de hacer el amor, pensé. Casi pude imaginarme acostada a su lado, rodeada por sus fuertes brazos, observándolo mientras le pasaba los dedos por el pecho desnudo, acariciándole los pezones hasta endurecerlos, y después recorrían lo que esperaba que fuera un tentador sendero de pelo oscuro a lo largo del vientre hasta desaparecer debajo de la sábana, que descansaría sobre sus caderas, para explorar el tesoro que ahí encontraría. Estaba a punto de gemir. Cuanto más tiempo pasaba con aquel hombre, más lo necesitaba.

Mierda, mi propia imaginación me había excitado. Me acerqué a él un poquito con la esperanza de que no se apartara. Si no lo hacía, significaba que lo nuestro podía suceder. Si lo hacía, bueno, entonces tendría que contentarme con mis fantasías.

No se apartó. Dejé escapar un suave suspiro. Sí, existía una posibilidad. Nos miramos, como si esperáramos que ocurriera algo. Me sobresalté cuando el portero abrió de golpe la puerta de la limusina y me sacó de mi ensueño. El señor Lunes parpadeó y lo que pareció un momentáneo destello de decepción oscureció su mirada. Ese momento, lo que podía haber sido, se había perdido, pero tuve la esperanza de que pudiéramos recuperarlo en algún momento.

Dentro del vestíbulo, el guardia de seguridad se puso de pie detrás de su puesto.

—Stanley, buenos días —le saludé y firmé el registro.

Él me ofreció una amplia sonrisa, le había complacido que recordara su nombre.

—Señorita Canyon, buenos días. —Luego miró al señor Lunes y lo saludó con un gesto.

Me dirigí al señor Lunes.

—¿Cuáles son los planes para hoy? —le pregunté.

Ya nos habíamos alejado de Stanley y estábamos a solas cerca de los ascensores.

Bajó la vista para mirarme.

—Hoy, usted sube a la vigésimo quinta planta.

—¿Y eso es todo? ¿No hay otras instrucciones, excepto subir a la vigésimo quinta planta?

—Exacto —Me sonrió, y casi me derretí bajo el chisporroteo que vi en su mirada—. Tiene una mente muy rápida, ¿verdad? El señor King quiere averiguar hasta dónde puede llegar esa rapidez.

—Bueno, entonces supongo que debería ponerme en marcha. —Vacilé frente a él durante un brevísimo instante; no quería apartarme de su lado. Tuve que obligarme a girarme para dirigirme hacia los ascensores. Me volví un momento y le pregunté: —¿Le veré de nuevo hoy?

La voz me falló y sonó ronca, casi seductora. Esa no era, en absoluto, la imagen que quería ofrecerle de mí. ¿O quizá sí?

Alzó las cejas casi imperceptiblemente; mi cambio de tono no le había pasado desapercibido.

—Ya lo veremos, señorita Canyon. Paso a paso. Y no olvide escuchar.

—Una afirmación críptica. Ya me esperaba algo así.

Entré en el ascensor, aunque hice una pausa para echar un vistazo fuera por si él todavía estaba de pie allí. Lo estaba, y un agradable escalofrío me recorrió el cuerpo. Lo había pillado mirándome, y quise correr hacia él, pero no lo hice. Bajó la barbilla y me observó por debajo de sus cejas oscuras. Sentí la intensidad de su mirada. Un momento después, las puertas del ascensor se cerraron, rompiendo nuestra conexión. Dejé escapar un suspiro tembloroso e intenté calmar el rápido latido de mi corazón. Necesitaba recuperar mi Zen de nuevo. Aquel hombre me trastocaba y, para mi sorpresa, eso me gustaba. Me frustraba y me intrigaba. Todavía no sabía qué papel desempeñaba exactamente en este juego, pero intuía que era importante.

Casi me olvidé de apretar el número del piso del ascensor. No sucedió nada cuando lo hice. Suspiré.

Saqué la nueva tarjeta de mi bolso y la miré. No parecía distinta a la del día anterior. La deslicé en la ranura de la parte inferior del sensor. Volví a presionar el número veinticinco y, evidentemente, entonces se iluminó. Subí en silencio, de un modo casi sigiloso, y observé la pantalla mientras los números subían hasta llegar a la planta donde me dirigía. No podía dejar de pensar en el señor Lunes. ¿Qué hacía durante todo el día? ¿Cuál era su función en Diamond? ¿Qué pasaría cuando todo aquello terminara? Un dolor agudo me atravesó el corazón al pensar que tal vez nunca más volveríamos a vernos si no conseguía el trabajo. Si me convertía en directora de Diamond, seguro que lo vería. El estómago se me cerró cuando me di cuenta de que, en realidad, no sabía nada acerca de él, nada en absoluto. Para mí era tan misterioso como todo lo demás que estaba sucediendo a mi alrededor.

El ascensor se abrió. No había ninguna recepcionista esperándome. Caminé hacia la puerta más cercana y deslicé mi tarjeta por el lector.

Luego empujé para abrirla y la crucé. El espacio al otro lado era el típico de una bulliciosa oficina, con un montón de personas realizando sus tareas, fueran cuales fuesen. Era un área abierta, similar a la del día anterior, excepto que en la de hoy la iluminación no era tenue. El lugar vibraba de actividad.

Había despachos a lo largo de toda la pared exterior y lo realmente original era que la separación entre uno y otro era de cristal, así que todos, incluso los que quedaban más cerca de donde estaba yo y lejos de la calle, podían ver lo que había fuera. No tenía ni idea de qué hacían los trabajadores de esa oficina. Supuse que lo descubriría pronto.

Lo primero que tenía que hacer era encontrar al gerente. Me dirigí hacia los despachos que había en el extremo opuesto. Seguro que había alguien al cargo. Caminé por entre las mesas y cada vez que alguien levantaba la mirada, le ofrecía una sonrisa. Algunos me la devolvieron, otros no y prefirieron centrarse en su trabajo. Caminé lentamente por delante de las oficinas —al parecer el único despacho con puerta era el del gerente—. Llegué a la de la esquina y lo que vi allí hizo que me detuviera en seco. Había un hombre sentado en la silla de cuero, de espaldas a mí. Tenía el teléfono pegado a la oreja, con el codo en alto. Lo que me impactó fue el color de su cabello. Tenía el mismo rojo ardiente que yo, hasta que me lo teñí. El cabello de aquel hombre era salvaje, parecía la melena de un león, algo completamente inesperado en un gerente. Él había inclinado la silla hacia atrás y tenía las botas apoyadas en el borde de la pared que corría bajo las ventanas. Sus hombros anchos se elevaban por encima del respaldo del asiento.

Cielo santo, tenía un cuerpo de infarto. La boca se me secó y me humedecí los labios. Casi sentía su presencia a través de la pared de vidrio. No pude apartar la mirada. No quería. Bajó los pies al suelo y giró la silla. Me miró directamente a los ojos y yo aspiré una bocanada de aire, sobresaltada. ¿Me había oído? ¿Me había sentido? Nunca lo sabría; todo lo que podía afirmar con certeza era que me había pillado mirándole.

—Discúlpeme, señorita —Logré arrancar la mirada del individuo y me volví hacia la mujer que estaba sentada en el escritorio de la siguiente oficina, que era quien había hablado—. ¿Es la señorita Canyon?

Asentí.

—Sí, soy yo. Espero haber venido al lugar correcto.

Ella me sonrió antes de responderme.

—Lo ha hecho. Estoy segura de que en un minuto estará listo para recibirla. —Me señaló con la punta de la estilográfica varias sillas que formaban un pequeño, pero acogedor grupo alrededor de una mesa de centro—. Siéntese, por favor.

Antes de dirigirme hacia allí miré de nuevo al hombre que había al otro lado de la pared de vidrio. Seguía observándome, y me quedé inmovilizada. Me mantuvo atrapada con aquellos ojos de mirada intensa. Mi corazón no supo qué hacer aparte de martillear con fuerza bajo los pechos, que de repente se sintieron ansiosos, desesperados por captar la atención y las caricias de un hombre.

«Debe de tratarse de una especie de resaca por el sueño de anoche y el sensual paseo en limusina».

La combinación de colores en el rostro de aquel hombre era de lo más peculiar: cabello rojo y ojos azules. En eso también coincidíamos, por supuesto antes de que me convirtiese en morena. Lo miré fijamente mientras intentaba asimilar las sensaciones que él había hecho rugir dentro de mí. Me saludó y antes de volver a darme la espalda me indicó que entrase. Sentí una aguda sensación de pérdida al dejar de verlo, como si hubiese decidido que yo no era nadie importante. No quería que aquel hombre me ignorase. Me volví hacia la mujer.

—Creo que quiere que entre —afirmé.

Ella levantó la mirada muy brevemente, sonrió y volvió al trabajo. Abrí la puerta y vacilé una fracción de segundo justo tras cruzar el umbral. Él me miró por encima del hombro y nuestras miradas se cruzaron de nuevo. Mi corazón se detuvo y no pude respirar. Aquel hombre era es-pec-ta-cu-lar. Incluso su barba de color rojo intenso me pareció atractiva.

—Cierre la puerta —vocalizó sin hacer ruido y luego me sonrió lentamente.

Me miró de arriba abajo de un modo que juro que me arrancó la ropa. Inspiré un breve suspiro ante la..., sí, la «chispa». Una chispa muy grande que hizo que me temblaran todos los nervios y los músculos del cuerpo. Era descarado e increíblemente atractivo, y me recordó a un montañés escocés musculoso, como Jamie Fraser. Si se hubiera puesto en pie, no me habría sorprendido en absoluto ver que llevaba puesto un kilt. Yo era un gran fan de *Outlander*. Había leído todos los libros, había visto cada episodio y deseaba con pasión a Jamie Fraser. Y allí estaba, sentado en una silla delante de mí. Bueno, su gemelo, en realidad.

Él señaló con la barbilla en dirección a la silla. El movimiento hizo que un mechón de cabello le cayera sobre la frente. Se lo echó atrás con sus grandes dedos para colocarlo en su sitio, pero el mechón le desobedeció y le volvió a caer sobre el rostro. Ajá: sí, manos grandes, cuerpo musculoso... Mi mente estaba exactamente donde no debía.

Levantó un dedo y supe que quería que le diera un momento. Luego se volvió hacia la ventana. No podía dejar de mirarlo, así que me acerqué a la silla y me dejé caer en ella con bastante poca elegancia. Gracias a Dios que él estaba hacia el otro lado y no se dio cuenta de mi torpeza. Me dispuse a arreglarme; estaba colocándome bien el tirante del sujetador de Victoria's Secret que se me había deslizado un poco por el brazo, cuando él giró la silla de repente y me pilló en medio de la maniobra. Miró mi mano, con los dedos curvados alrededor de la cinta color naranja —sí, lo llevaba a juego con los pantalones—, y después mi rostro.

—¿Tienes un pequeño problema de vestuario?

Su voz era mágica. No había rastro alguno de acento escocés, pero a pesar de ello, provocó la reacción adecuada en partes de mi cuerpo que hacía demasiado tiempo que no vivían ningún tipo de magia sexual.

—¿Perdón? Ah, sí. Bueno, no. —Sacudí la cabeza para despejar la neblina de deseo que él había creado—. Estoy bien.

Me quedé allí sentada como un fardo, incapaz de concentrarme en nada que no fuera ese hombre. Crucé las piernas y apoyé las manos una sobre la otra en la rodilla, a la vez que me esforzaba para que no me temblaran los dedos. Le sonó de nuevo el teléfono y me sentí aliviada por la suspensión de su escrutinio. Hice todo lo posible por sacármelo de la cabeza mientras hablaba, así que miré por la ventana hacia el paisaje urbano que se extendía más allá. Había aprendido a ser paciente, pero me resultaba difícil calmarme en medio de la tensión sexual que parecía llenar aquel despacho. Me concentré en ralentizar la respiración, con la esperanza de que tuviera el mismo efecto en mi corazón y latiese más despacio.

—Sí. Avísame para la próxima conferencia.

Soltó el teléfono sobre el escritorio y volvió a girar la silla.

—¡Tess! Te estaba esperando. Bienvenida a Diamond Enterprises.

Iba a levantarme y alargar la mano para estrechar la suya, pero él no parecía tener intención de hacerlo, así que le imité y me quedé donde estaba. Me alegré de no tener que comprobar el estado de mis piernas, de repente me parecieron indignas de confianza.

—Yo también me alegro de haberte encontrado. Sin instrucciones...

—No pasa nada. —Volvieron a llamarlo por teléfono y suspiró antes de cogerlo. Escuchó a quien quiera que fuera y frunció el ceño. Luego se puso en pie—. Voy para allá.

Tras el cambio de circunstancias, yo también me levanté. No era tan alto como el señor Lunes o el señor Martes, pero era compacto: poco menos de un metro ochenta, calculé, y muy musculoso. Podía verlo claramente bajo su traje. El corazón ignoró mis órdenes y me saltó en el pecho. Era extremadamente atractivo. Su aura salvaje, indómita e impredecible, me envolvió como una niebla escocesa. Estaba pillada. Por completo. Entonces la visión de otro hombre apareció de repente en mi cabeza. Un hombre oscuro, increíblemente sexi que era quien me despertaba por las mañanas.

¿Qué pasaba con todos aquellos hombres? Uno por cada día de la semana. El señor Martes el día anterior. Luego, en mitad ya de una semana sin respiro, estaba aquel pelirrojo atractivo de la muerte, el señor Miércoles, que también quitaba la respiración, podría añadir. Y el primero había sido mi sexi señor Lunes. Estaba perdida. Corría peligro de convertirme en una loca lujuriosa. Me negué a dejarme arrastrar por una cara bonita y unos buenos músculos. No podía permitir que los señores Días de la Semana me distrajesen de mi objetivo final. La venganza. La voz del señor Miércoles me sacó de mis reflexiones.

—Lo siento mucho. Ha surgido un imprevisto. —Señaló el teléfono—. Tengo que irme ahora mismo. Por favor, quiero que te sientas como en casa, volveré tan pronto como pueda.

Lo vi salir de la oficina, y sus poderosas piernas lo llevaron con paso firme y decidido adonde quiera que fuese. Desapareció antes de que yo pudiera parpadear. Me quedé plantada en la puerta y miré a mi alrededor. ¿Qué diablos había pasado? Miré a la secretaria. Ella también me estaba observando. Levanté las cejas y encogí los hombros.

—Con él siempre tienes que estar atenta. Es como si el mismísimo aire cambiase cuando él está presente; se vuelve turbulento, salvaje, y cuando se marcha, vuelve la calma —me explicó, igual que si me hubiera leído la mente.

Luego meneó la cabeza y me ofreció una sonrisa de comprensión antes de volver a concentrarse en su ordenador. Volví a la oficina y me senté en una silla tamborileando con los dedos sobre el apoyabrazos mientras pensaba en el señor Miércoles y su secretaria. Miré a través de la pared de cristal hacia la puerta por la que él había desaparecido. Aún no lo conocía, pero su partida me había provocado una extraña sensación de pérdida; había perdido algo que ni siquiera había tenido tiempo de desear.

Pasaron diez minutos y la frustración se fue acumulando en mi fuero interno. Estar sentada allí de ese modo era una tremenda pérdida de tiempo, pero tenía miedo de salir de allí e ir en busca de algo que hacer. ¿Y si el escocés volvía para empezar mi prueba y yo estaba en otro lugar? Me obligué a ser paciente de nuevo. Miré a mi espalda y descubrí unas revistas sobre la mesa. Elegí una y la hojeé sin ver realmente lo que contenía.

—Lo siento mucho.

Entró en la oficina y la llenó de energía, dándome un susto tremendo. Esta vez se dejó caer en la silla al lado de la mía.

—¿Va todo bien? —le pregunté. No es que realmente tuviera derecho a cuestionarle, pero parecía un poco agitado.

Hizo un gesto con la mano, dejando por zanjado lo que fuera que le hubiera hecho marcharse.

—Todo va bien. Todo irá bien.

Por alguna razón, no me convenció. La mirada de inquietud en sus ojos era completamente diferente a lo que había en ellos apenas unos pocos minutos atrás. Estaba alterado por algo, preocupado, y eso me hizo que yo también lo estuviese.

—Y bien, ¿por dónde íbamos? —Miró su escritorio en busca de algo que le refrescase la memoria—. Ah, sí. Papeleo.

Incliné la cabeza hacia un lado y lo miré.

—¿Papeleo?

—Sí, la información básica que pedimos a cualquier empleado, nada demasiado profundo. Nombre, dirección, contacto de emergencia.

—No tengo contacto de emergencia.

Una descarga de ira me incendió el pecho, porque Diamond era el culpable de que mi ficha careciera de dicha persona. Si ellos no hubieran despedido a mi padre, probablemente él no habría muerto tan joven y entonces mi madre seguiría en Estados Unidos. Sentí un leve ramalazo de resentimiento contra mi madre por dejarme allí sola, pero lo aplasté por completo.

—Devuélvemelo dentro de un par de días. No hay prisa —decretó.

Se puso en pie y se inclinó sobre el escritorio para rebuscar entre un montón de carpetas. No pude apartar la vista, en absoluto, cuando la ropa se le tensó sobre el cuerpo, apretándose contra su espalda y alrededor de un culo muy bien formado. Me lamí los labios y parpadeé confusa; me costaba creer que él no fuera consciente de que me estaba ofreciendo un espectáculo digno de los *strippers* más solicitados de Las Vegas.

—Aquí está. —Levantó una carpeta y la dejó caer al borde del escritorio antes de dejarse caer en la silla con un gran suspiro. La señaló con un gesto de la mano—. Todo está ahí. El formulario está dentro. Rellénalo y dáselo a Wendy cuando esté completo.

—Gracias.

Alargué la mano y tiré de la carpeta hasta dejarla justo delante de mí. Él debía de ser el director de Recursos Humanos, o al menos tenía un puesto en la junta de dirección. Tal vez lo habían llamado momentos antes para resolver una crisis de personal. Hacía mucho tiempo que había aprendido a no juzgar un libro por su portada, pero al parecer, era lo que acababa de hacer en lo que a él se refería. No se me había pasado por la cabeza que fuera un alto cargo en Recursos Humanos hasta ese momento. ¿Era del tipo de persona compasiva con los empleados, o era un hombre totalmente entregado a la compañía? Abrí la carpeta para distraerme.

Volvió a sonarle el teléfono, pero pasó un dedo por la pantalla para enviar la llamada al buzón de voz. Era un hombre ocupado. Entonces caí en la cuenta de que los hombres de Diamond compartían la característica de llevar siempre el móvil en la mano. Aun así, aquel individuo parecía tener bajo control un millón de cosas a la vez. Me pregunté cómo se las arreglaba para manejarlo todo sin, aparentemente, dejar que nada se le escapara. ¿Era un tirano? Eché un vistazo al personal que estaba más allá de la pared de cristal. El ambiente parecía muy tranquilo; nadie se movía de su sitio ni charlaba. Todo el mundo parecía muy eficiente. Sin embargo, aquello no ofrecía una imagen exacta de la realidad; el único modo de conseguir eso sería hablando con los empleados. ¿En eso consistía la prueba? ¿O simplemente estaba aquí para firmar esos papeles?

—Bueno. Ya está todo arreglado.

—¿Algún problema? —le pregunté.

¿Por qué no me atrevía a preguntarle directamente qué pasaba? Así vería si me respondía o no. De todos modos necesitaba saberlo, tanto para seguir adelante con el proceso de selección como para mi venganza. Y todavía tenía que averiguar el modo de conseguir los estados financieros de la empresa. Aquel encuentro inesperado con el señor Miércoles me sugirió una idea; tal vez la clave estuviera en los archivos de personal. Lo miré y mi corazón repiqueteó un poco cuando él me devolvió la mirada.

Inclinó la cabeza hacia un lado.

—Bueno, la verdad. Ummm, tal vez... sí. —Él estaba pensando en voz alta, hablando consigo mismo. Se parecía tanto al modo en el que yo me enfrentaba a veces a los problemas que daba miedo—. Sí, tiene que ver... vaya. Tenía una tarea pensada para ti, y esto encajará perfectamente.

Me incliné hacia delante. Sabía que las pruebas anteriores eran sobre la valentía y la confianza. Estaba ansiosa por ver lo que sería a continuación.

—¿Sí?

—Me gustaría que elaboraras un plan para motivar a los empleados y que se comprometan con la empresa.

—Ah.

Aquello fue una sorpresa. Parecía tan... normal después de las pruebas casi a vida o muerte de los dos días anteriores.

—Sí, no es ningún secreto que el país ha pasado por una serie de años difíciles, y aquí en Diamond también está decayendo la moral. No es necesariamente culpa nuestra, tan solo del entorno actual. Tanta negatividad en el mundo afecta el bienestar mental de las personas.

—¿Y qué tiene que ver eso con lo que sea por lo que le han llamado?

Estaba intrigada. Aquello era muy interesante, aunque se alejaba de mi área de experiencia. Sin embargo, un director ejecutivo debía ser consciente de los estados mentales de sus empleados.

—Hemos notado un aumento en las bajas por enfermedad y en los permisos para ausentarse, y, obviamente, eso ha impactado directamente en la productividad. Puedes usar la oficina contigua a la mía. —La señaló con el pulgar—. Hay un ordenador y tendrás acceso a la base de datos de Recursos Humanos.

—Perfecto.

Traté de contener la emoción. Me pregunté cuánta información podría conseguir si tuviera acceso a la base de datos de toda la empresa. Supuse que, de momento, tendría algunas áreas restringidas, aunque si me hacían directora ejecutiva, entonces tendría acceso ilimitado, ¿verdad? Hoy no iba a poder leer los estados financieros, pero curiosear por los archivos de Recursos Humanos era un gran premio de consolación.

—Este departamento tiene una actividad frenética. —Con la mano señalé en dirección a las oficinas que había detrás de mí.

Se echó hacia atrás. Estaba completamente seguro de sí mismo a pesar de que la silla se quejó bajo su peso. Hasta ese momento, todos los hombres que había conocido eran atractivos y quitaban el aliento. Estaba impaciente por ver cómo serían los restantes días de la semana. Si no hubiera tenido un plan, y no tuviera que superar esas pruebas, quizá podría haberme atrevido a explorar aquel bufet de hombres.

Tenía que dejar de pensar en ellos y centrarme en mi objetivo. Ya llevaba dos días dentro de Diamond y todavía no había sido capaz de sacar ningún provecho.

Bajé la cabeza y lo miré con las cejas en alto. Los mechones del flequillo de mi nuevo corte de pelo se balancearon en mi frente, y lo espié a través de esa improvisada cortina.

El teléfono del señor Miércoles volvió a sonar. Suspiré resignada cuando contestó, pasó el pulgar por la pantalla y se lo llevó a la oreja. «¿Es que ese cacharro no se callaba nunca?». Estaba claro que esta vez yo no era tan importante como quien fuera que estuviese al otro lado de la línea y en cierto modo fue un alivio, señal de que ya me había explicado en qué consistía la prueba de hoy.

—¿Sí? —El señor Miércoles se ocupó de la llamada y yo le miré y escuché con atención.

Había descubierto que ser un buen oyente era tan valioso como tener paciencia. Nunca se sabe qué clase de información vital puedes captar al vuelo y guardarla para otro día. Elegí la revista y me mantuve ocupada mientras hablaba.

Él me miró de soslayo un segundo y le dijo al teléfono:

—Sí, está aquí.

Me quedé paralizada y busqué sus ojos en silencio. El señor Miércoles también se quedó callado; parecía tratarse de una conversación un tanto unilateral. Intenté mantenerme sentada en el mayor silencio posible con el fin de escuchar la conversación. Al fin y al cabo, estaban hablando de mí.

—Ajá. Ajá. Sí. Lo haré.

Colgó y se guardó el teléfono en el bolsillo.

Incliné la cabeza hacia un lado.

—¿Va a hacer algo conmigo?

Me sonrió, y me hubiera desmayado en ese mismo momento. Tenía una sonrisa tremendamente atractiva.

—Sí. Voy a hacer algo contigo.

—¿Hay algo que deba saber? ¿Algo de lo que deba preocuparme?

Negó con la cabeza y frunció los labios igual que habría hecho con el ceño.

—No, no debe preocuparse de nada.

Esa afirmación me puso furiosa y me obligué a contenerme y morderme la lengua antes de decir algo de lo que, con toda seguridad, me arrepentiría más tarde. Miércoles se levantó y puso en orden su escritorio en un abrir y cerrar de ojos; apiló los pocos papeles que estaban esparcidos a un lado y después puso en fila los bolígrafos a la derecha de su portátil. Una vez terminó, pasó la palma de la mano sobre la superficie de madera. Comprendí que era un obseso de la pulcritud.

—Me reclaman en otra reunión, así que ponte cómoda en la oficina de al lado.

La señaló con el pulgar otra vez.

—Gracias. ¿Alguna sugerencia o consejo?

Me levanté y recogí la carpeta a la espera de alguna explicación más. No fui capaz de descifrar su rostro y arrugué las cejas ante aquel escrutinio visual.

—No. Ya tienes tus instrucciones. —Vaciló y me miró de arriba abajo. Eso me gustó e inquietó al mismo tiempo—. Bonito traje —me halagó. El comentario me sorprendió y despistó—. Parece *vintage*.

Eso ya me dejó totalmente descolocada.

—Lo es. —No supe qué más decir. Que un hombre se diera cuenta de que llevaba ropa *vintage* era sin duda toda una rareza—. Me sorprende que conozcas el concepto y que hayas reconocido las prendas.

—Es por mi hermana. Le enloquece esta clase de ropa.

¿Podía ser más seductor ese hombre? Tenía una hermana con mi misma pasión por la moda. Pero lo que lo hacía aún más atractivo era que supiera identificar la ropa *vintage*.

—Estoy realmente asombrada. No es frecuente que un hombre lo note.

Meneó la cabeza, haciendo que su salvaje cabello fuera aún más indómito.

—¿Cómo no iba a hacerlo? Mi hermana es un bicho raro que solo hablaba de esa ropa cuando era una adolescente. Me obligó a llevarla a todas las tiendas y ayudarla a cargar bolsas y bolsas repletas a casa.

Me reí.

—Yo era igual. Me encantaban las películas antiguas, y fueron mi escapatoria durante algunos... Esto, bueno, me enamoré de la ropa y del estilo y empecé a coleccionar prendas. Me encantaría conocer a tu hermana algún día.

—Quizá lo hagas.

Me guiñó un ojo y los brazos se me pusieron de piel de gallina.

—Qué mundo tan pequeño. Tu hermana no es ningún bicho raro, ¿sabes? Así que no la llames así —le regañé suavemente. Sé que a mí no me gustaría que lo hiciera—. Hay algo tan romántico y clásico en la ropa y los muebles *vintage*. Simplemente lo adoro.

—Eso es lo mismo que dice mi hermana. Está tan metida en ello que tiene su propia tienda. Siempre está buscando cosas y constantemente visita tiendas de segunda mano y de mercadillos, va adonde haga falta.

Inspiré profundamente. Tenía que conocer a esa mujer.

—¿Tiene su propia tienda? Tengo que visitarla. ¿Está en la ciudad?

Negó con la cabeza y me descorazoné.

—No, no está aquí. Pero le gustaría trasladarse algún día. Siempre le digo que sería una pérdida de dinero y tiempo.

«Nooo, no lo sería».

—Las buenas tiendas son difíciles de encontrar. ¿Cómo se llama la suya?

Respiró profundamente y levantó la vista al techo.

—¡No puedo creerme que no sepas el nombre de la tienda de tu hermana!

Otro regaño.

—Dame un momento. Creo... Sí, creo que se llama Morningstar.

—¡Conozco esa tienda, es fabulosa! Y no vayas a desanimarla más con lo de abrir aquí en la ciudad. Hay ciertamente un mercado para ello, lo digo en serio.

Clavó su mirada en mí y sonrió.

—Apuesto a que te gustan las antigüedades también.

—Así es. Son la clave de nuestro pasado. De nuestra historia. Y sí, me encantan.

Me gustó aquella charla. Era fluida. Él era divertido y relajado.

Se rió y levantó una mano.

—De acuerdo, vale, me rindo. Shari me suelta el mismo rollo.

Era muy mono, tenía que reconocerlo. Y el cariño más que evidente que le profesaba a Shari lo hacía aún más entrañable; le había vuelto más humano ante mis ojos. Ya no era solo un hombre muy sexi que dirigía un departamento importante de Diamond Enterprises; había presenciado cómo se le suavizaba el gesto al hablar de su hermana. Como hija única, envidiaba esa clase de conexión entre hermanos. Me apostaría todo lo que tenía a que Shari era su contacto de emergencia.

—Bueno, me alegro de que al menos esto haya quedado claro. —Abandoné el despacho y él me siguió—. Vale —añadí—, puedo apañármelas sola. No tienes por qué hacerme de niñera.

—Excelente, ya sabía yo que serías autosuficiente. Estaré fuera unas cuantas horas. Mientras tanto, puedes empezar a trabajar en lo que hemos estado hablando.

Me acompañó hasta la puerta del despacho y la abrió. Estaba claro que bajo aquellos músculos había un caballero escondido.

—Que tengas un buen día, señorita Canyon.

Lo miré al pasar a su lado. Él también me observó, y titubeé al caminar: no quería que aquel sensual encuentro terminara tan rápido. Pero lo cierto era que yo iba a quedarme en la oficina adjunta y él iba a irse. Dejé que mis ojos le recorriesen lentamente, que se deleitasen en cómo se movía su cuerpo. El traje le sentaba tan bien que estuve a punto de babear. Suspiré y observé el que iba a ser mi despacho provisional. Estaba bastante vacío, y di por hecho que en circunstancias normales no lo ocupaba nadie.

Dejé la puerta abierta y rodeé la mesa del escritorio para sentarme en la silla. Abrí el cajón del lateral en busca de artículos de papelería. Estaba muy bien abastecido y saqué un bolígrafo negro. Me puse a garabatear sobre un posit hasta que la tinta empezó a salir. No solo era una amante del *vintage*, también tenía una leve adicción al material de oficina. Me había tocado la lotería con aquel cajón.

Moví el ratón para activar el ordenador. La pantalla destelló frente a mí, pero una ventana de registro me detuvo en seco. Nadie me había explicado cómo entrar en el sistema y poner en marcha la sesión, así que, ¿cómo iba a acceder a nada? Me acerqué la carpeta que el señor Miércoles me había dado y la abrí para leer rápidamente las preguntas que incluía. Decidí no hacer caso del papeleo. No estaba muy ansiosa por darle a Diamond ninguna información personal; información que podrían usar para desenmascararme. Cerré la carpeta y la dejé a un lado. No había encontrado nada que pudiese ayudarme a iniciar la sesión de trabajo en el ordenador. Me recosté y me mordí el labio. ¿Qué podría ser? Hice clic en la pantalla para ver si me daba alguna indicación. Lo hizo.

«Introduzca su contraseña numérica».

¿Una contraseña numérica? Hice clic en el icono de ayuda en busca de más instrucciones. Una nueva ventana apareció.

«Este es su primer acceso. Introduzca los cuatro números que le han proporcionado. Se le pedirá que active una nueva contraseña. No dispondrá de más intentos para conectarse».

Me apoyé en el respaldo y farfullé:

—¿Qué cuatro números?

Repasé rápidamente todo lo que había ocurrido desde mi entrevista. No me habían dado ningún número. Cerré los ojos, traté de relajar la mente, esperando que se calmara y me dejara concentrarme. ¿Qué podía tener con números?

—¡Ah! —exclamé.

Quizás... Rebusqué en la cartera la tarjeta que el señor Lunes me había entregado la noche anterior. Eso tendría sentido. Las tarjetas actuaban como claves de acceso; cada una de ellas me permitía dar un paso más hacia el puesto de directora ejecutiva... y hacia mi venganza. La observé de cerca y sonreí. Allí, en el fondo, había cuatro números de color plata pálida.

Los tecleé y... ¡pam! La pantalla parpadeó y accedí a la pantalla del escritorio. Había unos cuantos iconos a lo largo del lado izquierdo. Muchos me eran familiares, pero otros pocos me resultaron desconocidos, probablemente porque eran programas internos.

Me puse manos a la obra, deseosa de familiarizarme tanto como pudiera con aquel sistema informático antes de abordar el tema de «la motivación de los empleados y su compromiso con la empresa». No tenía ni idea de cuánto tiempo me permitirían estar allí, así que iba a aprovechar al máximo cada segundo. Hice clic y abrí el portal de empleados. Me impresionó lo bien diseñado que estaba. Visité primero la sección social, que albergaba un tablón de anuncios: había un puñado de artículos para la venta. También una lista de los próximos eventos de Diamond, entre los que se incluía un pícnic que iba a tener lugar al cabo de pocas semanas. Después de investigar todo aquello, abrí Google, me arremangué y me dispuse a cavar hasta dar con algo interesante.

Lo primero era quitarme de encima la tarea que me había asignado el señor Miércoles. Cuanto antes acabase con eso, antes podría empezar a husmear por allí. Mi formación de bibliotecaria me ayudó, y al cabo de una hora, ya disponía de datos suficientes para redactar un informe. Puse en marcha la impresora e imprimí lo que me pareció relevante. Saqué el bloc de posits y empecé a clasificar lo que había encontrado. Pronto tuve los detalles categorizados y había esbozado un borrador. Media hora más tarde, imprimí el informe definitivo. Encontré lo necesario para encuadernarlo en el almacén de suministros y no tardé en tener el material digno de una presentación.

—Por fin. He hecho un buen trabajo, aunque esté feo que me lo diga yo sola.

Ahora disponía de tiempo para investigar las oficinas a mis anchas.

Estaba a punto de cruzar el pasillo cuando un guardia de seguridad dobló la esquina. Busqué un lugar donde esconderme y me metí en el baño. Tenía todo el sentido del mundo que el guarda estuviese pendiente de mis quehaceres, pero yo no estaba de humor para charlar con él como si no me estuviese espiando. Me sorprendió lo bonito que estaba el cuarto de baño de señoras. No era el típico aseo, en el que solo encontrabas baños y aseos separados por láminas de madera. La iluminación era suave, había un tocador con luces apoyado en la pared y una zona con un par de sillones orejeros, similar a la salita que precedía los ascensores del vestíbulo principal, y una estantería repleta de lociones, jabones y productos femeninos. No le faltaba ningún detalle. En Diamond todo era una exageración, pero tenía que reconocer que esa clase de atenciones resultaban muy agradables. Era bueno para la moral de los empleados. Me pregunté si los empleados valoraban esos extras. Si no lo hacían, deberían.

Oí voces acercándose el aseo de señoras, así que entré rápidamente en uno de los lavabos. Sonaban alteradas y opté por esperar un par de minutos antes de salir. Me sentí un poco culpable por escuchar a escondidas, pero tal vez podría aprender algo. Una de las mujeres parecía estar llorando. Apoyé la cabeza de lado en la puerta para poder oírlas un poco mejor.

—No sé si puedo seguir adelante con esto —confesó una antes de sonarse la nariz.

La otra mujer era un poco mayor, a juzgar por la voz.

—Todas lo hacemos, cariño. Las madres tenemos que llevar nuestra cruz.

Vaya descubrimiento. Empleadas infelices. Me sentí menos culpable por escucharlas a escondidas. Casi me froté las manos por la impaciencia. Cualquier trapo sucio que pudiera descubrir me ayudaría a obtener la venganza que tanto ansiaba.

La mujer mayor habló de nuevo.

—Solo ha pasado una semana. Tienes que darle tiempo. Tu pequeño se pondrá bien.

—¿No te has enterado de todas las cosas horribles que pasan en las guarderías? Abusos sexuales, niños que se quedan solos, maltratos. ¡Me está matando!

La mujer sonaba angustiada, y me sentí mal por ella. No podía imaginarme lo que sería dejar a tus hijos atrás para ir a trabajar. Fruncí los labios, enojada por la realidad que vivían las madres que dejaban los niños al cuidado de otros para volver al trabajo. Yo no tenía ni idea de lo difícil que debía de ser dejar un bebé llorando en la guardería. Me imaginé a un niño histérico aferrándose a mi pierna, suplicándome que no me marchara. Creo que me moriría.

—Ya está, ya está, Jenny. No te hagas cábalas. Te estás dejando llevar por el miedo. Recuerdo las horas que te pasaste buscando información sobre todas las guarderías posibles. La elegiste con mucho esmero y sabes que está en buenas manos. Tú misma tienes un título en psicología infantil, ¿no es así?

—Sí, pero trabajar en psicología infantil no se paga tan bien como esto. Mi esposo también me lo está poniendo difícil. Quiere que trabaje, porque necesitamos el dinero, pero no puede soportar lo mal que me siento por dejar a Jason en la guardería, y luego el bebé se pasa la noche entera llorando. Se está poniendo enfermo.

La voz de la mujer mayor era tranquila, y la admiré por apoyar tanto a la otra.

—Solo lleva allí una semana. ¿Cómo puede ponerse mal tan rápido?

—Bueno, ya sabes a qué me refiero. Ojalá hubiera una guardería adecuada más cerca del trabajo, entonces no lo llevaría tan mal, pero tengo que despertar al niño a las cinco de la mañana. ¿De verdad es esta la mejor opción? No es normal tener que levantarse tan pronto, y mucho menos para un bebé que está completamente dormido.

—¿Estás segura de que no hay nada más cerca del trabajo?

—Busqué por todos lados y no. Las guarderías que hay aquí cerca valen más de lo que gano, y entonces, ¿qué sentido tendría que siguiera trabajando?

Pensé que ya había escuchado a escondidas lo suficiente, así que moví los pies y empecé a hacer ruido para hacerles notar mi presencia. No quería aparecer en medio de la conversación de esas mujeres sin darles la oportunidad de dejar de hablar. Estaban sentandas en las butacas que había al lado del tocador y no habían interrumpido la charla, lo que me indicó que no les importaba que las hubiera oído.

Después de lavarme las manos y doblar la esquina dudé un segundo, pero luego me acerqué a hablar con ellas.

—No era mi intención escucharla, pero tengo que admirar su valor. Ser madre trabajadora no es fácil, estoy segura. Bien por usted por intentarlo.

La chica más joven, Jenny, asintió y sacó más pañuelos de papel de la caja que había en la mesa para sonarse la nariz.

—No sé si puedo seguir adelante con todo. No me siento productiva ni nada parecido. Estoy constantemente preocupada por mi hijo.

—Lo entiendo —le dije.

Pero, ¿cómo iba a entenderlo? No estaba en su situación. Yo no tenía un hijo. Y de repente me sentí bastante avergonzada. Mi propósito era destruir o, al menos, humillar, esa empresa. Si lo lograba, entonces el trabajo de esa mujer, y el de todos los demás, estarían en peligro. Suspiré, en conflicto conmigo misma. Estaba allí para vengarme de lo que le había pasado a mi padre, pero en realidad no había pensado en el resto de consecuencias que mis acciones acarrearían. Miré a aquella joven madre y a la otra mujer, y comprendí que sus puestos de trabajo, sus pensiones y sus beneficios médicos estaban en la cuerda floja. No había pensado en el factor humano de mi venganza hasta ese momento.

Escuchar el sufrimiento de aquella mujer hizo que apareciera de repente. Fui consciente de que mucha gente sufría igual que yo; que mucha sufría incluso más de lo que yo lo había hecho nunca. Tal vez había otro modo de conseguir lo que quería. Iba a tener que pensar en ello. Una cosa era planear mi venganza en frío y sobre el papel, pero ahora que había aparecido el factor humano tenía que replanteármela.

—¿Puedo hacer algo para ayudarla? —le pregunté, a pesar de que no tenía la menor idea de cómo hacerlo.

Ella me miró y se secó los hinchados ojos.

—Es muy amable de su parte, pero no sé cómo, a menos que pueda crear milagrosamente una guardería aquí mismo.

Sonreí. «Es curioso que digas eso», pensé para mí, a la vez que se me ocurría de repente una idea.

La otra señora habló.

—No te he visto por aquí antes. Soy Carol.

—Es mi segundo día.

Obviamente, tenía que mantener fuera de la conversación dónde había estado el día anterior. Miré mi reloj para ganar unos segundos y pensar un poco.

—¡Oh, Dios mío, qué reloj más bonito! —exclamó Carol—. No es frecuente ver a alguien con una pieza de joyería tan exquisita. Y vaya manicura, llevas un color precioso.

—Gracias. Es más discreto que el que suelo usar. Me gusta divertirme con las uñas y pintármelas, pero esta semana he optado por ser prudente. El reloj era de mi madre. Mi padre se lo regaló el día de la boda, y ella me lo dio antes de regresar a Inglaterra.

Toqué la superficie, y me encantó la sensación del cristal y los diamantes bajo la punta de los dedos.

Jenny se inclinó para mirarlo y suspiró.

—Es muy hermoso. Ah, de Inglaterra ¿Por qué regresó? Oh, perdón —se arrepintió—. No es asunto mío, siento haber preguntado.

—No, no pasa nada. Mamá nunca se adaptó a la vida de Estados Unidos. Es británica hasta la médula y siempre se estaba quejando de la vida aquí, así que lo más lógico era que se volviera. Allí es mucho más feliz.

No estaba dispuesta a decir por qué se había ido, o que la razón por la que el matrimonio de mis padres se había roto era que ella no quería enfrentarse a los malos recuerdos. Ella creía que mi padre era culpable, mientras que yo estaba convencida de que era inocente. Apreté los dientes y dejé a un lado los pensamientos furiosos.

—Debe de ser difícil para ti. ¿La visitas mucho?

Negué con la cabeza y me sentí triste. La echaba de menos, pero mi madre estaba muy ocupada con su propia vida. Yo ya no encajaba en ella. Mi miedo a volar tampoco ayudaba que digamos.

—No tanto como quisiera. Han pasado unos cuantos años desde la última vez que estuve allí.

—Eso es muy triste. Lo siento mucho —apuntó Carol con la voz cargada de emoción, lo que me encogió el corazón.

—Gracias. —La verdad era que no quería hablar más de mi madre, así que me volví hacia Jenny—. Eso es lo más cerca que puedo llegar respecto a comprender lo que significa tener fuera de tu alcance a alguien a quien quieres.

Jenny frunció el ceño, y vi que las lágrimas se acumulaban de nuevo en sus ojos.

—Lo siento, por favor, no llores.

—Puede que tenga que dejar el trabajo.

Carol y yo lo soltamos al mismo tiempo.

—¡Ni se te ocurra!

Luego nos miramos la una a la otra y nos reímos. Afortunadamente, Jenny también lo hizo.

Carol dijo:

—Las grandes mentes piensan igual.

Yo respondí con:

—O los tontos rara vez discrepan.

Ambas nos echamos a reír de nuevo, lo mismo que Jenny, y me alegré de que el ambiente se aligerase.

—Es uno de los refranes favoritos de mi madre. Jenny, ¿tienes tiempo de tomarte un café? ¿Y tú, Carol? De verdad que me gustaría conoceros mejor. Estaba a punto de ir a por uno.

—Sí, me quedan unos pocos minutos más de descanso —contestó Jenny.

—A mí también —aceptó Carol—. Te enseñaré la cocina y la sala de descanso. Están justo al otro lado de la pared. —Señaló en dirección a las sillas y luego abrió la puerta del baño. La sostuvo para que Jenny y yo pasáramos—. Podemos ir allí y sentarnos junto a la ventana. ¿Has estado aquí antes?

—No, todavía estoy conociendo el edificio. Me traslado a un sitio nuevo todos los días.

—¿Así que no estás trabajando en Recursos Humanos? —me preguntó Carol.

—No. Me trasladan de un sitio a otro para ver dónde encajo mejor.

Jenny señaló las sillas de al lado de las ventanas. Había hibiscos justo frente al cristal. Ofrecían una vista agradable, aunque hubiera preferido no estar tan cerca para no recordar lo alto que estábamos. Así pues, le di la espalda al cristal y me quedé embobada ante el tremendo despliegue de máquinas de café, y los cuencos y los armarios de vidrio que protegían una despensa repleta de dulces y similares. ¡Estaba mejor abastecida que mi pequeña cocina!

—Hay más en la nevera. Fruta, queso, huevos duros, hummus. Lo que quieras, ahí lo tienes.

Jenny se acercó y abrió la puerta.

—Vaya, sí que os cuidan aquí. —Estaba impresionada. Me giré hacia Carol y Jenny—. ¿Os preparo algo?

—La verdad es que creo que debería marcharme —me respondió Jenny a la vez que echaba un vistazo al reloj de pared—. No quiero llegar tarde. —Se giró hacia Carol—. Gracias por escucharme.

—No hay problema, querida. Hablamos más tarde.

No quería que se fuera todavía.

—Jenny, ¿llevas mucho tiempo trabajando aquí?

Ella negó con la cabeza.

—No, llegué unos años antes de quedarme embarazada y después estuve de baja. Lo siento, me tengo que ir, de verdad. Ha sido un placer conocerte.

—Adiós, Jenny, encantada de conocerte también.

La vi alejarse y me volví hacia Carol. Ella habló antes de que yo dijera una palabra.

—Llevo aquí veinticinco años. Así que he visto mucho.

Si me quedaba en Diamond, mantener una relación con Carol podía serme útil. Quizás había oído hablar de mi padre y de lo que había sucedido en aquel entonces.

—Vaya, eso es mucho tiempo.

—Sí que lo es. La verdad es que en esa época no había un auténtico Departamento de Recursos Humanos, así que las cosas no estaban tan bien llevadas como lo están ahora. Hubo un periodo de transición y hará unos dieciséis o diecisiete años se asentaron por fin las prácticas de Recursos Humanos.

Justo en la época en la que mi padre fue despedido.

—¿De verdad? Eso es muy interesante. ¿Cómo lo hacían para tener un registro de todo el mundo? Sin un Departamento de Recursos Humanos, tenía que ser difícil.

—Bueno, tampoco es que estuviéramos en la Edad Media. Teníamos un programa informático, aunque no era tan eficiente como el de ahora.

Asentí.

—Imagínate la cantidad de papeleo que había antes de que apareciese la informática.

—Dímelo a mí. Algunos de nuestros archivos han sido informatizados. Al principio, contrataban a estudiantes en verano para que los escaneasen, pero luego, con la entrada en vigor la ley de protección de datos, el Departamento Legal prohibió que siguieran haciéndolo. Así que todavía quedan muchos archivos y cajas llenas de papeles en el almacén.

—Sé por mi anterior trabajo que hay empresas de almacenamiento de datos muy seguras. ¿Diamond usa alguna?

Confié en que Carol no pensara que yo estaba siendo demasiado curiosa con todas esas preguntas que me había sacado de la manga. Ojalá descubriese dónde estaban esos viejos archivos y encontrase el de mi padre.

—No, ninguna. El almacén del edificio ofrece seguridad de sobra.

—Oh, claro. Este edificio es tan grande que seguro que tiene muchas zonas libres.

Apenas podía contener la emoción. Si encontraba esos antiguos archivos de personal...

Carol y yo nos miramos, y sentí que estaba a punto de marcharse. Quería que se quedara un poco más para poder seguir hablando.

—Me muero por un *cappuccino* —le dije—. Fui una camarera extraordinaria hace tiempo. ¿Seguro que no puedo prepararte uno?

—Bueno, si me obligas... Diré que estaba ayudando a la chica nueva—. Se echó a reír y apoyó la cadera en el mostrador mientras yo buscaba lo que necesitaba. Esperaba descubrir algo más, pero me preocupaba que estuviera siendo demasiado descarada. No disponía de mucho tiempo para averiguar la información que necesitaba. Quería preguntarle algo más antes de que saliera corriendo de vuelta al trabajo.

—Dime, ¿alguien ha planteado alguna vez la idea de instalar una guardería en el edificio?

Carol negó con la cabeza.

—No, no recuerdo que nadie lo haya propuesto nunca.

—¿Hay personal suficiente para hacerlo viable?

Se quedó pensando un momento.

—Sí, creo que podría haberlo. —Sonrió lentamente—. ¿Qué estás pensando?

—Siempre he creído que los empleados felices son empleados productivos. Y cuando no se les trata bien, las consecuencias suelen ser devastadoras y duraderas.

Fruncí el ceño al recordar lo angustiado que estaba mi padre tras el despido. Tenía que mantenerme firme y obtener la información que necesitaba para alcanzar mi venganza, pero empezaba a presentir que esa presa tenía dos caras. Conocer y hablar con aquellas dos mujeres me había dado mucho en lo que pensar. Necesitaba volver al ordenador y seguir husmeando por el sistema informático, pero quería hablar un poco más con Carol. Respiré hondo y terminé de prepararle el *cappuccino* con la cantidad justa de espuma. Incluso hice una filigrana en la punta.

—Aquí tienes.

Le entregué la taza, y sonrió con deleite. Una oleada de emoción me inundó y me pilló completamente por sorpresa. Hice uno para mí.

—Se te da muy bien —me felicitó Carol.

—Así fue como me pagué la Universidad. Los típicos trabajos estudiantiles. También conseguí algunas becas.

Busqué el azúcar moreno en los armarios. Dado que había de todo, supuse que lo encontraría por algún lado.

—Ah, aquí está. ¿Has probado alguna vez echarte este azúcar en la espuma? —Abrí el paquete y lo rocié por encima—. Es la mejor parte. Cruje mientras te lo bebes.

—Vaya, lo probaré.

Extendió la mano con la taza y vacié un sobrecito en ella.

Bebimos en silencio durante unos momentos y Carol movió la cabeza satisfecha. Me pregunté cuál era su función en la empresa.

Caminó hasta las sillas situadas junto a la ventana y se sentó en la que estaba más cerca del cristal. Yo elegí el sofá más alejado, de cara al interior del edificio.

—¿No te gustan las alturas? —preguntó Carol.

Negué con la cabeza.

—No, ni por asomo.

—Todo el mundo tiene sus fobias. Yo lo paso bastante mal cuando monto en el ascensor. Claustrofobia.

Me miró y abrió los ojos hasta que creí que se le iban a salir de la cabeza. Me reí.

—Tiene gracia que todos tengamos alguna clase de miedo, pero cuando te pasa a ti pierdes las ganas de reírte. —Me encogí de hombros para quitar importancia a mi frase.

—Cierto. Yo me limito a mirarme los pies cuando estoy en un ascensor.

Tomé otro sorbo de café, y decidí sacar de nuevo el tema de la guardería. Aunque ya lo había preguntado antes, esperaba que Carol me diese un poco más de información.

—No tenía ni idea de lo complicado que es encontrar guardería, pero después de ver a Jenny tan alterada entiendo que es todo un problema. Es curioso que Diamond nunca se haya planteado abrir una en el edificio.

—Supongo que, como la mayoría de las organizaciones, ni se les ha pasado por la cabeza. No es problema suyo, es de los empleados.

Meneé la cabeza.

—Las empresas deberían ser más activas en ese sentido y adelantarse a esta clase de necesidades.

Me pregunté si Carol me podía leer la mente, porque las siguientes palabras que pronunció dieron en el clavo de lo que estaba pensando.

—Bueno, si lo piensas bien, sería un plus para los empleados, una compensación excelente.

—Ciertamente lo sería. Aun en el caso de que Diamond solo se hiciese cargo de una parte de la mensualidad de la guardería y lo incluyese en el sueldo de sus empleados, a estos los gastos se les reducirían considerablemente.

—Exacto. Las empresas son idiotas si no se plantean hacer cosas como esta. Imagínate lo felices que estarían los padres. ¡Dios! Tengo que irme. ¡Cómo pasa el tiempo! —Carol puso su taza en el lavavajillas—. Estoy encantada de haberte conocido. Espero que encuentres el lugar adecuado para ti en Diamond.

—Gracias. Yo también he disfrutado mucho hablando contigo. Espero que volvamos a vernos.

Caminé por la sala de descanso, bebiendo el café cada vez más frío. Mi mente corría como un pollo sin cabeza. Discutí conmigo misma sobre si debía dejar a un lado la investigación que me había encargado el señor Miércoles esa mañana y dedicarme a la idea de la guardería en su lugar.

No fue hasta que llegué a la conclusión de que iba a aceptar esa segunda batalla cuando me di cuenta de dónde estaba parada. La alarma se extendió por mi espina dorsal mientras me tambaleaba, y me sentí agradecida por el grueso panel de vidrio que tenía frente a mí. Presioné las yemas de mis dedos hacia la ventana para equilibrarme y luchar contra el creciente pánico por estar tan cerca de la ventana. Maldito fuera mi miedo a las alturas. Tenía que superarlo. Tenía que intentarlo, así que me obligué a mirar fijamente hacia abajo, hacia la calle.

Cuando no pude soportarlo más, me alejé e inspiré profundamente unas cuantas veces para ayudar a mi corazón a calmarse. No sabía si alguna vez conseguiría superar ese miedo, pero era la primera vez que estaba tanto tiempo frente a semejante precipicio. Retrocedí y me di la vuelta con un suspiro de alivio. Regresé a mi oficina temporal. Tenía trabajo que hacer. Tenía que abrir una guardería.

Era ridículo lo mucho que me entusiasmaba esa idea. Estaba convencida de que así ayudaría a la gente, y eso era algo en lo que Diamond no había pensado, al menos por lo que me había dicho Carol. Asentí. Sí, la guardería era mucho más importante que un simple informe sobre la motivación de los empleados.

Pocas horas después, había compilado una buena cantidad de datos y los había organizado en un informe presentable.

No me había dado cuenta del paso del tiempo. Le eché un vistazo al reloj y me di cuenta de que pasaban de las cinco. Miré a mi alrededor. Había estado tan absorbida en mi trabajo que no me había dado cuenta de que los demás se habían ido. Me levanté y tras coger los dos informes que había dejado en el escritorio fui a ver si el señor Miércoles había vuelto. Metí la cabeza en su despacho y lo encontré en su mesa, tecleando absorto en su portátil. Le observé durante unos cuantos minutos.

Levantó un momento la mirada, y luego volvió a centrarse en el portátil.

—Tess, has aparecido.

—Así es. No sabía que habías vuelto.

—Sí, hace un par de horas, pero parecías muy concentrada en lo que estabas haciendo.

Alcé las cejas y asentí.

—Sí, sí que lo estaba.

—¿Cómo te ha ido?

Puse el informe del proyecto sobre la mesa.

—Aquí tienes el informe.

—Gracias. Espero que tengamos un ganador.

—Creo que es muy completo y que le dará al equipo ejecutivo algo en lo que pensar.

—Veo que tienes algo más en la mano.

Arqueó las cejas y levantó la barbilla para señalar el otro informe, que yo todavía tenía en la mano.

Carraspeé.

—Sí, bueno. Es una ampliación del informe para la motivación de los empleados. Esta mañana he descubierto algo y he pensado que merecía la pena investigar un poco al respecto. Los resultados son muy interesantes.

Se puso cómodo y entrelazó los dedos sobre el musculoso pecho. Incluso un movimiento tan simple resultaba atractivo.

—Cuéntame un poco más.

Acerqué la silla hasta el borde del escritorio y me senté antes de colocar el informe delante de mí.

Él se inclinó hacia delante con interés.

Empujé el informe hacia el señor Miércoles y luego le di la vuelta para que no tuviera que leerlo del revés.

—Es una propuesta para abrir una guardería en el edificio.

Me miró y alzó las cejas sorprendido.

—¿Una guardería?

Sonreí, orgullosa de mí misma.

—Ummm, sí, una guardería. Creo que existe una auténtica necesidad de algo así en Diamond Enterprises.

—¿De verdad? ¿Y de dónde has sacado esa idea? —me preguntó mientras hojeaba el informe.

—Esta mañana oí charlar a dos empleadas. Hice unas cuantas preguntas, un poco de investigación y aquí lo tienes.

Le observé con nerviosismo mientras pasaba las páginas. No me había dado cuenta hasta ese momento de lo mucho que había invertido en aquel proyecto. Hablar con Jenny me había abierto los ojos respecto a lo importante que era el asunto.

El señor Miércoles estudió con atención un gráfico circular antes de mirarme con una expresión satisfecha en la cara.

—Debo admitir que estoy un poco sorprendido. Supuse que tendrías trabajo más que de sobra con el informe que te pedí sobre la motivación de los empleados.

—Nunca se sabe de dónde va a venir la inspiración. Ya había terminado el primer informe, y me conmovió lo que me contó esa chica sobre ser madre trabajadora.

Dejó los papeles sobre la mesa y lo tapó con una mano.

—En vez de hacerme leer todo el proyecto, hazme un resumen de un párrafo.

Eché la cabeza hacia atrás y me reí.

—¿Quieres que te resuma en un párrafo todo lo que he escrito esta tarde? —respondí mientras señalaba los papeles.

Sus ojos azules centellearon y se le entrecerraron un poco al sonreírme.

—Eso es exactamente lo que quiero.

—¿Tu madre trabajaba? —le pregunté.

—Sí.

Cruzó los brazos sobre el pecho y esperó a ver dónde quería llegar yo con mi discurso.

—¿Fuiste a una guardería?

Negó con la cabeza.

—No, mi madre trabajaba dos días y dos noches a la semana y entonces mi padre se quedaba en casa para cuidarnos.

—¿Te has preguntado alguna vez qué habría pasado si hubieras ido?

Frunció el ceño y se lo pensó durante unos momentos.

—No, nunca. Pero mi tía fue madre soltera y recuerdo que mis primos sí que tuvieron que ir. No creo que les gustara mucho.

—¿Recuerdas cómo le afectó a tu tía?

Creo que empezó a comprender el efecto que una guardería tenía en una familia. Quizá para él había sido una experiencia negativa.

Inclinó la cabeza hacia un lado y pensó en ello.

—Parecía tensa la mayor parte del tiempo.

—Así que, si recuerdas eso, y cómo se sentía tu tía, piensa en el personal de la empresa. Imagina el alivio que sentirían al saber que sus hijos están a salvo y cerca de ellos. En un lugar que se pueden permitir pagar. Imagina la lealtad que sentirán hacia Diamond. No hay ninguna razón por la que una guardería no pueda ser una experiencia positiva para una familia. Solo hace falta un poco de planificación y de dedicación por parte de todo el mundo para organizar unas instalaciones educativas, acogedoras y solícitas.

No dejó de asentir mientras yo hablaba, y me di cuenta de que estaba pensando en ello. Quizá saldría algo de todo aquello. Me sorprendió la emoción que me causaba aquel proyecto. No se me había ocurrido nada parecido hasta ese día y, de repente, era un sueño que quería que se hiciera realidad.

—Entonces, ¿a ti qué te parece? ¿Crees que Diamond Enterprises lo llevaría a cabo? —le dije de un tirón, porque no quería que me interrumpiera con un enorme «no»—. ¿Te das cuenta de lo bien que recibirían los padres y madres trabajadores algo así? Es un modo excelente de mostrar comprensión por los empleados. Eso les motivará y logrará que se vinculen mucho más a la empresa.

Soltó una breve risa y levantó una mano. Me callé y me recosté en la silla, impaciente por saber qué iba a decir.

—Me has convencido. Bien hecho. Tenemos una reunión directiva dentro de poco y les presentaré tu proyecto.

Junté las palmas de las manos, emocionada al ver que le gustaba mi idea.

—Eso es genial.

—¿Estarías dispuesta a supervisarlo?

—Por supuesto.

—Bueno, bueno. No nos vengamos arriba. Todavía tiene que pasar por los canales adecuados.

Pensé con rapidez en lo que podía hacer para que aquello saliera adelante. Empezaba a creer que tenía madera para ese trabajo. Si una chica como yo, una bibliotecaria de armas tomar, se había hecho valer y se había ganado el respeto de ingenieros, doctorados y metalurgos en un mundo dominado por los hombres, ¡aquí también podía conseguirlo! Lo único que tenía que hacer era asegurarme de que me contrataban porque, como directora ejecutiva, podía poner en marcha el proyecto de guardería de inmediato. Un momento después, puse los pies de nuevo en tierra. La emoción de la guardería se desvaneció cuando recordé la verdadera razón por la que me encontraba allí. Estaba pensando en mejorar el lugar de trabajo para las familias, pero, si continuaba con mis planes de venganza, destruiría sus vidas. Quizá necesitaba enfocarlo de otra manera. Si llegaba a directora ejecutiva, podría realizar los cambios desde dentro. Al iniciar nuevas políticas de empresa y sacar a la luz las prácticas financieras más cuestionables, podría cambiarla para mejor. Lo que era más increíble era que en toda la tarde no había pensado en mi padre ni en mi venganza. La guardería me había absorbido por completo y no había dejado espacio para nada más. Odiaba mucho admitirlo, pero era una sensación genial. Había pasado la mayor parte de mi vida consumida por la idea de destruir Diamond, había renunciado a mi vida social y a todas las cosas propias de las chicas de mi edad para concentrarme únicamente en ese objetivo. De repente, el señor Lunes apareció en mi mente y decidí que estaba preparada para recuperar el tiempo perdido.

—¿Tienes hambre? —me preguntó el señor Miércoles.

—La verdad es que sí.

No había comido nada desde el *bagel* de esa mañana en la limusina con el señor Lunes, aparte de un picoteo que saqué de la máquina de aperitivos. Pensar en el señor Lunes hizo que el corazón se me desbocara un poco. Necesitaba mantener a raya mis sentimientos, porque cada vez que él se me pasaba por la cabeza, mi cuerpo se negaba a comportarse. Se me alteraba la respiración y un sofoco me recorría todo el cuerpo, para luego asentarse entre mis muslos como una suave molestia que suplicaba ser saciada. Noté horrorizada que se me endurecían los pezones, así que crucé los brazos, con la esperanza de que el señor Miércoles no notara la excitación que sentía por el hombre de mis pensamientos. Estar rodeada de hombres atractivos hacía difícil que mantuviera la compostura. Jamás había tenido tanta perfección masculina a mi alrededor.

El señor Lunes había acudido la noche anterior a recogerme de manos del señor Martes. ¿Aparecería de nuevo? Miré al buenorro que tenía delante de mí e intenté adivinar cómo me sentía. ¿Estaba simplemente bueno, o había algo más en él? ¿Qué haría yo si el señor Lunes entrara en ese mismo momento?

—Entonces, ¿qué te parece si salimos a comer algo?

—¿Nosotros dos? Bueno, quiero decir, ¿tú y yo solos? —Mierda, eso no sonaba mejor—. Lo que quiero decir es...

—Sé lo que quieres decir —aseguró en voz baja, y terriblemente íntima—. Sí, solo nosotros dos. ¿Te parece bien?

«¿Si me parecía bien? ¿Qué estaba pasando aquí?».

No supe qué hacer. Ser valiente, supongo. Lanzarme.

—Por supuesto. Me encantaría salir a comer algo.

—Lo entenderé perfectamente si no te encuentras cómoda con la idea. No pienses que estás obligada, por favor, pero estaría bien escaparse de aquí contigo, alejarnos de las tensiones del trabajo.

Eso me hizo sentirme un poco mejor, y me relajé.

—Además, me gustaría conocerte mejor —añadió con una sonrisa, y mi ansiedad disminuyó más todavía.

—¿Qué tienes pensado?

—Bueno, conozco un sitio tranquilo cerca de aquí...

Solo pensar que iba a pasar un rato a solas con él hizo que el corazón me latiera un poco más deprisa.

—Me gusta la idea.

Capté la tensión sexual que emanaba de él, y me estremecí.

—Estupendo. Bueno, entonces, ¿qué te parece si cerramos esto?

—Sí, perfecto.

Tenía los nervios a flor de piel. Captaba sus señales con claridad, y estaba segura de que yo también mandaba algunas. El señor Lunes no había aparecido y ya era bastante tarde. De haber tenido previsto ir a recogerme, ya estaría allí. Lo que significaba que tenía vía libre para explorar la conexión que tenía con el señor Miércoles. La impaciencia se mezcló con la ansiedad en mi interior. Y cuando la cara del señor Lunes apareció en mi mente, durante un instante me planteé si de verdad quería averiguar qué pasaba entre Miércoles y yo.

En el ascensor, él mantuvo las distancias y yo saqué la tarjeta de acceso del bolso. La introduje en la ranura y el panel se iluminó. Me giré hacia él y vi que estaba con el teléfono. Luego se acercó a mi lado y se inclinó sobre mí. Me sobresalté.

—Mira lo que me ha mandado mi hermana.

Sostuvo en alto el móvil para que pudiera verlo. Miré la pantalla, pero fui incapaz de enfocar la vista, ya que la sensación de tenerlo tan cerca me abrumaba. La energía surgía de él en oleadas y alteraba el aire a mi alrededor. Inspiré suavemente y mantuve la esperanza de que no se diera cuenta de lo mucho que me afectaba. Le miré, y vi que le estaba sonriendo al móvil. Eso me dio la oportunidad de examinarlo más de cerca. Tuve que contener el impulso de levantar la mano y tocarle la barba, de recorrerle con los dedos la melena crespa. En ese momento, se giró, y nuestras miradas se cruzaron. Yo tenía la mano levantada a medias hacia él, y la cerré para luego apretar el puño contra mi pecho. Él bajó un poco la cabeza. ¿Iba a besarme? Respiré de forma entrecortada. Me incliné hacia él; necesitaba saber cómo me haría sentir.

—Eres una mujer intrigante.

Sus palabras fueron bajas y suaves, tiernas, y tenía los ojos llenos de una nueva emoción: pasión.

Temblé, y no me molesté en ocultarlo. Me rodeó la cintura con un brazo y tiró de mí hasta que mi hombro quedó encajado sobre su pecho. Comparé de inmediato su abrazo con el del señor Lunes. ¿Sentía lo mismo que cuando Lunes me había abrazado el día anterior para evitar que me cayese tras tropezarme? ¿Era diferente? ¿Más o menos emocionante?

Estudié mis sentimientos, necesitaba que mis reacciones ante un hombre y el otro fueran distintas. No obtuve ninguna respuesta. Mi cuerpo reaccionaba con la misma intensidad con los dos. Mi cerebro no colaboraba, así que, de momento, decidí dejar que se apagara. Necesitaba vivir el momento. Apenas sabía qué sentir o cómo reaccionar ante esas emociones. En el espacio de dos días había conocido a unos cuantos hombres atractivos y había estado en los brazos de dos de ellos.

—No debería estar haciendo esto contigo. Sé que no debo, y sé que tú también lo sabes —murmuró, y bajó la cara hacia la mía.

Fui incapaz de pronunciar palabra alguna, así que ni siquiera me molesté en intentarlo. El ascensor disminuyó de velocidad al llegar a la planta baja. Se apartó de mí, pero no quise soltarlo, lo que me sorprendió. Luego él tiró de nuevo de mí hacia él y quedé pegada a su pecho. Él bajó la cara y yo levanté la mía. Nuestros labios se tocaron. De forma vacilante al principio, pero él profundizó el beso. Lo acepté, necesitaba saber qué sentía. Tenía que haber algo, alguna chispa, pero no hubo nada. Era cierto que habíamos estado separados la mayor parte del día, pero, en ese caso, la ausencia no había hecho que el corazón lo ansiara más. Me sentí al mismo tiempo tremendamente decepcionada e increíblemente aliviada. Había tomado una decisión. Las puertas del ascensor se abrieron y dudé un instante. Mantuve los ojos cerrados y le devolví el beso, y, para estar segura, mantuve las manos sobre sus hombros.

Oí cómo las puertas del ascensor intentaban cerrarse. Hicieron un ruido chirriante, como si las puertas hubieran tropezado con algo. Abrí los ojos y miré. Se me escapó un grito y me aparté de un salto de los brazos del señor Miércoles, como si de repente hubiera estallado en llamas. El estómago se me encogió cuando vi la fría mirada del señor Lunes.

Recuperó la compostura de inmediato, pero no antes de que yo viera la expresión furibunda que dio paso a la máscara de calma. Se volvió hacia el señor Miércoles, que parecía completamente tranquilo, a pesar de la incómoda situación.

Yo estaba horrorizada.

El señor Miércoles me tomó del codo y comenzó a conducirme fuera del ascensor. Lo seguí, sin saber qué hacer. Cuando llegamos al vestíbulo, el señor Lunes habló:

—Gracias por ser tan atento con la señorita Canyon. Yo me encargo a partir de ahora.

El señor Miércoles se paró y se volvió lentamente hacia el señor Lunes. Miré a uno y al otro, sin respirar. El silencio se prolongó de forma dolorosa, y yo estaba a punto de explotar cuando el señor Miércoles me soltó.

—Tess, ha sido un placer. Buena suerte con tus planes.

La expresión de la cara del señor Miércoles me hizo sentirme triste, pero había experimentado un momento de claridad en cuanto vi al señor Lunes. Si iba a besar a alguien, sería a él.

—Gracias. He tenido un gran día.

—No te preocupes. Esto no cambia nada respecto a tu propuesta. Espero sinceramente que aprueben tu idea de la guardería. —Miró al señor Lunes, y luego volvió a mirarme a mí—. Es algo que muestra compasión, y es una cualidad importante que, a veces, se echa mucho de menos por aquí. Nos vendría bien tener un poco.

Luego se dio media vuelta y se marchó.

No pude sentirme más asombrada ante aquella revelación, y de que prácticamente hubiera señalado al señor Lunes. ¿De qué iba todo aquello? ¿Acababa de contarme algo sobre el funcionamiento interno de Diamond? ¿No había compasión? ¿No pensaban en la gente? Me moría por tener un poco de tranquilidad y revisar lo que había descubierto a lo largo del día.

Miré al señor Lunes. Esperaba que estuviera contemplando cómo se marchaba el señor Miércoles, pero tenía los ojos fijos en mí. Alargó la mano, y bajé la vista. Otra tarjeta. Así pues, había superado la prueba, aunque a juzgar por lo enfadado que estaba nadie lo diría. No sabía qué decir, pero acepté la tarjeta y la metí en el bolso.

—Vamos. No ha comido nada en todo el día.

Fruncí el ceño.

—¿Me estaba espiando? ¿Cómo sabe que no he comido nada?

—¿De verdad cree que no estamos pendientes de todos sus movimientos?

Me habló de forma brusca y cortante. Estaba furioso conmigo. ¿Qué significaba eso? Me había pillado besándome con el señor Miércoles, y se estaba comportando como un capullo. ¿Estaría celoso? Lo miré fijamente para ver si era eso. No vi señal alguna de cómo se sentía. Bueno, si hubiera sido el primero en actuar, no habría besado a otro hombre.

No quería enfadarme con él, pero ya lo estaba. Tampoco quería que pensara que yo era propiedad suya. Si era sincera conmigo misma, tenía que admitir que mi enfado se debía a que era incapaz de saber si mi mal humor se debía a que tenía miedo de que mi deseo por Lunes no se satisficiera nunca o a que él me había pillado besando a otro, o a que ahora sabía con certeza que me vigilaban. Me miró, y temblé bajo su mirada fija y centelleante. No tuve muy claro qué decir. De repente, me sentí muy incómoda. ¡Qué estúpida había sido al pensar que no me estaban vigilando! Eso significaba que tendría que ser más cuidadosa. Pero, ¿acaso sabía qué iba a hacer a partir de ahora? Sabía a qué hombre deseaba, pero la dirección que iba a tomar mi futuro estaba mucho menos clara.

4
Señor Jueves

Estuve merodeando por el vestíbulo de mi apartamento, mirando a través de la lluvia torrencial del exterior, esperando a que llegara el señor Lunes. Estaba claro que me había acostumbrado a nuestro ritual matutino. Fruncí el ceño y empecé a preocuparme. Ya debería haber llegado. Miré el reloj. Eran las siete y cinco, y la primera vez que él llegaba tarde. Para alguien tan insoportablemente puntual, aquello era algo muy inusual. Hacía un día de perros, incluso era posible que se dieran condiciones de huracán, y seguro que había mucho tráfico. Pero, ¿y si le había ocurrido algo? El estómago me dio un vuelco. Esa idea no me gustó lo más mínimo. ¿Por qué? Reflexioné sobre eso durante unos minutos mientras veía el agua deslizarse calle abajo. No estaba segura de estar preparada para la respuesta. Había abierto una nueva brecha emocional.

¿Estaba enamorándome de él? ¿Era eso posible después de tan poco tiempo? Solo nos habíamos visto unas cuantas mañanas y tardes, habíamos entrelazado las manos con ternura una única vez y sí, habíamos intercambiado alguna que otra mirada lasciva y mantenido conversaciones insinuantes. En circunstancias normales, esa clase de cosas podían conducir a la larga a algo más. Suspiré cuando mi cuerpo reaccionó, otra vez, solo con pensar en el señor Lunes. Sí, quería pasar más mañanas con él. Sí, cada vez estaba más receptiva a la idea de tener algo «más» con él. Sí, me sentía atraída por él, más que hacia ningún otro hombre con el que hubiera estado, pero, no, ni siquiera nos habíamos besado.

¿Cómo era posible sentir algo tan fuerte, cuando en realidad no había pasado nada entre él y yo?

¿Lo había fastidiado todo por besar impulsivamente al señor Miércoles en el ascensor y dejar que el señor Lunes nos pillase? ¿Acaso era ese el motivo por el que llegaba tarde? Quizá no llegase tarde, tal vez ni siquiera iba a venir.

«Oh, Dios», resoplé frustrada al recordar la cara que puso la noche anterior. ¿Por qué fui tan estúpida? ¿Habría informado al señor King de que yo había confraternizado demasiado con otro empleado? ¿O de que había sido poco profesional y había mostrado un comportamiento nada adecuado para una aspirante al cargo de directora ejecutiva? ¿Lo había echado todo a perder por culpa de un beso?

Se me formó un nudo en el estómago y sentí náuseas. Esperé diez minutos más al borde de un ataque de nervios y destrozándome las uñas. Al final no tuve más remedio que asumir que no iba a venir. Me dolió más de lo que estaba dispuesta a admitir, y, joder, tenía los ojos llenos de lágrimas. Mierda, mierda, mierda. No me gustaba nada sentirme tan abatida. Necesitaba tranquilizarme. Me froté los ojos y miré a través de la ventana a la calle encharcada.

Lo mejor sería intentar parar un taxi. Fuera cual fuese el motivo del plantón del señor Lunes, a mí me esperaban en Diamond. Hasta que supiera con certeza que había fallado, iba a seguir adelante. Había mucho en juego para que me descalificasen por llegar tarde.

Una de mis vecinas bajó por la escalera y se detuvo al lado de la puerta.

—Vaya, está diluviando.

—Lo sé. Estoy esperando a reunir el valor necesario para salir corriendo y buscar un taxi —contesté, con la esperanza de que no me hubiese oído hablando sola unos segundos atrás.

—¿Vas al centro? Podríamos compartir uno si quieres.

—Sí. Estaría bien tener compañía.

Miramos desde la puerta si pasaba alguno. Todavía no podía quitarme de encima aquel mal presentimiento y me sentía peor incluso que antes. Finalmente, apareció un taxi bajando la calle.

—Ya está aquí —anuncié aliviada y me puse la capucha de mi chubasquero amarillo como el sol (que tenía desde los sesenta) sobre la cabeza y salí corriendo, con mi vecina pisándome los talones.

Menos mal que el taxi paró y nos lanzamos dentro, protegiéndonos de la lluvia. Podría haberme mojado mucho más de no haber llevado mi chubasquero «hippie» y las Wellingtons, como mi madre solía llamarlas. Había ido de compras conmigo cuando las encontré, poco antes de que se mudase a su ciudad natal, Eastbourne, Inglaterra. De repente, la eché de menos. Se había quedado en Estados Unidos hasta que fui a la Universidad, y entonces, ya no tuvo sentido posponerlo más, como ella decía. Yo ya era adulta, y ella quería volver a casa. La melancolía se apoderó de mí, y el día lluvioso no hizo más que reforzar mi deprimente estado de ánimo.

—Me gusta tu chubasquero —me dijo mi vecina—. Oh, y soy Mia. Te he visto por ahí, pero nunca nos hemos presentado oficialmente.

—Hola, Mia, soy Tess. Encantada de conocerte al fin.

—Sí, espero que tengamos la oportunidad de volver a vernos.

—Eso sería genial.

Lo dije en serio. Conocerla me había hecho darme cuenta de los pocos amigos que tenía, y le echaba totalmente la culpa de eso a mi obsesión por vengarme de Diamond.

Estuvimos charlando durante todo el trayecto y agradecí la distracción.

—Deberíamos salir por ahí alguna vez. Vivo en el 101. Ven y dame un toque cuando quieras.

—Seguramente lo haga. Ahora mismo estoy un poco liada. ¿Qué tal si hablamos cuando la cosa se calme?

—Perfecto. Ya tengo ganas. —Mia me dio algo de dinero y abrió la puerta al llegar a su destino—. Gracias por compartir taxi conmigo.

Después se fue. De nuevo, me abrumó la soledad. Seguimos camino a mi oficina; el mundo parecía un empañado borrón tras la ventana del coche, y pensé en lo borroso que era mi futuro. La breve conversación con Mia solo había servido para recordarme lo mucho que había sacrificado por mi venganza. Mis amigos. Mi vida. Disfrutar del mundo que me rodea. Y la ausencia del señor Lunes lo había empeorado todo. No podía decirse que él me fuese de mucha ayuda para saber qué iba a depararme la prueba del día, pero la poca información que me daba servía para encaminarme hacia la dirección adecuada. Le echaba de menos. Esa mañana no había empezado con un hola insinuante y había carecido de café de Costa Rica, de *bagels* de Nueva York y caricias inesperadas. Había carecido de él, y eso era lo peor de todo.

El taxi llegó a Diamond Enterprises y el portero esperó pacientemente mientras yo pagaba al taxista. Estaba verdaderamente agradecida por no haberme mojado por el camino. Tronaba tanto que parecía que se sacudían hasta los pilares del edificio. Algunas gotas del diluvio cayeron sobre mí mientras atravesaba las puertas para llegar al vestíbulo. Esperaba que la cada vez mayor tormenta no fuera un augurio de cómo sería el resto del día. Zapateando para librarme de cualquier exceso de agua en mis botas, intentando no resbalar y caerme, cosa que hice seguramente sin ninguna elegancia, me dirigí hacia la recepción.

Sonreí al ver a Stanley ponerse en pie.

—Buenos días, Stanley. ¿Cómo está hoy?

—Estoy bien, señorita Canyon. Bienvenida de nuevo.

—Gracias. Es un milagro que todavía siga aquí. —Señalé a la puerta—. ¿Ha visto al señor...? —Me paré en seco, porque todavía no sabía cuál era su verdadero nombre, y referirme a él como «señor Lunes» me pareció bastante ridículo.

Stanley negó con la cabeza.

—No, no lo he visto, y no puedo decirle dónde está. —Miró hacia abajo como comprobando algo y sacudió la cabeza de nuevo.

—No pasa nada. Que pase un buen día.

Claramente no se tragó mi alegría fingida, pero fue lo bastante amable para permitir que siguiera fingiendo. Me giré hacia los ascensores y mi estado de ánimo empeoró de nuevo. Jugueteé con la tarjeta que guardaba en el bolsillo, golpeando las esquinas con el pulgar. El señor Lunes solía decirme en qué planta iba a tener lugar la prueba del día. Sin él, tendría que recurrir a insertar la tarjeta y pulsar todos los botones hasta dar con el apropiado. Genial.

—Espere, señorita Canyon. Tengo una carta para usted.

Stanley me entregó un sobre. Era de papel caro y tenía una insignia en el borde superior derecho. Era una especie de «K» muy elegante. El corazón me dio un vuelco. Era la primera vez desde el lunes por la noche que el señor King se ponía en contacto conmigo.

Miré a Stanley.

—Gracias.

Le di la vuelta al sobre y deslicé un dedo con cuidado bajo la solapa sellada para abrirlo sin estropearlo. Me acerqué a los ascensores. Una vez abierto el sobre, dudé si tirar de la hoja de papel que había en su interior. Ya en el ascensor, metí la tarjeta y empecé a jugar a adivinar la planta. Finalmente se iluminó el botón de la septuagésima.

—Subo como la espuma, al parecer —bromeé allí sola.

Saqué la carta y la sostuve, me moría de ganas de leerla, pero al mismo tiempo tenía miedo de hacerlo. ¿Y si me decía que había fallado la última prueba? ¿Que estaba acabada y tenía que irme? Aunque en ese caso, le habría dado instrucciones a Stanley para que no me dejasen entrar. Aferrándome a eso, decidí que todavía no había metido la pata.

Poco a poco, desdoblé el papel, que además era de muy buena calidad y tenía un relive en el encabezado, y empecé a leer:

«Señorita Canyon,

»Esta es su cuarta prueba. Eso significa que lo está haciendo bien. Aunque, por supuesto, no me sorprende. De no haber estado cualificada, no hubiera superado la primera noche. Enhorabuena. Presuponiendo que usted continúe haciendo las cosas bien, la veré dentro de unos días.

»Saludos,

»King».

Vaya decepción, esa carta no decía nada de nada, exceptuando que dentro de unos días iba a suceder algo. En cuanto abandoné el ascensor en la septuagésima planta, me sentí abrumada por la decoración. Se parecía al lugar donde había mantenido la primera entrevista, pero era mucho más opulento.

A diferencia del día anterior, allí había una recepcionista, y saltaba a la vista que estaba esperándome.

—Buenos días, señorita Canyon.

Sonreí, y tuve que aguantarme para no poner los ojos en blanco. Me estaba acostumbrando a que todo el mundo me conociera antes de que yo supiera siquiera cómo se llamaban.

—Buenos días.

A esas alturas había aprendido a no preguntar qué departamento había en cada planta o qué se suponía que tenía que hacer ese día. Aun en el caso de que esa recepcionista hubiera estado al corriente del desquiciante proceso de selección en el que yo estaba inmersa, no me hubiera dicho nada.

Con una educada sonrisa, señaló una puerta situada a la derecha.

—Por allí, por favor.

Oí un chasquido y me di cuenta de que había abierto el cerrojo de la puerta desde su mesa. No me sorprendió. La seguridad de ese edificio era mayor que en Fort Knox. Le di las gracias antes de cruzar la puerta.

Me quedé más bien sorprendida al ver cómo se alineaban las oficinas a ambos lados del pasillo. El ambiente estaba cargado y parecía caótico con tanta gente abarrotada por todas partes. Uno de los despachos era un desastre, con archivadores y carpetas sueltas amontonadas hasta arriba. El único lugar despejado era un caminito para que el ocupante de la oficina pudiera ir desde su mesa, tan llena de porquería que parecía una barricada, hasta la puerta. Me quedé horrorizada. ¿Cómo podía alguien trabajar así? Me entretuve más de la cuenta en mi horror y el chico me miró. Yo sonreí y asentí, pero no me hizo caso y volvió a su trabajo. «Qué maleducado», me dije para mis adentros. «Pero no se le puede culpar teniendo en cuenta que trabaja en una pocilga». Seguí adelante, y me pareció obvio que había llegado a la zona de trabajadores. Ninguna de las oficinas estaba tan mal como la primera, pero había una gran sensación de negligencia y desorden que se percibía en toda la planta. Eso no pegaba con la falsa apariencia de las áreas públicas de Diamond.

Continué paseándome pasillo abajo, asomándome a las oficinas al pasar de largo. No había nada que me dijera qué se hacía aquí en la planta septuagésima, pero estaba convencida de que iba a descubrirlo pronto. Pensé que alguien iba a encontrarme y a llevarme adonde tuviera que estar, o me tropezaría con ello. Así es como las cosas parecían funcionar.

El pasillo daba un giro brusco. A un lado, había una sala de conferencias que se prolongaba a lo largo de los ventanales, y al otro, más oficinas. Miré a la sala de conferencias y me di cuenta de que había un grupo de gente apiñado alrededor de la mesa, con un montón de portátiles y carpetas desperdigados. Un hombre miraba hacia delante desde su posición a la cabeza de la mesa, un hombre muy guapo y corpulento. Inmediatamente me di cuenta de que allí era donde tenía que ir, así que entré, convencida de que ese hombre era el señor Jueves.

Di los buenos días y cuatro pares de ojos se clavaron en mí. Era complicado no sentirse intimidada, pero hice lo que pude para permanecer tranquila. Cerré la puerta, me quité el abrigo y lo colgué en el perchero. Después tomé aire mientras me quitaba las botas de agua y me ponía mis zapatos de interior, un par de bailarinas planas que combinaban a la perfección con mis pantalones negros lisos de vestir, que me llegaban justo a la altura del tobillo. Me alisé la manga de tres cuartos de mi blusa rojo intenso, complacida al ver cómo me combinaba el pintauñas con el top. Me giré y me coloqué delante de la mesa.

Todo el mundo estaba observándome, aunque nadie parecía extrañado lo más mínimo de verme entrar, lo que confirmaba que estaba en el lugar correcto.

El señor Jueves cruzó los brazos desde su silla, y me lanzó una mirada que hizo que mi estómago diera un vuelco. Tenía que reconocer que era muy atractivo. Su traje gris combinaba a la perfección, y hacía juego con sus ojos, de varios tonos de gris. Lo único que los hacía un poco imponentes era que no mostraban ninguna emoción. Eché un vistazo alrededor de la mesa examinando rápidamente a los otros dos hombres y a la mujer, a la vez que ellos me examinaban a mí, todos con expresiones cerradas como si estuvieran juzgándome.

—Señorita Canyon, qué alegría que se una a nosotros —me saludó el señor Jueves.

Su voz era tan sosegada como aterciopelada, y un cosquilleo me recorrió los brazos, pero por su tono deduje que había llegado tarde. O al menos esa fue la impresión que me dio. Eché un vistazo al reloj, esperando que él lo viera y comprendiera que en realidad no me había retrasado tanto. El señor Lunes solía llegar a la oficina a las ocho, y yo no me había alejado tanto de esa hora. Tuve cuidado de no mostrar ninguna expresión al acordarme de él, y luego le devolví mi atención al señor Jueves.

—Me alegro de estar aquí. ¿En qué están trabajando? —Deslicé mi silla hacia delante y entrelacé las manos sobre la mesa, mirando a todos los presentes de uno en uno para después centrar mi mirada en el señor Jueves.

Él me devolvió la mirada, y me pareció ver en ella un destello de respeto o algo así, pero no estaba totalmente segura. Tuve que concentrarme en evitar que me temblasen las manos y por mantener una respiración normal, así que apreté los dedos. Hasta que supiera cuál era mi prueba y pudiera concentrarme en ella, estaría de los nervios. Había descubierto ese detalle sobre mí misma en los últimos días. Una vez que sabía la tarea a realizar, era incesante hasta que la terminaba. Había sido duro no tenerlo todo bajo control y me sorprendí de lo bien que me ajustaba a esas pruebas sobre la marcha. En realidad, tampoco me había esperado encontrarme de frente con el elemento humano de una empresa. Eso me había hecho abrir los ojos, y, aunque todavía quería vengar a mi padre, estaba empezando a cuestionarme el precio de destruir otras vidas. Miré a los que rodeaban la mesa, intentando pacientemente que el drama apareciese.

—Por favor, Cathy, dale una carpeta a la señorita Canyon.

La mujer de cabello oscuro sentada frente a mí seleccionó una carpeta y la empujó en mi dirección. La abrí, y también abrí los ojos de golpe. Era el papeleo legal del acuerdo con Northbrook. Miré al señor Jueves.

—¿Hay algún problema con esto?

—Para hacer que esta reunión sea breve y exitosa, le haré un resumen rápido.

Se levantó, y no pude evitar observarle de arriba abajo mientras él se daba la vuelta de cara a las ventanas. Se puso las manos en las caderas, empujando la parte baja su chaqueta hacia atrás, dándome una muy buena vista de su espalda musculada y tonificada. Llevaba el cabello rubio cuidadosamente recortado sobre la parte trasera de su cuello y sobre las orejas, y corto por arriba. Parecía meticuloso en todos los sentidos. Aposté a que también se hacía la manicura. Tomé aire. Estos últimos días habían sido extraordinarios en lo que a hombres atractivos se refería.

Cuando se giró hacia nosotros eché un vistazo a sus manos. Sí, o era muy bueno arreglándose las uñas o iba a que se lo hicieran. Incluso tenían un lustre delicado. Mirándolas, me fijé en sus largos dedos extendidos sobre sus caderas, lo que llevó mi atención a la parte frontal de sus pantalones. Justo adonde no debería estar mirando. Agradecí que no hubiera un bulto delatador significativo que me pusiera todavía más nerviosa. Aparté la mirada. Aunque él era un muy buen ejemplar de hombre, no dejaba de recordarme al señor Lunes, y sentí otra punzada en el corazón preguntándome por qué no había aparecido.

—Estoy impresionado con las negociaciones que hizo usted con Northbrook el martes —señaló, volviendo a su lugar en la mesa—. Hemos rellenado el papeleo y he incluido una cláusula sobre la efectividad del microchip.

—¿Es que hay algún problema? Hicimos el trato sabiendo que el chip aún no está probado —le pregunté. Un sentimiento creciente de que había metido la pata empezó a apoderarse de mí.

Sacudió la mano como descartando mis preocupaciones.

—No, no tiene nada que ver con Northbrook. Mire el siguiente documento.

Le di la vuelta a los papeles grapados de Northbrook. No tenía ni idea de qué iba a encontrarme. Había documentos de dos compañías distintas. Intrigada, los leí con rapidez. Daba la impresión de que había surgido la posibilidad de comprar uno de esos dos negocios. Comprobé los nombres. Me llamó la atención el del club de campo Rockwood. Sonreí.

—¿Qué es lo que le parece tan divertido, señorita Canyon? —dudó el señor Jueves y le miré. La sonrisa desapareció de mi cara al ver su rostro inexpresivo.

—El club de campo Rockwood es un sitio fabuloso. Me encanta, y saber que Diamond por fin se ha decidido a comprarlo es genial.

—¿Qué quiere decir con «por fin»?

—Bueno, el martes me explicaron que el club llevaba tiempo en la lista de posibles adquisiciones de Diamond, pero que nunca llegaba a concretarse. —Me encogí de hombros—. Me alegra que la situación haya cambiado.

—Sí, por supuesto. —Señaló la carpeta—. Ahora lea la otra propuesta.

Le di la vuelta a los papeles y arrugué el ceño. Era una compañía de la que no había oído hablar nunca.

—¿Quiénes son? —Pasé las páginas, buscando la descripción del negocio.

—Un proveedor de fibra óptica.

—¿En serio? ¿Y por qué razón se están planteando comprarla?

El hombre que estaba a la izquierda de Cathy habló, y le miré.

—Con la adquisición de Northbrook, tener nuestro propio suministrador de fibra óptica podría reducir significativamente los gastos de la subcontratación de algunos materiales y mano de obra.

Asentí.

—Tiene sentido. Y... ¿asumo que tienen una tarea para mí? —miré al señor Jueves.

Sonrió por primera vez, y me quedé hechizada. Estuve a punto de decirle que debería sonreír más a menudo.

—Sí, así es. Se ha ganado cierta reputación sobre que es capaz de sacar a la luz toda clase de información. Necesitamos saber todo lo humanamente posible sobre estas dos compañías con el fin de tomar la decisión correcta.

—Obtener información es mi especialidad. ¿Pero qué quiere decir con eso de que «me he ganado cierta reputación»?

Alzó un hombro.

—Simplemente eso. Estos últimos días ha impresionado usted a mucha gente de la compañía y necesitamos sus habilidades.

—Pero tiene un ejército de empleados a su disposición. —Señalé detrás de mí con el pulgar.

—Puede, pero a usted se le da mejor. —Puso los dedos sobre el teléfono móvil, que estaba en la mesa, y se lo acercó sin dejar de mirarlo—. Tiene usted hasta el final del día, y entonces nos reuniremos de nuevo.

¿Solo un día para hacer una investigación profunda de dos organizaciones distintas? Eso era imposible, aunque no iba a decírselo.

—De acuerdo. ¿Hay algún ordenador y una oficina que pueda usar?

—Sígame. —El señor Jueves guardó el móvil y se llevó consigo varias carpetas.

Así lo hice, y salimos de la oficina, de vuelta de nuevo al hervidero de actividad del exterior, y recorrimos el pasillo antes de pararnos delante de la oficina del hombre con un millón de cajas.

El señor Jueves se detuvo en la entrada, y yo a su lado para poder ver también. El hombre nos miró. No parecía muy contento de que lo interrumpieran.

—George, me gustaría presentarte a Tess Canyon. Hoy va a estar con nosotros, en la oficina frente a la tuya. Tess, si tiene alguna pregunta, George es su hombre.

Le miré a los ojos e intenté no sentirme intimidada por su expresión irritada.

—Hola George, encantada de conocerle.

Él echó su cabello a lo Einstein hacia atrás y entrecerró los ojos, como si pudiera ver mi interior. Tragué saliva y permanecí quieta, a pesar de que ese hombre casi me hizo temblar. Tenía un aspecto muy severo.

—Tess, encantado de conocerla. Si necesita algo o tiene alguna pregunta, venga a darse una vuelta por aquí. —Su voz era agradable. Su apariencia me había llevado a forjarme una imagen equivocada de él.

No había esperado que fuera tan cordial. Había medio supuesto que su naturaleza fuera tan áspera como su aspecto, pero la personalidad de cascarrabias que le había atribuido desapareció al escuchar sus palabras. Me relajé y suspiré aliviada.

—Gracias por el ofrecimiento, George. Intentaré no molestarle.

—No hay de qué. Cuando lo necesite, ya sabe. Tengo muy buena memoria. —Sonrió, y arrugó el puente de la nariz.

George volvió a concentrarse en su trabajo, y yo me di media vuelta cuando el señor Jueves me señaló la oficina que había en el pasillo de enfrente. Entré, pero esta vez no me sorprendió que estuviera tan desierta como la del día anterior.

—De acuerdo —dijo el señor Jueves—, la dejo para que se instale y se ponga en marcha. Vendré más tarde a echarle un vistazo.

Saber que tenía un plazo de tiempo tan limitado me estrujó el pecho como el peso de un elefante.

—Genial, le veré entonces.

Ordené las carpetas que él había dejado en el escritorio frente a mí y abrí la de arriba mientras giraba la silla para encender el ordenador. Inicié la sesión, ya era una experta en maniobrar por el sistema. Mi cerebro no paraba de trabajar mientras abría y pasaba por un montón de pestañas. Agradecí que esa oficina tuviera un monitor doble. Me sumergí en mi rutina habitual de búsqueda, seleccionando cuidadosamente los datos útiles de la basura virtual de Internet, y luego mi mente empezó a divagar al acordarme del señor Jueves. Claramente era uno de los abogados más importantes de Diamond, si no el que más, así que me planteé intentar sacarle algo de información.

Todos los señores Días de la Semana anteriores habían sentido cierta atracción por mí, y noté una pequeña chispa en el señor Jueves, aunque no era como el señor Lunes. El atractivo físico del señor Jueves quedaba superado por su brusco carácter. Era el tipo de hombre que no toleraba tonterías y que se arremangaba para conseguir lo que quería. Supongo que el señor Jueves se parecía un poco a Benedict Cumberbatch, pero más sexi y desaliñado. Me recordó a un *gif* que había visto en Facebook y que Cumberbatch había publicado el Día Internacional del Beso. Era uno de los *gifs* de besos más sexis que había visto nunca, y me excité solo de acordarme. Había visto el vídeo una y otra vez, deseando ser esa chica que él besaba tan apasionadamente. Me imaginé la cara del señor Jueves en lugar de la de Benedict, pero pronto la sustituí por la del señor Lunes. Suspiré apoyando la barbilla en la mano y reproduje esa escena en mi cabeza una y otra vez. Un grupo de gente pasando con prisa por delante de mi oficina y discutiendo en voz alta me sacó de mi ensoñación.

«Vuelve al trabajo».

Por fin tenía al menos un borrador de los puntos iniciales de mi búsqueda, así que leí las carpetas con más atención. Quería entenderlas por completo. La jerga legal no era mi fuerte, pero era capaz de entender la mayor parte de la misma. Escribí un par de anotaciones en un bloc, centrándome más en la compañía de fibra óptica que en el club de campo. El señor Martes no me había dicho nada sobre eso cuando salimos en coche del club, así que no tenía ni idea de si ya lo habían investigado exhaustivamente, pero yo lo haría más tarde.

Una peculiaridad de KevOptics me llamó la atención de inmediato. A otro podría habérsele escapado, pero a mí no. El nombre del dueño parecía estar ingeniosamente oculto, y lo había encontrado de casualidad. Cuando investigué sobre Kevin Lyle, no obtuve muchos resultados, pero, qué interesante, la página web de Diamond apareció en el primer resultado. ¿Existía algún tipo de conexión entre Diamond y Kevin? ¿Era un antiguo empleado?

«Ummm», pensé. Me pregunté por qué se había ido, cómo se había ido y si había algún motivo oculto detrás del trato propuesto. ¿Estaba Kevin Lyle tramando algo? Necesitaba satisfacer mi curiosidad natural, y sabía exactamente a quién preguntarle. Recogí mis papeles, poniéndolos otra vez en una de las carpetas, la cerré y la puse en mi asiento para que nadie pudiera alterar el orden de las páginas. Me aseguré de que tenía la tarjeta del día anterior, porque tenía que ir a visitar a Carol. Dentro del ascensor, inserté la tarjeta y pulsé el botón de la planta de Recursos Humanos. Solté un suspiro de alivio. Estaba en lo cierto al pensar que la vieja tarjeta iba a funcionar. Me dirigí a Recursos Humanos, sin sentirme fuera de lugar en esta ocasión. En cuanto crucé la puerta, busqué a Carol. Me paseé por las mesas hasta que finalmente la encontré. Tenía su propia oficina, una buena oficina con unas vistas geniales. Me di cuenta entonces de que debía ser Dirección.

—Toc, toc —dije, dando golpecitos en el marco de la puerta. Ella me miró y pareció realmente contenta de verme.

—¡Tess! ¡Qué sorpresa!

—Hola, Carol. Espero que no te importe que te interrumpa.

—Por supuesto que no. ¿Qué estás haciendo aquí? —Me hizo señas para que pasase, así que entré.

—Necesito un momento de tu tiempo, si estás libre.

Eché un vistazo para ver si había alguien lo bastante cerca para escuchar a escondidas. Lo que estaba a punto de preguntarle a Carol tal vez infringía las reglas de la empresa. Cerré la puerta con un chasquido firme, y luego me senté en la silla que había frente a su escritorio.

—Oh, parece que estás en una misión —dijo, abriendo los ojos como platos.

—Algo así. Necesito un favor.

Carol se echó hacia atrás, jugueteando distraídamente con un boli.

—¿Cómo puedo ayudarte?

—Bueno, se me ha asignado un proyecto y, durante mi búsqueda, me he tropezado con un dato algo curioso, y he pensado que tal vez tú podrías ayudarme a aclararlo. —Me incliné hacia delante—. Tú tienes acceso a los registros de exempleados, ¿verdad?

—Por supuesto. —Señaló al ordenador con la punta del boli.

—Vale, genial. Estoy buscando información sobre un posible antiguo empleado llamado Kevin Lyle. ¿Te suena? ¿Puedes ayudarme?

Carol me miró atentamente, dando golpecitos con el boli en la mesa antes de soltarlo para juntar los dedos.

—Kevin Lyle. No recuerdo ese nombre. Pero tengo algo rondándome la cabeza. —Se volvió hacia su ordenador, y sus dedos parecieron volar sobre el teclado—. Qué curioso —dijo, tras un par de minutos.

De haberme echado más hacia delante, hubiera estado estirada sobre su mesa

—¿Qué pasa?

—No hay registro de ningún Kevin Lyle como empleado, pero sí que hay un tal Robert Lyle que trabajó para nosotros.

—¿Hay algún detalle más? ¿Cuál era su puesto? ¿Por qué se fue? ¿Es que lo despidieron?

—¡Eh, eh! —Carol gritó, entre risas —Me estás haciendo más preguntas de las que me da tiempo a responder. Calma, y déjame que lo averigüe. —Se puso seria y me lanzó una mirada muy severa—. ¿Sabes que lo que me estás pidiendo viola el acuerdo de confidencialidad entre la empresa y sus trabajadores? Si me pillan, podría perder mi trabajo por esto.

Me removí inquieta en mi asiento. Carol se lo estaba jugando todo por mí, una desconocida, pero tenía que creer que, llegado el caso, iba a poder protegerla. De todos modos, si conseguía el puesto de directora ejecutiva, tendría acceso a toda esa información.

—Lo sé. No te lo pediría si no fuera importante, tanto para mí como para Diamond. Tu nombre nunca saldrá de aquí.

—¿Sabes?, es difícil no confiar en ti. A lo mejor me estoy equivocando, pero fuiste tan amable con Jenny el otro día que creo que tienes buenas intenciones.

Noté que el corazón se me llenaba de alegría. Hacía mucho tiempo que nadie me decía nada tan bonito.

—Oh, muchas gracias. No sabes lo mucho que eso significa para mí.

Carol asintió y sonrió. Era casi una sonrisa maternal, lo que me hizo sentirme un poco sentimental con respecto a mi propia madre.

Se giró hacia el ordenador de nuevo y navegó por el registro de personal.

—Vale, parece que se fue hace diez años. Trabajaba en Investigación y Desarrollo. Ummm. Aquí no viene mucha más información. Déjame ver si puedo encontrar una evaluación de su rendimiento.

Intenté no sentirme nerviosa por lo que ella pudiera encontrar. Todo lo relacionado con Diamond tenía una capa sobre otra. Nunca nada era directo, todo era un lío de secretismo y encubrimiento. Yo me había visto metida en este lío porque mi padre había sido acusado falsamente, y ahora había otro antiguo empleado escondiendo algo de la empresa. Aunque esas pruebas me mantenían demasiado ocupada como para poder buscar los documentos que me hacían falta para mi venganza, me sentí como si estuviera en un precipicio, como si dar un paso hacia delante pudiese cambiarlo todo.

—Aquí lo tenemos. En su última valoración obtuvo una declaración brillante. Lo único negativo es que fue demasiado lejos. —Carol me miró enarcando las cejas—. Algunas compañías considerarían eso como algo bueno. Innovador. Con visión de futuro. Ir más allá, pero aquí no.

—Pero, ¿por qué? —medité en voz alta—. ¿Crees que él y Kevin Lyle son la misma persona, pero con distinto nombre?

—No lo sé. No hay nada que indique que son el mismo. —Carol se echó hacia delante y se concentró, mientras tamborileaba en el teclado con el ceño fruncido—. ¡Un momento!

—¿Qué? —exclamé, y me levanté de golpe, esperando alguna información importante.

—Mira esto —dijo Carol—. Tenía un hermano registrado en su informe de empleado como su contacto de emergencia, un tal K. Lyle.

—¿En serio? —Me volví a sentar, y pensé sobre ello. Carol también estaba callada. Entonces la miré—. ¿Qué probabilidades hay de que Kevin Lyle y K. Lyle sean la misma persona?

—Bueno, no sé qué has encontrado que te haya hecho pensar de primera mano que Kevin Lyle haya trabajado para nosotros, pero parece lógico pensar que él y Robert tienen algún tipo de relación.

—Yo también lo creo. ¿Puedes imprimir los registros?

Carol suspiró, se apoyó en el respaldo de su silla de nuevo y sacudió la cabeza.

—No. No me atrevo. Ya sabes que los impresos y los correos pueden ser rastreados. El sistema lo registra todo. Así que... aquí tienes —Sacó un bloc de notas y un boli y me los dio—. Yo leo la información en voz alta y tú la copias.

Acepté el cuaderno y lo apoyé en mi rodilla.

—Vale. Estoy lista.

Durante los siguientes minutos estuve garabateando frenéticamente lo que Carol leía. La mayoría de cosas que decía eran minucias, pero había algunos datos que podían resultarme útiles para hacer una investigación más profunda por Internet. Es sorprendente todo lo que puedes encontrar si tienes la dirección personal de correo electrónico y la ciudad de residencia de tu objetivo. Tras unos minutos, arranqué del bloc las notas que había escrito y lo puse en la mesa otra vez con el boli encima. Con dedos ágiles, Carol cerró el programa y las dos nos quedamos sentadas, suspirando de alivio. Yo sabía que estaba conspirando y me pregunté si mi aliada también se sentía así. Con suerte nadie se enteraría nunca de esto.

—Muchas gracias —le dije.

—No hay de qué. Es lo más divertido que he hecho en mucho tiempo. Pero recuerda lo que te he dicho.

—¡Por supuesto! Yo te cubro.

Escuché un sonido y casi me tragué la lengua cuando vi al señor Miércoles en la puerta de la oficina.

—Tess, ¿qué estás haciendo aquí?

Carol y yo saltamos, como si fuésemos culpables del más vil pecado, y lo miramos. Yo solamente deseé que el rubor que sentía arder en mis mejillas no fuera demasiado evidente. Mi corazón latía con fuerza y me preocupaba tartamudear al hablar y quedar en ridículo. Todavía estaba un poco perturbada desde nuestro beso en el ascensor.

—Ah, hola. —Me coloqué las hojas de papel doblado debajo del muslo—. Solo estaba haciéndole una visita a Carol. Nos conocimos ayer y tenía un hueco libre, así que pensé que estaría bien pasarme y saludarla. ¿Cómo estás?

Estaba muy callado, pero yo sabía perfectamente qué le pasaba por la cabeza. Nuestro beso. El señor Lunes descubriéndonos. Su comentario sarcástico. Me sentí mal, y me pregunté si le había dado falsas esperanzas, porque esperaba que no.

—Ya veo. —Sí. Se mostraba reservado. Su actitud era claramente profesional. El comportamiento sexi del día anterior había dado paso a una actitud distante. Le había hecho daño y me sentí fatal—. Pensaba que no tenías que estar en esta planta hoy.

Así que los señores Días de la Semana estaban al corriente de lo que yo tenía que hacer cada día. Miré a Carol y sonreí.

—Ha estado bien charlar contigo. Supongo que debería volver a la oficina de la que me he apropiado hoy. —Me levanté, estrujando los papeles en la mano.

Ella pareció entender que estaba intentando decirle algo en silencio, de modo que puso su mejor cara de póquer y permaneció tan formal como el señor Miércoles.

—Muchas gracias por venir a visitarme. Tenemos que vernos otro día y bebernos uno de esos *cappuccinos* tan buenos que preparas.

—Trato hecho, cuando quieras.

El señor Miércoles me cerraba el paso. No tenía claro si adrede o no, pero su cercanía me alteró un poco. Levanté la mano y me toqué los labios, que él había besado hacía menos de veinticuatro horas. El problema era que yo no quería los besos del señor Miércoles. Me sentía incómoda cerca de él, pero esperé que no hubiera ningún tipo de repercusión a largo plazo. Mientras pasaba por delante de él, le miré de soslayo y le sonreí insegura.

—Supongo que nos veremos luego.

Me miró y asintió.

—Sí, probablemente nos veamos.

Me apresuré hacia el ascensor. Estuve meditando sobre lo que él había dicho mientras subía al Departamento Legal. ¿Había insinuado algo con su comentario? Un escalofrío me recorrió la espalda. ¿Acaso él sabía algo que yo no? Era bastante probable, pero ya no me sorprendía. Todo el mundo parecía saber más que yo.

Los pensamientos que me cruzaban la mente al galope confundieron al resto de mis emociones. Estaba tan alerta por si había algún pequeño detalle que pudiese salir mal, que creo que estaba convencida de que prácticamente todo era una conspiración. Necesitaba tranquilizarme y dejar de buscar el doble sentido a palabras que probablemente eran del todo inocentes. Por supuesto que me vería luego. Él estaba al mando de Recursos Humanos, y esa semana yo estaba participando en un proceso de selección.

En cuanto se abrieron las puertas del ascensor, dejé a un lado esa clase de pensamientos. Tenía un trabajo que hacer, y esa iba a ser mi única preocupación. Mi plan entero dependía de ello. De vuelta en mi oficina temporal, cerré la puerta y extendí los papeles con las notas escritas. Con cuidado, alisé las arrugas para que me fuera más fácil organizar la información.

Estaba convencida de que Robert y Kevin Lyle tenían algo que ver. Ahora que tenía información adicional sobre Robert, hice otra búsqueda y encontré su obituario. No daba detalles sobre la causa de la muerte, pero pedía que en vez de flores, se dieran donaciones a una organización benéfica contra el cáncer. Después de un par de búsquedas más encontré una página web en su memoria.

Robert era ingeniero electrónico, graduado en MIT. Por lo que pude encontrar, había desarrollado algún tipo de comunicación óptica antes de morir. Estaba impresionada. Aquel hombre no era ningún holgazán. ¿Había decidido voluntariamente dejar Diamond por su enfermedad, o había sido la compañía quien le había obligado a marcharse?

Decidí investigar los estudios de Kevin para ver si tenía un trasfondo común, pero solo encontré que había estudiado un grado de Bellas Artes. No había nada en su historial que sugiriera una relación con la tecnología o con los negocios. Así que, ¿cómo era posible que hubiera acabado al mando de KevOptics? ¿Cómo podía él liderar la empresa y vender fibra óptica si no sabía nada sobre el producto? A lo mejor Robert había enseñado a su hermano antes de morir, pero eso me parecía una exageración.

Así que investigué sobre la información relativa a los inversores de la empresa. No había realmente nada de sustancia, porque nunca se había publicado. Todo lo que tenía era la información limitada sobre la página web de KevOptics. Corroboraba que Kevin era el director ejecutivo, y había un breve párrafo sobre los antecedentes de la compañía que decía un montón de cosas vacías, sin ni siquiera mencionar a Robert. Mis instintos me decían que allí estaba pasando algo. ¿Dónde estaban los brillantes folletos de ventas? ¿Los testimonios de clientes satisfechos? ¿Por qué no había ninguna entrevista con Kevin, o perfiles de la compañía en publicaciones comerciales? Necesitaba algo que probara si KevOptics era una compañía legítima o no. Era el momento de sacar el gran vudú de la investigación.

Después de un rato, me recliné en la silla y dejé escapar un suspiro, completamente convencida de que KevOptics no existía en realidad. Tenía esa intuición, había hecho una búsqueda sobre los archivos legales, pensando que si Robert había sido despedido por su enfermedad, la compañía habría revisado la legalidad primero. Encontré que no había sido despedido, sino que le habían asignado una discapacidad a largo plazo con salario reducido, tras haber agotado sus días de baja por enfermedad. Si se hubiera recuperado, habría vuelto al trabajo, pero mientras tanto, había estado pagando una buena porción del coste de su seguro médico de su propio bolsillo. Entre eso y sus facturas médicas, Robert había dilapidado sus ahorros. Lo único de valor que tenía para dejarle a su hermano era la patente de un nuevo tipo de cable de fibra óptica.

Básicamente, lo que Kevin había hecho era crear una empresa fantasma con la patente, apostando a que Diamond investigaría la tecnología, pero no se centraría mucho en la compañía en sí. Mi suposición era que él había creído que podría sacar más dinero por una empresa, que por solo una patente. El trato era una farsa. Kevin quería dinero y vengar a su hermano. Me levanté, alarmada. La silla dio en la pared con un golpe seco, y el ruido trajo a George a mi puerta.

—¿Qué ha pasado? —Parecía preocupado, y me quedé mirándole, sin saber cuánto contarle, así que decidí quitarle importancia.

—Oh, nada. Me he tropezado con la silla al levantarme.

Sacudí la mano y solté una risotada, esperando no sonar demasiado falsa.

—¿Estás segura? —insistió él, a lo que yo le respondí con una sonrisa de oreja a oreja.

No podía contarle, así como así, que había descubierto a alguien maquinando vengarse de Diamond. George se me quedó mirando como si pudiera leerme la mente. Yo me concentré en enderezar la silla y aproveché para ordenar mis pensamientos.

—Sí, absolutamente. Todo va bien. Gracias por preguntar. —Me miré el reloj, y volví a sentarme—. Lo siento, pero de verdad que necesito acabar esto.

Asintió de nuevo y cruzó el pasillo hasta llegar a su caótica oficina. Yo le devolví la atención a mi dilema. ¿Qué debería hacer? Podía decirle al señor Jueves que lo único de valor que tenía KevOptics era la patente, y que Diamond podía retractarse de su oferta inicial o cambiarla. Podía no decir nada y recomendar el club de campo como la mejor opción. O... podía no decir nada y recomendar KevOptics. Podía permitir que Kevin consiguiera su venganza, entendía perfectamente cómo se sentía.

Pero, ¿a qué precio? ¿Qué pasaría si se siguiera adelante con la venta y Diamond descubriera que habían pagado una suma exorbitada por solo una patente? Pasarían años hasta que recuperasen su dinero, si es que lo recuperaban. Aunque Diamond era una compañía tan grande que seguramente ese dinero fuera sencillamente como una gota en el océano para ellos. ¿Qué pasaría con el señor Jueves? ¿Iba a meterse en problemas por no haber descubierto que el trato era fraudulento?

Una gran parte de mí quería ayudar a Kevin. Diamond había abandonado a su hermano en tiempos de necesidad, al igual que había hecho con mi padre. La otra parte, sin embargo, era consciente de que aquello estaba mal. Mi plan de hacer públicos a la prensa los informes de gastos ejecutivos podía ser considerado robo de información privada, pero yo no iba a beneficiarme personalmente de ello. Kevin iba a salirse con la suya y conseguir millones de dólares.

Estaba todavía debatiendo mi dilema moral cuando una voz me sobresaltó.

—¿Cómo lo lleva?

El señor Jueves estaba en la puerta con una mano apoyada en el marco y con el cuerpo ligeramente echado hacia delante.

—Bastante bien. —Sentí la imperiosa necesidad de escupirlo todo, y me costó mucho contenerme.

—Bien, hace rato que ha pasado la hora de comer, creo que debería tomarse un descanso.

Eché un vistazo a mi reloj. Vaya, no tenía ni idea de que el tiempo había pasado tan deprisa.

—Sí, estamos casi al final de la jornada laboral. ¿Quiere saber lo que he encontrado?

—Todo a su debido tiempo. ¿Tiene hambre?

Le sonreí y eché la cabeza a un lado coquetamente. Lo que hiciera falta para distraerle del hecho de que no tenía ni puñetera idea de qué hacer con la información que tenía.

—¿Está invitándome a comer con usted?

Él esbozó una leve sonrisa.

—Sí, si quiere usted verlo así. Estoy invitándola a comer.

Me levanté y alisé la parte de arriba de mis pantalones. Nada como almorzar con un tío bueno para evitar que mi mente se colapsase con un dilema ético. Me alegré de que me las arreglara para no decir esas palabras en voz alta, porque no creo que le hubieran sentado bien. Él parecía un tipo de hombre contundente.

—¿Dónde vamos? ¿Todavía está lloviendo?

—No se preocupe, vamos. Me gusta salir de la oficina para comer.

Eso me sorprendió. Parecía tanto un hombre de negocios que pensé que estaba todo el día trabajando duro.

—Oh, está bien. Deje que vaya a coger mi chubasquero y mis botas. Estaba lloviendo a cántaros la última vez que lo comprobé.

—Ahora mismo hace sol, pero los pronósticos del tiempo dicen que va a volver a llover. Ahora ha parado, así que si vamos ahora nos dará tiempo a llegar antes de que empiece a llover otra vez.

—Mi madre solía mirar siempre el pronóstico. Nos informaba todo el tiempo para que estuviéramos preparados.

—Nunca viene mal saber qué nos depara la Madre Naturaleza. Créame. —Me miró y yo tenía mucha curiosidad, porque parecía que tenía una historia que contar al respecto.

—¿Y eso? ¿Le ha pillado alguna vez una tormenta?

Vi cómo se tensaban los músculos de su mandíbula.

—Podría decirse así —respondió, pero no añadió nada más y me empujó fuera de la oficina.

—¿Qué pasó? —le pregunté cuando entramos en el ascensor.

—Crecí en Florida. Los huracanes nos visitan constantemente.

—Oh, entiendo. —Le miré por el rabillo del ojo. Me moría de ganas de preguntarle más sobre eso pero me lo pensé mejor—. ¿Qué pasa con George? Su oficina es una locura. Estar así no puede ser sano. Ni seguro. ¿Qué pasaría si hubiera un incendio? Es como una madriguera.

Me miró fríamente, y entonces me di cuenta de que, a pesar de que era guapo, no era mi tipo en absoluto. El señor Lunes nunca me hacía sentir mal por hacerle preguntas.

—Es el abogado que más tiempo lleva en la empresa. Estaba aquí cuando levantaron el edificio. —Su comentario me hizo sonreír. No se me había ocurrido que tuviera sentido del humor—. Cree en teorías conspirativas y no se fía de nadie, así que se niega a tener nada almacenado en los archivos de Diamond. Todos sus papeles están en su oficina y cierra con llave siempre que sale.

—Qué hombre tan peculiar —reflexioné—. E interesante.

¿Era posible que en esa oficina desastrosa hubiese algún documento sobre mi padre? Aunque, de haberlo, ¿cómo podría encontrarlo? Además, si George era tan receloso como había dicho el señor Jueves, no iba a dejar que me pusiese a husmear sus cosas así sin más.

—¿No está obligado a archivar los expedientes en un dispositivo digital, quiero decir, por motivos de seguridad, o en caso de que haya un incendio?

La puerta del ascensor se abrió y el señor Jueves se echó a un lado, señalando con una mano para que yo pudiera pasar primero.

—Le llevó un tiempo acostumbrarse al archivo digital, cierto. Pero una vez que conseguimos convencerle de que era necesario, empezó a escanear documentos durante su tiempo libre y, algunas veces, deja que lo ayude gente de su confianza. Ha sido un proceso largo, y ya lleva casi la mitad, pero aun así, todavía se niega a deshacerse de las copias originales. Va a jubilarse el año que viene, y entonces podremos terminar con el escaneo y tirarlo todo sin que él esté dando vueltas como una mamá gallina.

Sentí la presencia del señor Jueves mientras caminaba detrás de mí. Cualquier tipo de atracción que hubiera sentido hacia él había desaparecido hacía rato y, en realidad, no era tan despampanante como me había parecido al principio. Me acordé del señor Lunes otra vez. ¿Qué le había pasado? El hecho de que ni siquiera supiera su verdadero nombre significaba que no podía preguntar a nadie. Así que me veía obligada a permanecer en ese estado de limbo y preocupación, desesperada por saber por qué no había aparecido hoy.

Me pregunté dónde me llevaba el señor Jueves para almorzar. En Nueva York había restaurantes y cafeterías por todas partes.

—¿Qué vamos a comer? —Me di cuenta de que estaba hambrienta.

—Mi comida favorita.

—¿Cuál es?

—Perritos calientes.

Solté una carcajada.

—¿En serio? ¿Perritos calientes?

Sonrió de la forma más inocente que le había visto desde esa mañana.

—Sí, hay un carrito de perritos muy bueno justo detrás de la esquina.

No estaba segura de si me sentía decepcionada por comer un perrito en la calle.

—Hace mucho que no me como uno —comenté.

Busqué con la mirada a Stanley mientras cruzábamos el puesto de seguridad, pero no estaba allí. En vez de eso, había otro hombre y no

149

me sorprendí de que fuera también muy musculoso y atractivo. Dejamos el edificio y salimos a la calle. Hacía más frío, y las nubes bloqueaban el implacable sol de verano, pero todavía hacía mucha humedad.

—Creía que había dicho que hacía mucho sol —desafié al señor Jueves, antes de admitir lo contrario—. Me gustan los días así, nublados, casi con una sensación sofocante en el aire.

La única desventaja de estar en la ciudad era el persistente olor a basura húmeda y aguas residuales cálidas. Habría preferido con diferencia volver al club de campo.

—Hacía sol la última vez que lo comprobé.

Miré hacia arriba, entre los altísimos rascacielos.

—No veo ningún signo de que haga sol. Mi madre solía decir que si había suficiente cielo azul como para remendar los pantalones de un marinero, entonces haría un buen día. —Me giré hacia él y le sonreí—. Es británica.

—Bueno, entonces me parece que hoy esos marineros van a tener un montón de agujeros en los pantalones —respondió devolviéndome la sonrisa.

El señor Jueves me tocó el codo y me llevó a través de la multitud de la calle. Era como si todo el mundo se hubiera derramado fuera de los edificios cuando paró de llover, y las calles estaban a rebosar. Era amable por su parte que me llevase a comer, aunque fuera solo a por un perrito, pero no podía evitar desear que el señor Lunes estuviera allí en su lugar.

Había cola en el vendedor de perritos calientes, pero no me importó. Fuera se estaba a gusto, y yo estaba encantada de estar al lado de un hombre tan guapo. Me di cuenta de las miradas que le echaban las mujeres cuando pasábamos por su lado, y cómo me miraban a mí casi con rencor. Pensaban que éramos una pareja. Eso no me importó, pero no tenían ni idea de que el hombre que se estaba ganando mi corazón era mucho más guapo que el señor Jueves.

—Así que... Cuénteme. ¿Qué ha encontrado? Hágame un breve resumen.

Ya está. Tenía que tomar una decisión en ese preciso momento. ¿Me aliaba con Diamond y les avisaba, o ayudaba a que Kevin consiguiera su venganza? Al final, sabía que tenía que hacer lo que creyera que era correcto.

—Bueno, he encontrado algunos datos muy interesantes. Así que mi recomendación es ser muy precavidos con respecto a KevOptics.

Me miró muy sorprendido y levantó las cejas.

—¿En serio? ¿Qué le hace pensar eso?

—Me parece que la compañía no es lo que aparenta.

Estábamos los primeros en la fila y él pidió por los dos sin preguntarme lo que quería. Mientras llevaba su mano hacia su bolsillo para coger algo de dinero, le pedí al vendedor en voz baja que añadiese cebolla en mi perrito y una botella de limonada al pedido. El señor Lunes se habría asegurado de que tuviera exactamente lo que quería. Vi cómo el señor Jueves desenrollaba veinte dólares de un fajo de billetes y se los daba al vendedor.

Sacudió la cabeza cuando el hombre le dio el cambio, y cogió los perritos calientes, dándome a mí el mío. Añadí un poco de kétchup y mostaza, haciendo malabares con el perrito y la botella de limonada. Su perrito estaba muy cargado, y le añadió todos los condimentos posibles.

Di un mordisco y cerré los ojos con satisfacción. Después de tragar el primer bocado, logré hablar.

—No se parece a ningún otro perrito callejero que haya probado.

—Tiene razón —respondió, y luego le dio un bocado al suyo. Lo levantó y asintió con aprobación.

—Lo sé.

Levanté el mío e hicimos un chinchín con la comida. Estaba esperando a que me hiciera más preguntas con respecto a mi investigación, casi deseando que no lo hiciera. Decidí que comerme mi perrito era tomar la mejor decisión.

El hecho de que estuviéramos en la calle comiendo un perrito, en vez de arriba en un comedor ostentoso, además del hecho de que le había dado al vendedor una propina considerable, me decía mucho sobre él. Estaba acostumbrada a que los abogados estuvieran siempre preocupados por tener lo mejor de lo mejor, o por ser siempre vistos llevando los últimos símbolos de estatus social alto. El señor Jueves llevaba puesto un traje muy caro hecho a medida, pero en ese momento también pude imaginármelo fácilmente llevando ropa de Tommy Bahamas, descalzo, y tomando cerveza tranquilamente en una terraza a pie de playa.

Comimos en silencio. Él terminó mucho antes que yo, y vació hasta la última gota de su lata de refresco antes de poner su basura en los correspondientes cubos de reciclaje. Eso también me decía mucho sobre él.

—Debe darse prisa en terminar para que podamos volver. Ya tengo ganas de escuchar lo que ha descubierto.

Ahora me estaba metiendo prisa. Yo, por el contrario, me aseguré de mordisquear despacio el último bocado de mi perrito, y después me paseé hasta los bidones para deshacerme de mi basura, dando pequeños sorbos a lo que quedaba de limonada. Después de limpiarme la cara delicadamente con una servilleta, la tiré también, y volví andando hasta el señor Jueves.

—Todavía faltan un par de horas hasta mi plazo límite. Estoy segura de mi valoración de KevOptics, pero todavía necesito ahondar más en el club de campo.

Puso su mano en mi espalda y volvió a guiarme a través de la multitud de los que iban a comer. Justo antes de que entrásemos en el acceso subterráneo, el cielo se abrió de nuevo, y tuvimos que correr un poco. Me reí, y él lo hizo también.

—Yo diría que esto es llegar a tiempo, si se me permite decirlo.

Estaba tronando y los relámpagos brillaban con un destello mientras nos refugiábamos en el vestíbulo. Stanley todavía no había vuelto, y fruncí el ceño. No pude evitar pensar que su ausencia y la del señor Lunes tenían algo que ver. Pensé sobre ello mientras íbamos en el ascensor. El teléfono del señor Jueves había sonado justo al montarnos, y estaba enfrentándose a cualquiera que fuera el mensaje que había recibido. Hacía siglos que no miraba mi móvil, así que lo saqué, muy complacida al ver un mensaje de texto de mi madre.

«Todo bien por aquí. ¿Cómo estás tú, cariño? Besos».

Le respondí con:

«Estoy bien. Te llamo la semana que viene. Besos».

No quería explicarle que había dejado mi trabajo para poder participar en una locura de proceso de entrevistas para un trabajo como ejecutiva para poder obtener una venganza que ni siquiera sabía si quería tener. No creo que mi madre lo hubiera entendido.

Me obligué a volver al presente y ocuparme de KevOptics.

—¿Qué es lo que no le gusta de la compañía? —me preguntó—. Porque le adelanto que yo también tengo mis reservas.

Interesante. Quizá lo que él había encontrado podía ser de ayuda para mi investigación.

—Primero usted: ¿qué ha despertado sus sospechas? Podría darme una pista para futuras indagaciones.

—Bueno, es como si hubieran surgido de la nada, y no estoy seguro de cómo se enteró nuestro Departamento de Adquisiciones de su existencia. Eso es lo que más me preocupa.

Asentí.

—Tiene razón, eso es muy raro. ¿Usted cuál de las dos empresas prefiere?

Salimos del ascensor, y me miró. Tenía una gran presencia que llenaba toda la zona de recepción. No miré a la mujer detrás del mostrador, porque estaba inmersa en su poderosa aura. El destello del hombre relajado comiendo un perrito de un bocado se había esfumado. En su lugar, estaba el hombre formidable que me había puesto nerviosa cuando llegué por primera vez esta mañana, aunque ahora sutilmente diferente, de una forma que no sabría explicar.

—Personalmente, no me importa qué compañía adquiera Diamond, ese no es mi trabajo. Lo que me preocupa son las acciones legales a las que podríamos estar exponiéndonos si compramos una u otra.

—Entiendo. Como debe de saber, ni soy abogada, ni soy experta en finanzas. Soy básicamente bibliotecaria e investigadora. Así que lo que puedo hacer es conseguirle la información necesaria para que se la pase al equipo de compra.

Con sus siguientes palabras sentí cómo se me caía el alma a los pies.

—¿No se da cuenta de que estamos esperando a que tome usted la decisión? —No era una pregunta, era un hecho—. Con lo que investigue y la información que encuentre, es usted quien tiene que recomendarle a Diamond qué empresa debe comprar.

Agotada, inspiré una bocanada de aire.

«Sin presiones».

Nos separamos al llegar a mi oficina provisional y volví a sentarme en la silla, consciente de que solo tenía un rato más para acabar.

Tenía todo lo que necesitaba sobre KevOptics, así que me centré en el club de campo. No había ningún tipo de sorpresas allí. Preparé mi informe y eché un vistazo a mi reloj. Estaba lista.

—¿Señorita Canyon?

Una mujer a la que no había visto nunca me esperaba en la puerta.

—¿Sí?

—¿Podría acompañarme?

Se dio la vuelta antes de que me diera tiempo a formular una sola pregunta, así que me apresuré a recoger mi informe y la seguí. Pasamos por otra puerta hacia una sección muy lujosa en el Departamento Legal, muy diferente al resto.

Se detuvo junto a la puerta abierta de una oficina, y me asomé. El señor Jueves estaba sentado detrás de una gran mesa.

—Hablaremos aquí. —Fue todo lo que me dijo.

Su oficina era mucho más ostentosa que las del resto de señores de la semana. Supongo que era de esperar.

Me senté en una silla de cuero color *beige*.

—Qué bonito —le dije.

Él vino hacia mí y se sentó en la silla que estaba junto a la mía.

—Cuénteme qué ha descubierto.

De todos los hombres que había conocido allí hasta el momento, él era el más lanzado y brusco de todos. Aquel señor Día de la Semana era el colmo.

—¿Le hago un resumen? Descarte KevOptics y compre el club de campo.

Él no quería sutilezas, así que pensé que no tenía sentido andarme con rodeos.

Tuve que aguantarme para no sonreír de perversa satisfacción al ver la expresión atónita dibujada en el rostro del señor Jueves. Supongo que no se esperaba que fuera directamente al grano. Era la emoción más fuerte que le había visto en todo el día. Me gustó ser capaz de sacársela, ahora que sabía que él todavía tenía algunos sentimientos enterrados dentro. ¿Cómo de escondidos estaban?

—Así que, nada de empresas de fibra óptica. ¿Podría explicarse un poco?

—Será un placer.

Le di la carpeta, y la abrió. Alzó las cejas al ver los papeles que estaban dentro. Por supuesto, mi informe estaba recopilado y organizado a la perfección, y, con la página de índice de contenidos en primer lugar, no tuvo ningún tipo de problema para encontrar cualquier información que quisiera. Me miró y me lanzó una sonrisa de aprobación. Interpreté ese gesto como que estaba sorprendido con mi trabajo. Ya había recopilado información como parte de mi investigación antes. No demasiada, pero la suficiente para que me ayudase en esta prueba.

Estuvimos en silencio durante unos minutos mientras él examinaba la carpeta, dándole la vuelta a las hojas, asintiendo con la cabeza, levantando las cejas, mirándome de soslayo. Después, por fin, cerró la carpeta. Se levantó y caminó hacia la silla que había detrás de su mesa. Era una mesa oscura de roble con secante de cuero, y su silla era también oscura, tapizada en cuero brillante. Todo muy impresionante. Claramente, no se había reparado en gastos. Incluso las obras de arte colgadas en la pared eran reconocibles, todo era de artistas modernos famosos.

—De acuerdo, según su informe, asegura que KevOptics está intentando defraudarnos.

—Sí. El dueño de KevOptics, Kevin Lyle, tenía un hermano que trabajaba en Diamond, Robert Lyle. Robert enfermó de cáncer, así que Diamond le obligó a pedirse una excedencia con el salario mínimo. Creo que Kevin busca venganza.

Ahora sí que tenía toda la atención del señor Jueves.

—¿Venganza? ¿No es un poco melodramático?

Me encogí de hombros.

—Kevin no es tan estúpido como para anunciar que va a por Diamond en las redes sociales, pero es razonable hacer una suposición así.

Sin su sueldo, Robert se arruinó y murió poco después. Kevin está usando el invento de su hermano como cebo, pero no hay pruebas de que este cable funcione, ni siquiera de que exista.

—Tiene razón. —Cogió un boli, y vi cómo jugueteaban sus dedos con él. Se echó hacia atrás, y la silla crujió —. Dejando a un lado lo que pasó con Robert, lo cierto es que el único valor de KevOptics es su patente, y eso es lo único que importa ahora mismo.

—Estoy de acuerdo. —Crucé las piernas, y sus ojos observaron atentos mis movimientos. Se me entrecortó la respiración al ver que se interesaba por mí físicamente, pero cuando sus ojos se encontraron con los míos no encontré en ellos ninguna emoción—. ¿El club de campo es una inversión segura?

—Sí. No he encontrado nada de lo que preocuparse. El servicio del restaurante flaquea un poco, y las reservas de conferencias son escasas, pero eso no es nada que no se pueda cambiar. La tienda deportiva y el golf son los que generan más beneficios. Además, como el club es el lugar favorito de Diamond para organizar acontecimientos benéficos y corporativos, la empresa ahorrará dinero si se convierte en dueña de la propiedad.

—Si siguiéramos adelante con la compra del club de campo, ¿sería posible que hiciera recomendaciones con el presupuesto?

Ya había reconocido que no era una experta en finanzas, así que no tenía nada que perder.

—Intentaría hacerlo lo mejor posible. Estoy segura de que no sería tan complicado... —añadí, convencida de que empezaría a crecerme la nariz.

—De acuerdo, entonces está decidido. —Se levantó, y deduje que había dado por concluida nuestra reunión. Apoyó sus largos y elegantes dedos en la carpeta, que estaba encima de la mesa—. Lo ha hecho usted muy bien. Estoy impresionado con sus investigaciones y con su informe. Es usted muy meticulosa, y sería un gran fichaje para nuestro quipo.

—Gracias.

Me levanté y esperé a que me diera instrucciones.

Presionó un botón que había en la mesa y la mujer que había visto antes apareció en la puerta. El señor Jueves sostuvo la carpeta en alto.

—Por favor, lleve esto al Departamento de Adquisiciones.

—Sí, señor —respondió ella, y se marchó.

Me quedé allí de pie, sintiéndome incómoda. ¿Y ahora qué?

—Hay un coche esperándola abajo.

—¿Qué?

¿Era posible que el señor Lunes estuviera allí? De pronto, tuve muchas ganas de irme.

—Sí. —Me miró y yo le devolví la mirada—. Lo ha hecho usted muy bien. Me aseguraré de dejarlo bien claro en mi informe.

¿Así que estaban haciendo informes sobre mí? Tenía sentido.

—Gracias —le dije, y me puse recta—. Dado que he superado la prueba de hoy, me iré a casa.

Tenía la mirada fija en su escritorio, pero la levantó un segundo.

—Por supuesto. Encantado de conocerte, Tess. Estoy convencido de que volveremos a vernos.

Interpreté eso como una orden para que me fuera.

Obedecí y encontré el camino hacia el ascensor. No estaba contenta con el señor Jueves. Era como si me hubiese tratado como una herramienta más para lograr su objetivo, y no como una persona que lo había ayudado. Pero una vez dentro del ascensor, pensé en cómo me había ido el día y me alegré. ¡Había pasado otra prueba! Además, me encantaba que fuesen a comprar el club de campo. Podían sacarle mucho provecho. Cuando (o más bien «si») me convirtiera en directora ejecutiva le sacaría todo el jugo posible.

El único inconveniente era mi venganza. Había sentido la obligación moral de contarle al señor Jueves los planes de Kevin, pero, ¿cómo repercutía eso en mis propios planes? La venganza de Kevin podría haberle costado a la empresa algo de dinero, pero la mía probablemente repercutiría en la bolsa y también podría acarrear un recorte de personal. Afectaría a la vida de la gente. Quizás era hora de que dejara de lado mi sed de venganza y me centrara en lo buena que podía ser como directora ejecutiva.

Mientras iba hasta la planta baja, seguí pensando ensimismada en lo que me depararía el futuro. El señor Lunes desempeñaba un papel bastante importante en todo aquello. Llegué al vestíbulo y salí con la mirada fija en el suelo, perdida en mis pensamientos, sin prestar atención hacia dónde iba, por lo que me tropecé con alguien.

—Vaya. Lo siento mucho.

Me rodeó un olor familiar y levanté la mano para recuperar el equilibrio, pero esta aterrizó sobre un pecho musculoso y endurecido. ¿Era posible que...?

Levanté la mirada de golpe y, efectivamente, era él. No pude contener la sonrisa que se me dibujó en la cara ni la alegría que sentí al verle. Él me miró desde arriba con su seriedad habitual y su apariencia severa, pero ese día tenía algo distinto.

—¿Va todo bien?

No retiré mi mano de su pecho, sino que me apreté más contra él.

Él suspiró y tomó mi mano con la suya.

—Vámonos. He oído que has vuelto a tener un buen día.

Eso quería decir que había estado hablando con el señor Jueves, pero el cumplido sonó maravilloso en sus labios.

Ahora que lo tenía a mi lado me sentía mucho mejor. El leve dolor que me provocaba echarle de menos desapareció con su presencia y por volver a disfrutar de su compañía. Mientras atravesábamos las puertas, con su mano en la parte baja de mi espalda, entendí que él se había convertido en lo más importante de mi día, en su mejor momento. El señor Lunes parecía haberse instalado en mi interior, como nunca nadie lo había hecho antes. Quitó su mano de mi espalda y la entrelazó de nuevo con la mía, como si fuera lo más normal del mundo. El corazón me dio un vuelco. Caminamos en silencio, y yo estaba completamente concentrada en lo conectados que estábamos. Nuestra conexión física, aunque fuera inocente en ese preciso instante, era un anticipo de lo que vendría después. Me ayudó a meterme en la limusina antes de entrar él. Yo no me deslicé hasta el extremo, sino que me quedé en el centro, y él se sentó a mi lado.

Esta vez, me rodeó los hombros con su brazo y me apretó contra él. Me giré para poder mirarle más, y él estrechó su abrazo. No estaba segura de qué hacer con mis manos por la posición en la que estaba. Dejé caer una en mi regazo, pero quería tocarle, así que puse la otra sobre su muslo.

Sentí cómo se tensaba al notar el poder de sus músculos bajo mis dedos. Me moría de ganas por verle sin ropa, en su máximo esplendor. Necesitaba que eso pasase. Suspiró y echó la cabeza hacia atrás, estirando los pies mientras miraba hacia el techo de la limusina. Yo le observaba. Algo había pasado ese día. Podía sentirlo, pero no le iba a preguntar otra vez. Si él quería contármelo, lo haría. Había aprendido eso sobre él a lo largo de la semana.

Cuando habló pasados unos minutos, inundó la parte de atrás de la limusina con su voz profunda. Habló con un tono diferente, mucho más cansado y casi desalentado.

—Me alegro de que el día te haya ido bien. Ya casi lo has conseguido.

Estaba empezando a preocuparme, pero no podía evitarlo.

—Pareces derrotado. ¿Quieres hablar de ello?

Él giró la cabeza y me miró antes de cerrar los ojos. Me pregunté si iba a decirme algo más.

—He tenido días mejores.

—Creía que te había pasado algo esta mañana, cuando no apareciste.

Asintió.

—Sí. Tenía que encargarme de algo. Tengo suerte de haber podido escaparme para verte.

—¿Puedo hacer algo para ayudarte? —le pregunté, en voz baja y dulce. Abrió los ojos y me miró, y mi corazón dio un vuelco. Tenía una sonrisa triste que me hizo preguntarme cómo de malo había sido su día.

Me apretó contra él y me besó la sien. La excitación me recorrió tras aquel beso tierno, y se mezcló con la preocupación por él que había empezado a brotar dentro de mi corazón. La combinación era asombrosa. Me giré aún más en el asiento y retiré mi mano de su pierna para abrazarle.

Me apreté contra él y él me apretó aún más. Permanecí callada, esperando a que él se abriera.

—No, no. Ahora no. Tenerte a mi lado me reconforta.

Levanté la cara para verle y le miré a los ojos. Podía ver dolor en sus profundidades, y mi preocupación por él aumentó.

—¿Ha pasado algo malo hoy?

Asintió.

—Sí. Ha pasado algo malo.

—¿Seguro que no quieres hablar de ello?

Negó con la cabeza.

—No estoy preparado.

Se pasó los dedos entre los mechones y se retorció en el asiento antes de colocar sus manos a ambos lados de mi cara. Estaba embelesada con él, no solo por su intenso escrutinio, sino por la ternura con la que se sostenía mis mejillas. Su rostro se inclinó y bajó. Contuve la respiración. Sus labios tocaron los míos y mis párpados revolotearon hasta cerrarse. La ternura de sus labios cambió rápidamente a una pasión exigente. Sus dedos me apretaron y su lengua encendió un fuego en mí cuando se puso a buscar la mía. Me abrí para él y me apretó todavía más contra sí. Levanté mis manos hasta su cuello, y las puntas de mis dedos se enredaron en su cabello. Se movió y me empujó hacia atrás, por lo que casi quedé acostada debajo de él. Le dejé, emocionada por fin de estar con aquel hombre, como había estado deseando.

Estaba rodeada por su presencia, por su perfume maravilloso, por su poder. Respiré profundamente y sentí que su aura tocaba todas y cada una de las partes de mi cuerpo, pero fue su pasión lo que me dejó hechizada. Supe instintivamente que estábamos hechos el uno para el otro. Me pareció totalmente extraña aquella sensación que me sacudía todo el cuerpo y que él me había provocado. Nunca me había sentido tan arrebatada. Sentí que me estaba dando la vida misma, como si hubiera estado caminando medio muerta y solo en ese momento yo hubiera cobrado vida. Era una afirmación. Estábamos juntos.

Le rodeé el cuello con el brazo, y una mano bajó desde un lado de mi cara y descendió a lo largo de mi espalda. Me arqueé hasta que estuvimos pegados. Dondequiera que tocábamos, incluso a través de la ropa, era algo electrizante. Me apreté más contra él, quería que supiera cuánto lo necesitaba.

Lo ansiaba. Lo deseaba. Sentí cada centímetro de su cuerpo a mi lado y cuando se movió un poco más, su erección me enervó mientras se apretaba contra mí. Un tremendo calor se encendió dentro de mí y me sentí preparada para él. Si me hubiera arrancado la ropa, no me habría resistido. Le hubiera dado la bienvenida dentro de mí y me hubiera perdido en él mientras hacíamos el amor en la parte trasera de la limusina.

Dominaba el arte de besar y no quise saber ni dónde ni cómo lo había aprendido. Aparté la punzada de los celos porque no quería que manchara nuestra pasión. Nunca había estado tan excitada por un beso. Su beso fue cualquier cosa menos simple. Era complejo de muchas maneras, y no quería intentar resolverlo en ese momento. Ya habría tiempo para eso más tarde. Lo único que quería en ese momento era sentir, ser su recipiente, un puerto seguro en la tormenta que él estaba experimentando ese día. No importaba lo que le había sucedido, yo anhelaba quitarle ese dolor. Estaba desesperada por hacerle sentir mejor. Por hacerle olvidar lo que fuera que lo hubiera inquietado tan terriblemente.

Pasé mi lengua por encima de la suya, con mis dedos clavados en su espalda, recorriéndola arriba y abajo. Quería imprimirlo, hacer un mapa de su cuerpo. Curvé una pierna sobre la suya y levanté las caderas mientras él se movía entre mis muslos. Gimió en mi boca y tomé el sonido dentro de mí. Nuestra respiración se entremezcló y se volvió más jadeante, su sonido llenaba la parte trasera de la limusina. Me pregunté vagamente si el conductor podría vernos a través del divisor de vidrio cerrado.

De alguna manera, el señor Lunes había entrado en mi corazón. Incluso con el poco tiempo que pasábamos juntos y su naturaleza reservada, había una poderosa conexión que se estaba desarrollando entre nosotros.

Me rodeó con sus brazos. Sus músculos, fuertes y tensos, me agarraron con firmeza mientras me presionaba contra el asiento de la limusina. Su peso sobre mí era algo asfixiante, pero no quería que se apartara jamás. Quería quedarme así con él para toda la eternidad. Apretó más su abrazo y su beso se hizo más ardiente. Perdí toda noción del tiempo y del lugar, abrumada por su contacto, por su boca en la mía, por sus manos moviéndose por mi cuerpo. No fue hasta que el teléfono en su bolsillo zumbó entre nosotros cuando volví de nuevo a mí con un sobresalto. Apartó su cara de la mía y me miró a los ojos. Su mirada ardiente me abrasó y yo gemí, levantándome hacia él y tratando de capturar sus labios de nuevo. Posó un beso angustiosamente cariñoso en mis labios. Lo miré a través de la pasión que me nublaba la visión. Era glorioso.

—Eres una caja de sorpresas, señorita Canyon.

—Como tú —murmuré.

Me sonrió. Estaba aceptando el impacto que tenía en mí. Me acerqué para rodearle el cuello con los dedos, bajo su cabello, y el corazón se me paró cuando le volvió a sonar el teléfono. Sabía que la llamada iba a apartarlo de mí.

—¿Puedes subir conmigo? —le pregunté antes de que pudiera ver la nueva instrucción en su teléfono.

Le tomé la cara entre las manos y reclamé sus labios, con mi lengua buscando la suya. Gimió dentro mí, mezclándose con mi propio gemido de deleite. De mala gana lo liberé cuando se movió para sacar el teléfono de su bolsillo.

—Me encantaría, pero... —Miró su teléfono y frunció el ceño—. De verdad que tengo que atender esto.

Asentí y me aparté para quedarme sentada. El corazón me seguía palpitando dolorosamente a toda velocidad en el pecho y el dolor entre mis muslos me dejó claro que no había disfrutado de ninguna liberación verdadera. No podía calmarme y miré por la ventana para ver dónde estábamos mientras él atendía la llamada.

Estábamos aparcados junto a la acera frente a mi apartamento. ¿Cuánto tiempo llevábamos allí? Me ruboricé un poco al preguntarme si el conductor sabría lo que habíamos estado haciendo. Entonces me di cuenta de que realmente no me importaba. Todavía estaba disfrutando de la sensación. Miré al señor Lunes. Tenía una expresión sombría en la cara y la boca fruncida. No dejaba de asentir mientras escuchaba a la persona en el otro extremo de la línea. Se me vino el corazón a los pies. Yo tenía razón. Me lo iban a arrancar de mi lado.

—Entendido. —Fue todo lo que dijo antes de poner el teléfono en el asiento entre nosotros.

Miré con aversión el artefacto. Quería lanzarlo por la ventana.

—¿Estás seguro de que no puedes subir? —le pregunté de nuevo, sin conseguir evitar un tono esperanzado en mi voz.

—Por mucho que me encante la idea, de verdad que no puedo. Tengo que irme.

Abrió la puerta y salió. Luego se volvió y alargó la mano hacia mí. Le tomé de la mano y me encantó cómo se tensaron posesivamente sus dedos alrededor de los míos. Nos quedamos de pie, pegados bajo los rayos irregulares del sol, bajo el dosel de árboles que se alineaban a lo largo de mi calle. Le puse las manos sobre los hombros, y me rodeó con un brazo la cintura mientras su otra mano se deslizaba detrás de mi cuello, con los dedos apretados para tirar y acercarme a él. El beso sin aliento que compartimos antes de que se alejara fue intenso. Temblé, sin poder controlar el deseo que sentía. Me dio un abrazo y me dirigí hacia mi puerta. Me emocioné cuando me siguió.

Nos quedamos en silencio, mirándonos el uno al otro en el umbral de la puerta. Si mis pensamientos corrían enloquecidos de un modo caótico, seguramente los suyos también.

—Bueno. Ten cuidado, te veré mañana.

Apenas pude articular algo más que un susurro tembloroso.

Él asintió y me rozó la mejilla con un beso antes de volverse. Lo miré caminar de regreso a la limusina. Incluso su forma de caminar era excitante. Una vez dentro del coche, el señor Lunes se inclinó para agarrar el tirador de la puerta y me miró de nuevo. Sonrió y levantó la mano antes de cerrar la puerta. Permanecí allí durante unos instantes, observando cómo se alejaba la limusina por la calle. Suspiré y empujé para abrir la puerta, y me sorprendí al descubrirme luchando por contener las lágrimas. ¿Qué me pasaba? Ese beso entre nosotros lo había cambiado todo.

Subí las escaleras y abrí la puerta de mi apartamento, dejando escapar un suspiro de desesperación. Me sorprendió la oleada de soledad que me invadió, y que me hizo temblar todavía más. Me desplomé en la silla y me sentí superada. Las lágrimas me bajaron por la cara. Lloré por todo lo que había contenido durante tanto tiempo: la pérdida de mi padre; preguntarme si realmente había hecho aquello de lo que le habían acusado y, por primera vez, sin estar segura de su inocencia; el abandono de mi madre, que me había dejado para volver a su casa, a Inglaterra, y la inversión de tanto tiempo en mi venganza, por la que había sacrificado mi vida.

Esa semana me había hecho comprender que estaba viva. Era una mujer. Tenía necesidades, deseos por cumplir. Conocer al señor Lunes me había obligado a reconocer a cuánto había renunciado. Quería lo que él me había dejado entrever aquella noche. Pero, ¿podría dejar atrás mi pasado para alcanzar lo que el futuro me ofrecía?

5
Señor Viernes

Todavía no había aterrizado de mi subidón emocional. Después de haber tenido mi fiesta de autocompasión y de darme un buen lote de llorar, había superado mi momento sensiblero y me había animado reviviendo la pequeña sesión de cariño que me había dado con el señor Lunes la noche anterior, y que me tenía todavía flotando entre nubes. Me seguía quedando sin aliento cada vez que pensaba en cómo empañamos la parte de atrás de la limusina. Lamentaba que no hubiéramos hecho el amor en realidad, y que él se hubiera tenido que marchar con tanta prisa. A decir verdad, sin embargo, acostarme con él en la parte de atrás de un coche no era lo que yo quería para nuestra primera vez. Quería que todo fuese perfecto entonces, y cuanto antes mejor.

No había podido conciliar el sueño con facilidad. Todos mis pensamientos giraban en torno a él. Su tacto. Sus labios. Y mi cuerpo había estado ardiendo toda la noche, hasta que finalmente me quedé dormida, justo antes del amanecer. Así que no hace falta decir que estaba agotada. Aún se me encogía el estómago cada vez que pensaba en el señor Lunes. Maldije a quien fuera que lo llamara y lo apartara de mí. Sabía que habríamos pasado la noche juntos si no hubiera sido por la llamada de teléfono. Él era un misterio, uno que necesitaba resolverse. Como iba aprendiendo día a día, había mucho más en él de lo que parecía a simple vista.

Y allí estaba yo, en la calle, en una preciosa, fresca y soleada mañana. La tormenta del día anterior había acabado realmente con el calor, esperando impacientemente a que fueran a por mí. Miré calle arriba y después mi reloj. Eran las siete menos cuarto. Había salido de casa demasiado pronto, pero esa mañana no hubo forma de que fuese capaz de esperarle quince minutos en mi apartamento o en el portal. Estaba demasiado ansiosa por verlo de nuevo. Iba calle arriba y calle abajo, sin dejar de mirar mi reloj, echando un vistazo a ambos lados para verlo venir. Pero no vi rastro alguno de su coche.

¡Dios mío! ¿Y si no iba a venir? Como el día anterior. Controlé el pánico que empezó a subirme por la garganta.

«Cálmate, chica. Ya llegará».

Efectivamente, un par de minutos más tarde, diez minutos antes para él, un coche deportivo plateado subió por la calle rugiendo. El estruendo del motor me llegó hasta dentro y me aceleró. Ya estaba casi jadeando de excitación, cuando oí el cambio de marchadel coche. El rugido ronco del motor me trajo a la memoria los gemidos del señor Lunes el día anterior. Era todo terriblemente excitante, y muy, muy sexi. Lo vi en el asiento delantero mientras pegaba el coche al bordillo para luego parar bruscamente, con un chirrido de neumáticos. El corazón me pegó un brinco y sentí que sonreía como una tonta mientras lo miraba a través de la ventanilla. Había venido a por mí, en su propio coche... y sin el chófer.

Estaba sonriendo como una loca, y casi me puse a dar saltitos cuando me devolvió la sonrisa. No tenía ni idea de qué marca era el coche que conducía, pero era fabuloso. No pude evitar preguntarme, de nuevo, cuál era su función en la empresa. Quería conocerlo a él. Averiguar todos y cada uno de los pequeños detalles sobre él que pudiera, tanto mental como físicamente. Quería desentrañar a aquel hombre, descubrir todos sus secretos, cómo se había hecho esa cicatriz y, ¡oh!, su nombre. Estaba obsesionada. Intenté contenerme y pensar en el día que tenía por delante. Tenía ante mí otra prueba, y quizá la última oportunidad de buscar esos documentos financieros. Todavía estaba en conflicto conmigo misma por mi plan, pero había llegado demasiado lejos como para, simplemente, abandonarlo todo.

Pasé corriendo por delante del coche. El señor Lunes se inclinó y abrió la puerta de un golpe rápido. Salté dentro y lo miré. No me avergonzaba lo más mínimo estar sonriendo como una idiota o haberme enrollado con él el día anterior. Quería más de él, de nosotros juntos, y quería ver adónde nos llevaría nuestra química. El corazón casi se me sale del pecho cuando se inclinó hacia mí. Un beso de buenos días. Levanté la mano y le acaricié la mejilla.

—Buenos días —murmuró contra mis labios.

Estaba en el cielo.

Sus labios sellaron los míos, haciendo que fuera incapaz de contestar. Gemí sobre él y le pasé la mano por el cuello, metiendo los dedos entre sus cabellos. Aquel beso de buenos días hizo que el sol brillara incluso con más fuerza. Las flores desprendían un olor más dulce en los árboles. Mi corazón cantaba. Caímos el uno sobre el otro y fue de nuevo como la noche anterior, solo que en mayor grado. Más intenso. Más apasionado. Más todo. Dios, hubo momentos en los que quise creer que aquello era amor, pero, ¿realmente podía amar a un hombre cuyo nombre ni siquiera sabía? Seguramente era solo deseo.

Mi cuerpo ansiaba que se acercara más. Ansiaba sentirlo junto a mí, pero era imposible con los mandos del deportivo entre nosotros. Los profundos asientos envolventes nos obligaban a sentarnos en un ángulo extraño y nos mantenían espantosamente separados. Su lengua me recorrió los labios y yo se los abrí, presionando mis dedos con un poco más de fuerza, atrayéndolo hacia mí. Después de unos instantes levantó sus labios de los míos, y dejé escapar un suspiro. Apoyó su frente en la mía, y nos tocamos con la punta de la nariz mientras nuestros alientos se entremezclaban. Nos miramos a los ojos fijamente. Entonces cerró los suyos y respiró profundamente.

—¿Va todo bien hoy? ¿Mejor que ayer? —le pregunté.

Negó con la cabeza muy, muy levemente. Se me rompió el corazón.

—Pero todo se arreglará. No te preocupes. —Se echó hacia atrás en su asiento y mantuvo la mirada fija en mí. Contuve la respiración—. Quiero que sepas... —dudó, como si lo que iba a decir fuera difícil—, que ahora mismo tú eres la que hace que todo valga la pena. Gracias. Podré contarte más luego. ¿Lo entiendes?

Asentí. Realmente no lo entendía, pero para mí era suficiente saber que de alguna forma le estaba ayudando. Simplemente estaba contenta de que pudiera ser un refugio en la tormenta para él. Le cogí la mano, y él me la apretó.

—Ojalá pudiera hacer más por ti —le dije.

—Has hecho mucho.

No supe qué decir y bajé la mirada a la guantera; sonreí cuando vi dos tazas de viaje.

—¿Para nosotros? —le pregunté a la vez que le daba unos golpecitos a la tapa de una de ellas.

—Sí, para nosotros.

Su sonrisa era cálida, la más relajada que le había visto. Me encantaba su sonrisa y deseaba que la mostrara más a menudo. Rompía el gesto sombrío de su cara y me enseñaba su lado más pasional. Como una ventanita abierta al misterio del hombre.

—¿Costarricense? —le pregunté.

—Chica lista —dijo insinuantemente, poniéndome un mechón tras la oreja.

—¡Vaya, gracias! Estoy de acuerdo.

Se echó a reír, otra cosa que quería experimentar con más frecuencia.

Alargué la mano para coger las tazas y le di una.

—¿Traído en avión esta mañana? Mimada con el lujo de un buen café.

Creo que me tocó los dedos a propósito cuando me cogió la taza. La descarga de deseo casi me polarizó, saliendo precipitadamente por los dedos de las manos y los pies. Todo mi cuerpo se encendió por aquel hombre, y no sabía cómo acabaría el día en ese filo de la navaja de excitación en el que me tenía. Los pulmones se me contrajeron y el corazón me latió frenéticamente mientras metía la marcha del coche y comprobaba el tráfico en el espejo retrovisor. Si podía hacerme eso con el más leve de los roces, estaba deseando saber, a la vez que temiendo, qué podría hacerme con un contacto más prolongado. Me calmé, respirando lentamente, y entonces tomé un sorbo del delicioso café. Cada día traía una intensidad nueva, una profundización, a nuestra relación.

Estuvo callado unos minutos mientras bebía un poco del suyo, antes de devolver la taza al posavasos. Puso una mano sobre mi rodilla.

Casi me salí de la piel, y me sonrojé acaloradamente. ¿Se daba cuenta de la forma en la que me afectaba? Parecía auténtico, pero mi mente empezó a pensar demasiado. Por primera vez, me cuestioné si él mismo, y nuestra atracción mutua, era parte de una prueba. ¿Podría ser una tentación, algo pensado para sacarme del camino correcto? Apoyé la cabeza en el asiento y me giré para mirarlo. Estaba concentrado en la carretera. No había ninguna expresión en su cara, así que fui incapaz de leerle. Todavía lo sentía con cada nervio de mi cuerpo. ¿Sentía lo mismo él por mí?

Quería que llegáramos a lo físico, pero, ¿podría aguantar una aventura de una sola noche, si eso era todo lo que yo era para él? No tendría elección, y me consolé sabiendo que al menos podría sacarlo de mi mundo si una noche acababa siendo todo lo que había destinado para nosotros. Sin embargo, tenía esperanza. La doble conexión de lo físico y lo emocional que sentía con el señor Lunes estaba creciendo mucho más rápido de lo que había esperado.

—Hoy va a ser un día difícil para ti.

—¿Qué?

No capté al principio lo que estaba diciendo. De vuelta a la realidad, me hizo recordar de golpe la razón por la que estaba aquí. Desaparecieron toda la calidez y los sentimientos imprecisos que me había dado. Me sentí por los suelos.

—Va a ser un desafío.

Giré la cabeza bruscamente para mirarlo.

—¿Qué quieres decir?

Levantó una de las cejas pero siguió concentrado en la carretera. Entonces me echó una mirada rápida y pude ver la preocupación en su cara. Vi que no solo estaba preocupado por mí, sino que estaba pasando algo más. Le dolía por dentro y solo me mostraba la superficie de su dolor.

¿Qué le había pasado?

Cambió de marcha, jugando de manera experta con el embrague y el acelerador para entrar y salir velozmente entre una aglomeración de tráfico. Tomé aire y empujé los pies en el suelo del coche, tensando la cabeza en el asiento. Me sujeté las rodillas y suspiré cuando redujo la velocidad.

—No me gustan los malos conductores —comentó.

—Eso parece —repliqué—. ¿Dónde aprendiste a conducir así?

Levantó un hombro y zigzagueó entre los coches a un ritmo mucho más sensato.

—He dado una vuelta o dos en un circuito. Ninguna carrera oficial ni nada por el estilo. —Me miró—. Me gusta la velocidad.

Las cejas se me dispararon.

—¡No me digas! No lo habría adivinado nunca. Dame un momento para despegar los dedos de las rodillas.

Sonrió y volvió su atención a la carretera. Los edificios, conforme nos aproximábamos a Diamond, me iban resultando familiares. Nuestro paseo en coche, los dos solos, pronto terminaría.

—Quiero que seas consciente de que hoy podría ser un poco más complicado de lo que esperas. Y que lo que has logrado hasta la fecha se ha tenido en cuenta. Lo has hecho muy bien.

¿Qué iba a ocurrir? Sus palabras eran ligeramente alarmantes. No me había ayudado en absoluto hasta entonces y precisamente ese día me daba esas crípticas advertencias. Para que él dijera algo, debía de ser algo muy importante.

—Lo siento. No puedo decir nada más. Solo quiero que hoy lo hagas tan bien como lo has hecho estos últimos días. Mantén la cabeza sobre los hombros y los ojos bien abiertos.

—Me estás asustando —le dije, mientras me latía el corazón más rápido. Puso una mano en mi rodilla y la cubrí con la mía.

Acarició mi rodilla antes de volver la mano y tomar la mía, me la apretó, y eso me consoló en ese mismo momento. A pesar de que sabía que la prueba de ese día no sería como ninguna otra a la que me hubiera enfrentado, su contacto me calmó.

—No hay nada de lo que tener miedo. Confía en mí. Simplemente podrías encontrarte fuera de tu zona de confort.

Le apreté la mano, y le recorrí el perfil con la mirada mientras él se centraba en la carretera. Me encantaba la fuerza de su mentón, la inclinación de su nariz. Todo en él estaba cincelado y era tan increíblemente guapo. Conjuntaba tan a la perfección que nunca podría cansarme de mirarlo.

—¿Te das cuenta de que llevo toda la semana fuera de mi zona de confort?

Vi subir la comisura de sus labios antes de que se girara hacia mí.

—¿Ha importado? Has superado con creces cada prueba que te ha sido presentada. Deberías estar orgullosa de ti misma. —Hizo una pausa y me miró fijamente durante un tiempo lo suficientemente largo como para acalorarme toda de nuevo—. No es mi intención asustarte. Solo quiero que llegues hasta el final.

—Eso es lo más cerca que has estado nunca de darme una pista sobre tu trabajo. O de decirme que me quieres aquí.

No quise decir nada más por miedo a que él volviese a cerrarse.

—Creo que anoche te demostré cuánto quiero que estés aquí.

Su voz era como una caricia, y pasó sus dedos por el dorso de mi mano antes de alcanzar su café. Le vi dar un sorbo, su nuez se movió mientras tragaba, e intenté desesperadamente recobrar el aliento que acababa de robarme.

Luego condujo en silencio, e intenté poner mi cerebro a trabajar. ¿Debería responder a sus flirteos? ¿Preguntarle por ayer por la mañana? ¿Lo compartiría conmigo ahora? No; si pudo admitir que me quería sexualmente, también podría compartir su dolor emocional conmigo si quisiera. No diría nada. Eché un vistazo por la ventanilla. Casi estábamos en Diamond Enterprises. De manera impulsiva, hice justo lo que acababa de decidir que no iba a hacer.

—¿Por qué no viniste ayer?

Continué mirando por la ventanilla porque temía ver la expresión de su rostro. Si lo había enfadado, no quería ver la prueba.

Permaneció en silencio y no dijo nada durante unos instantes. No repetí la pregunta. Decirlo una vez era más que suficiente.

—Motivos personales.

Eso ya lo había supuesto, así que no fue una novedad, pero su confirmación de mi suposición era, a pesar de todo, un paso adelante gigantesco. Aunque quería saber más sobre el señor Lunes como persona, acepté mi pequeña victoria y no presioné más. Le puse una mano sobre el brazo y lo froté suavemente.

—Estoy aquí si me necesitas.

No dije más que eso. Frunció el ceño y asintió muy brevemente. No pude evitar especular sobre qué podría ser lo que le estaba causando ese dolor tan profundo. ¿Había perdido a alguien que le importara? ¿Había sufrido algún acontecimiento traumático? Todas mis suposiciones solo servían para recalcar cuánto había que descubrir aún sobre él.

Un silencio cómodo surgió entre nosotros mientras pasábamos las últimas manzanas. El señor Lunes entró por el camino de acceso con un alarmante chirrido de frenos, evitando por poco a un taxi que acababa de salir de la acera. Vi al portero apoyarse discretamente contra una columna, frotándose el pecho, como si tuviera palpitaciones.

Ni el señor Lunes ni yo sentimos la necesidad de movernos; nos quedamos mirándonos el uno al otro.

—¿Vas a entrar?

Negó con la cabeza.

—No. Hoy no. Tengo mucho que hacer. —Se llevó la mano al bolsillo y sacó otra tarjeta. Casi la había olvidado. Me la tendió—. Anoche no llegué a dártela.

La acepté y la metí en el bolso.

—Bueno, pues que tenga cuidado con un día difícil, ¿no? ¿Algún otro consejo que me puedas dar?

Hizo un gesto negativo.

—Lo siento. Ojalá pudiera.

—¿Al menos puedes decirme a qué planta me dirijo, o me limito a apretar todos los botones del ascensor como ayer? —le pregunté cortante.

Negó de nuevo, antes de cogerme por detrás del cuello y tirar de mí. Su beso estaba lleno de fuego y emoción. Me quedé sin respiración cuando su boca cubrió la mía; puso su lengua contra mis labios y los abrí para él, dándole la bienvenida. No quería que acabara el beso y me frustré cuando se apartó. Su respiración era pesada e irregular, como la mía.

—Lo que me haces —suspiré.

Todavía tenía su mano alrededor de mi cuello, y presionó con los dedos sobre mi mejilla y me giró para que lo mirase.

—Nunca jamás pienses que a mí esto no me afecta.

Todo aquello en el espacio de tan solo unos instantes. Dejó caer la mano y me clavó la mirada. Sus ojos casi me partieron el corazón. Estuve tentada de dejar tiradas las pruebas, ¡que le partiera un rayo al puesto de director ejecutivo y a mi venganza!, si con eso pudiera quedarme con él. Como si supiera lo que estaba pensando, negó con la cabeza una vez más.

—Ve. Planta veintitrés. Dale una paliza a este día.

La puerta se abrió a mi lado y dejé que el portero me ayudara a salir.

Afortunadamente, llevaba una falda amplia, de mucho vuelo, con lo que salir del deportivo de carrocería baja fue fácil.

—Supongo que te veré después.

No era realmente una pregunta, así que no esperaba que me respondiera.

—Sí, nos vemos luego. De eso puedes estar segura.

Sonreí y alargué la mano para coger mi cartera de piel rosa; era casi tan grande como yo. Deslicé la correa del hombro por encima de la cabeza y le eché una última mirada mientras me inclinaba dentro del vehículo. No fue hasta que su mirada bajó hacia mi pecho cuando me di cuenta de que el amplio escote de cuello de barco le ofrecía unas vistas estupendas de mis pechos. No fue intencionado por mi parte, fue un movimiento completamente inocente, pero el aire se volvió abrasador. El cambio de la expresión de su cara fue maravilloso. El deseo le llenó los ojos. No hubo ni un ligero matiz de vergüenza al saber que le había pillado mirando mis pechos.

—Pronto, señorita Canyon.

Sus palabras estaban cargadas con un delicioso doble sentido y resistí el impulso de lanzarme dentro del coche. En su lugar, encorvé los hombros hacia delante, consiguiendo deliberadamente un escote espectacular.

—Desde luego —le repliqué.

Entonces le hice un guiño y me giré para entrar por las puertas, moviendo las caderas con un pequeño balanceo adicional. Resistí el impulso de volverme a mirar, y hubo un latido, dos latidos, antes de que oyera rugir su coche al marcharse. Stanley estaba de servicio e intercambiamos cumplidos mientras me registraba. Luego, mientras me encaminaba hacia los ascensores, intenté retomar el control de mis emociones desenfrenadas. Si el señor Lunes me había dicho que el día de hoy iba a ser un verdadero desafío, tenía que estar en plena posesión de mis facultades.

Una vez que las puertas del ascensor se abrieron en la planta veintitrés, saqué la tarjeta de la ranura y la guardé en la cartera. Ante mí había una recepción vacía, similar a todas las de las otras plantas, excepto en el Departamento Legal. Ya debería de estar acostumbrada a todo eso, era el cuarto día que me encaminaba hacia lo desconocido, y un paso en falso podría costármelo todo.

Mi excitación disminuía a medida que mis niveles de ansiedad aumentaban. Escogí una puerta al azar y entré. Al otro lado se encontraba un clon de las plantas de los días anteriores. Cubículos de oficinas y personas. Una vez más me encontré deambulando entre las filas de mesas mientras pensaba enfadada que no le pasaría nada a Diamond por tener algún desgraciado pasante esperando para guiarme. Sin embargo, sabía que estaba buscando un departamento, así que me dirigí a los despachos de la esquina. En el primero que probé había un hombre increíblemente guapo que resultó estar inclinado, mirando algo en una estantería. Me tomé un segundo para apreciar su espectacular culo, simplemente con propósitos estéticos, antes de llamar.

—Buenos días —le dije.

El hombre se incorporó y se giró.

—Ah, sí, buenos días. ¿Tess?

Sonreí educadamente.

—La única e inimitable.

—Excelente. He preparado todo lo podría necesitar. Solo tiene que ir al despacho dos puertas atrás. He dejado los archivos sobre la mesa. También tendrá acceso a los sistemas relevantes en el ordenador. Puede empezar enseguida, y nos volveremos a reunir al final del día, ¿de acuerdo?

No esperaba una respuesta expresamente, pero la tuvo de todas formas.

—Vaya, todos fueron a la misma escuela de dirección de empresas, ¿verdad?

—¿Disculpe? —dijo el señor Viernes, frunciendo el ceño.

Llegado a ese punto, sin embargo, después de casi tirarlo todo por la borda por el señor Lunes, no estaba demasiado preocupada por si quizás estaba pasándome de la raya. Lo había hecho bien hasta ese momento, pero todas esas indicaciones crípticas y las órdenes que me daban todos estos hombres estaban empezando a ponerme de los nervios.

Me reajusté la cartera en el hombro.

—Todos los días han sido igual. Todo el mundo ha sido igual. Me dan los archivos, sin contexto alguno, me ordenan familiarizarme con sus contenidos, un despacho vacío y una fecha límite imposible.

Suspiré, terminando mi pequeña diatriba. Demasiado para un desafío. No era diferente al resto. Solo otro tío bueno con el nombre de otro día. Estaba a punto de dirigirme al despacho que me había sugerido cuando me llamó.

—¿Pensaba usted que las pruebas para llegar a ser director ejecutivo serían fáciles? Diamond es una corporación multimillonaria, que abarca una amplia variedad de industrias. Sus directores ejecutivos tienen que ser capaces de adaptarse fácilmente a cualquier problema con el que se enfrenten ese día. Si no puede pensar rápidamente sobre la marcha, si encuentra estas pruebas demasiado difíciles de afrontar, entonces es que quizás este no es el puesto adecuado para usted.

El pánico me atravesó como una bala cuando me di cuenta de que casi me había autodescalificado por quejarme, pero estaba un poco cabreada por el tono del señor Viernes. Quizá cuando el señor Lunes me advirtió sobre enfrentarme a un día difícil, se había referido al hombre, no a la prueba.

—Puedo hacerlo, señor. Sea cual sea la tarea, la completaré lo mejor que pueda.

Cruzó los brazos, apoyándose contra su mesa, mirándome fijamente. Bajo su implacable mirada quería moverme a toda costa, pero me forcé a no mostrar debilidad. Después de unos momentos incómodos, habló de nuevo.

—Ayer, usted recomendó que Diamond adquiriese un club de campo. Hoy su tarea es revisar su presupuesto y desarrollar formas de incrementar la rentabilidad. Me dijeron que usted no pensaba que le resultaría demasiado difícil esa tarea.

¿En qué pensaba cuando dije eso? ¿Un presupuesto? A duras penas cuadraba mi libreta bancaria, ¿cómo demonios se suponía que iba a desarrollar un presupuesto para un negocio en marcha de esa envergadura? Algo en este hombre era muy dominante, y sentí que era prudente decir lo menos posible. Solo sabía que usaría cualquier desliz en mi contra. Así que le contesté de forma escueta.

—Sí, señor.

Cambié el peso de pie y mantuve el contacto visual con él. Mantuvo la mirada fija en mí. Me forcé a no temblar bajo el poder de su penetrante mirada. Era como si pudiera mirar justo dentro de mí y ver mis secretos más ocultos.

El señor Viernes sobresalía por encima de todos los señores Días de la Semana. Era distante, directo y conciso, lo que era a la vez desconcertante, intrigante y un poco excitante. Cada centímetro de él expresaba claramente que era un director financiero, con su traje perfectamente confeccionado y sus gafas de montura metálica. Había una energía en él que parecía hervir bajo su calma exterior. Para mí, los números eran las cosas menos atractivas que pudieran existir, y odiaba las matemáticas con toda mi alma. Sin embargo, aquel hombre tenía un extraño encanto, algún tipo de resplandor que parecía atraerme. A mi pequeña muestra de insubordinación, me había hecho callar con sus palabras inmediatamente, recordándome que yo no era directora ejecutiva. ¿Podría animar a ese hombre con un poco de conversación? Decidí intentarlo antes de enterrarme en los archivos. El pensamiento de horas y horas sin nada más que números delante de mí me hizo quejarme interiormente.

—¿Lleva mucho en Diamond?

No pestañeó ante la incongruencia y sentí unas poderosas ganas de tragar saliva, o arreglarme el cabello o algo. Me hizo sentir tensa y un tanto violenta, pero lo encontré terriblemente excitante también. Pensé que tendría la oportunidad de hacer unas cuantas preguntas.

—El tiempo suficiente.

Supongo que no iba a darme mucha información. Fue entonces cuando me di cuenta de que su chaqueta colgaba cuidadosamente de la percha junto a la pared. La camisa blanca que llevaba estaba impecable y perfectamente planchada. Mientras permanecía de pie observándome, pasó su corbata de seda, con un nudo Windsor perfecto, por cierto, por entre sus dedos. Estaba bastante fascinada por ese movimiento. Especialmente cuando hizo girar el final hacia arriba entre su índice y su dedo corazón.

Tuve un destello de una imagen en mi cabeza, de él usando esa corbata para algo más que para llevarla con el traje. Tomé un poco de aire y me imaginé siendo atada con ella, mis manos desvalidas, mi cuerpo abierto a él, indefensa... Le lancé una mirada a la cara. Una sonrisa misteriosa curvó sus labios, como si supiera exactamente lo que había estado pensando. ¡Ah, no!, no había sido el señor Viernes el que se inclinaba sobre mí en mi fantasía. Queriendo hacer una rápida retirada, salí del despacho.

—Me pongo con el presupuesto ahora mismo.

Me apresuré a encontrar el despacho vacío y dejé mi cartera sobre la mesa con un pesado golpe que fue casi tan fuerte como los latidos violentos de mi corazón. Necesitaba calmarme. El señor Lunes podía haber sido el que sujetaba la corbata en mi imaginación, pero fue el señor Viernes quien había encendido el fuego de mi excitación en un principio. Podría no tener mucho don de gentes, pero el hombre tenía un algo que te hacía ser consciente de su presencia y no pude más que reaccionar ante eso. Abrí la primera carpeta y miré sin ver la página que tenía delante de mí. El señor Lunes me había advertido de que el día sería difícil, y el recordatorio del señor Viernes de lo que estaba en juego ciertamente lo confirmaba, pero mi mente estaba aún obsesionada con el sentimiento imaginario de las manos del señor Lunes sobre mi cuerpo mientras yo me retorcía con ataduras de seda.

Me aclaré la garganta y me volví hacia el ordenador, decidida a concentrarme. No tardé en entrar en el sistema para ver a qué tenía acceso. A bastante. Me detuve en los archivos electrónicos asociados con los documentos de la carpeta y me quedé asombrada por las cifras que veía en la pantalla del ordenador. Nunca había visto tantos ceros. Estaba pasmada por las enormes cantidades de dinero que se barajaban. Pude llegar a la mayor parte de los datos en línea, pero era una paliza tremenda. Simplemente no podía entender cómo la gente podía estar nada más que mirando números todo el día. Conmigo, empezaban a salirse de la página, a arremolinarse y a convertirse en una maraña de nada. Sin embargo, suponía que tendría que acostumbrarme a eso si iba a ser una directora ejecutiva.

Después de examinarlo todo, ya tenía una lista de zonas de empresas de clubes de campo a las que tenía que dirigirme. Proveer el personal era el mayor gasto. Aunque pensara que las cifras eran bastante altas, alguien mucho más conocedor de los números cuestionaría el balance final indudablemente. Tenía la sensación de que la recomendación sería despedir a trabajadores. Estaba claro que iba a haber algunos despidos. Podía verlo, pero lo último que quería proponer era que la gente perdiera sus trabajos. Tendrían familias que dependerían de ellos. Recordé el gran impacto que causó en mi familia que mi padre fuera despedido. No importaban las circunstancias en las que se tuvo que marchar; la pérdida de sus ingresos por sí misma ya había sido muy estresante. No quería ni imaginarme causar esa clase de dolor en otra familia a menos que no hubiera otra opción. Sacudí la cabeza negándome a aceptarlo. Encontraría otra forma de hacerlo.

Todo aquello me recordó mi plan de venganza. Todas esas pruebas que el señor King me había preparado me habían negado cualquier tiempo libre para mi propia investigación privada. Y ahora estaba allí, con un acceso prácticamente ilimitado a los registros financieros de la empresa. Levanté la cabeza y miré alrededor. Nadie me prestaba ninguna atención y estaba delante de un ordenador desde el cual, con tan solo unos pocos clics, probablemente sacaría toda la información que necesitaba. Mi mano dudó sobre el ratón del ordenador. ¿Qué me estaba pasando? ¿Por qué no estaba pulsando ya las teclas?

«Lo dejaste todo por esto».

Antes de que pudiera volver a cuestionarme, abrí los libros de empresa y eché un vistazo a la pantalla. Tuve que forzarme a leer cada línea, todas las anotaciones, todo, hasta que encontré lo que estaba buscando. Pude ver que había discrepancias entre los libros y algunos de los informes de gastos ejecutivos. No cuadraban; los números distaban mucho de ser los correctos. Comprobé las fechas, y parecían corresponder a la época en la que mi padre había trabajado en la empresa. Encontré sus informes de gastos y me quedé en silencio. No me había preparado para ver imágenes de sus notificaciones de gastos. Ver su vistosa firma garabateada en la parte inferior hizo que se me saltaran las lágrimas inesperadamente. Me forcé a no emocionarme.

No parecía haber nada fuera de lo normal. Solo los gastos típicos, que no parecían estar demasiado inflados. Los comparé con los registros financieros de la empresa y todo estaba en orden. ¿Cómo pudieron despedir a mi padre por nada? Tenía que haber una razón. Ahondé más y entonces un nombre que me era familiar apareció de repente. El del anterior jefe de mi padre: Grant Kennedy. Saqué las páginas escaneadas otra vez y escogí un mes, esperando que pudiera ver algo en él. Y lo hice.

La firma del informe aprobado por Grant Kennedy no era la de mi padre. La habían falsificado. Sentí que el corazón se me iba a salir del pecho mientras lo imprimía, y copiaba informes similares. Entonces volví a los informes anteriores de mi padre e imprimí unos cuantos con su firma verdadera en ellos. Los esparcí sobre la mesa delante de mí y los comparé. Era dolorosamente obvio que las firmas no eran iguales. Alguien había estado solicitando gastos bajo el código de cuenta de mi padre y falsificando su firma. Para empeorar las cosas, o mejorarlas, dependiendo de cómo se quisiera, había desembolsos en productos y servicios que eran claramente para una mujer.

Allí estaba. Era la exculpación de mi padre. De nuevo, las lágrimas volvieron a brotarme en los ojos, y tuve que limpiármelas rápido antes de que me cayeran en las mejillas. No podía esperar para decírselo a mi madre. Mi padre no había sido el que había tenido una aventura, sino su jefe. Ese hombre había usado a mi padre de tapadera, de manera que nadie pudiera averiguarlo, y le había arruinado la vida. Me senté allí unos minutos, aturdida. Siempre supe que mi padre era inocente y estar sosteniendo por fin la prueba era abrumador. Los números no mentían, y esas copias impresas mostraban la verdad.

Se me ocurrió que si había pasado una vez, quizás lo había hecho más veces. Así que examiné los informes de gastos presentados por otras personas y me encontré con unas cuantas más que parecían fraudulentas. Las imprimí también. ¿Quién sabía cuántas otras no había encontrado? ¿Cuántas otras personas se habían visto atrapadas a raíz de ese desastre? ¿Quién lo sabía? ¿Hasta qué nivel llegó? Si conseguía el puesto de directora ejecutiva, podría ordenar una investigación en toda regla. Podría arreglar las cosas, quizás incluso presentar cargos. Tenía dudas de cuál era la ley de prescripción por fraude.

De momento, sin embargo, tenía que concentrarme en llegar al final de esas pruebas. Encontré un sobre en el cajón de la mesa y metí dentro todos los documentos que había imprimido. Lo cerré bien y di un gran suspiro. Encontrar lo que me había propuesto encontrar era tanto excitante como un poco decepcionante. Ahora, tenía la munición; solo tenía que decidir cuándo dispararla.

Después de un rápido vistazo al reloj, redirigí mi atención al presupuesto del club de campo. Tenía que haber otras áreas, además de la de personal, para ahorrar dinero. Simplemente tenía que haberlo. ¿Qué fue lo que le había dicho al señor Miércoles? Un empleado feliz es un empleado leal y la productividad aumentará. Quizá si buscáramos formas de hacer que el personal fuera más productivo y orientado al servicio al cliente, la reputación del club mejoraría y atraeríamos a más clientela. Además, podríamos ofrecer un incentivo de jubilación. Reducir el personal por desgaste.

Cambié mi enfoque a Operaciones. Nunca sabías qué ocurría entre bastidores. Había todo tipo de formas en las que el dinero podía desaparecer: suministros que fueron pedidos y no se recibieron nunca o comida que se cae de la parte trasera del camión de reparto. Aunque estaba bastante familiarizada con los pedidos de compras de mi último trabajo, estaba sorprendida por los costes de mantenimiento de un campo de golf. Agua, césped, fertilizante... El desembolso era astronómico. Me preguntaba si había algún modo de economizar en esa área.

Tenía que entender plenamente cómo dirigir un campo de golf, bueno, al menos todo lo bien que podía desde mi punto de vista de «sillón». Así pues, hice lo que cualquier bibliotecario haría, y lo investigué. Estaba atónita por cuánta agua se necesitaba para mantener un campo de golf y cuántas horas de trabajo para conservarlo impecable y perfecto. Por lo que parecía, los golfistas no querían jugar dieciocho hoyos en césped marchito.

Tenía que haber otra forma de mantener el campo de golf, así que, a continuación, miré alternativas de sistemas de riego y fertilización natural. La cabeza empezó a darme vueltas con toda aquella información nueva y tomé páginas de anotaciones. Claramente, la mejor forma de mantener los costes bajos era asegurarse de que el encargado jefe del campo supiera todo lo que había que saber sobre el cuidado de un campo de golf. Se me vino la idea de atraer más negocios. Conseguir llevar el campo de golf del club a un nivel superior podría convertirlo en un destino para golfistas serios, quizás incluso llamar la atención de un torneo profesional.

Sin embargo, mi prueba era reducir el presupuesto, no pensar en formas de aumentar los ingresos. No importaba con cuánta atención miraba las infinitamente largas páginas de números; todavía no veía realmente dónde se podían hacer recortes importantes. Dios, ¡cómo odiaba los números! Las horas que pasé mirándolos fueron las más largas de mi vida. La frustración me embargaba por completo. No sabía en qué dirección ir y sentía que me movía con dificultad.

—Tess, venga conmigo.

Casi se me sale el corazón del pecho. El señor Viernes estaba en la puerta, apoyado en el marco, mirándome fijamente. Por la forma en la que estaba posando, podría ser el modelo destacado de una revista de moda masculina. Era difícil de creer que fuese el director financiero. El despacho, que me había parecido bastante amplio, ahora lo sentía pequeño con su presencia ocupando todo el espacio. No sé qué había en él, pero parecía descentrarme de una forma que no entendía. A pesar de su apariencia despreocupada, su cuerpo estaba tenso. Bajo control. Sus gafas de montura metálica le hacían parecer severo, y quería saber qué aspecto tendría sin ellas.

Se puso derecho y se marchó, probablemente de vuelta a su despacho. Deduje que se suponía que debía ir trotando tras él como una niñita buena. Metí el sobre con las pruebas incriminatorias que había reunido bajo el vade de sobremesa y recogí mis notas antes de dirigirme hacia su despacho. Estaba de pie en la puerta, esperándome, sin ninguna expresión en la cara. Cuando me aproximé, dio un paso atrás para dejarme pasar; entonces señaló una de las sillas que había delante de su mesa.

—Siéntese.

Sí, me veía claramente como una niña o un cachorrito, y las dos cosas me ofendían. Este era un hombre acostumbrado a estar al mando. Tenía una naturaleza exigente, una naturaleza dominante, si se prefería decir así. Había una delgada línea entre el amor y el odio, sin embargo, porque me volvieron a surgir enseguida pensamientos deshonestos. Me pregunté despreocupadamente si era tan dominante sexualmente como lo era en el despacho. Me recosté en la silla y crucé las piernas, sonriendo por dentro cuando sus ojos parpadearon al moverme.

Por primera vez, miré alrededor para ver si encontraba alguna pista de quién era este hombre, más allá de los números. Había supuesto que era un director financiero, ya que todos los otros señores Días de la Semana ostentaban puestos de liderazgo, y supuse que eran vicepresidentes. Fuera de Diamond Enterprises, cuando se quitaba el traje de director financiero, ¿quién era? Me di cuenta de la suave música clásica que llenaba el despacho. Esta melodía, si bien suave y tranquila al principio, se acompasaba en notas muy insistentes. Ladeé la cabeza para escucharla con más atención.

—¿Es el Bolero de Ravel lo que oigo?

El señor Viernes estaba detrás de su mesa, sentado en su sillón y estudiándome concienzudamente. Creí ver una pizca de sorpresa en su reacción a mi pregunta.

—Sí, lo es. ¿Le gusta la música clásica?

La forma en la que lo dijo parecía implicar un tono muy sugerente.

—En realidad, no. La mayoría de lo que he oído es muy estridente y me hace daño en los oídos. Pero esta es bonita. Había oído el Bolero de Ravel antes.

—Me gusta la música clásica —me explicó—. Y cualquier cosa con un ritmo profundo y palpitante.

Pareció que sus ojos se oscurecían, y contuve la respiración. De repente, tenía ese sensación otra vez, como si todos mis secretos se expusieran ante él. Era inquietante, como ser un tímido ratón enfrentándose a un perro hambriento. Normalmente no eras su bocado favorito pero si tenía bastante hambre, podría hacer una excepción. Me latía el corazón más deprisa. No sabía si sentirme halagada, entusiasmada, aterrada o excitada.

Tenía que distraerme.

—¿Toca algún instrumento? —le pregunté, sin saber qué otra cosa decir. Excepto quizá seguir hablando de música. ¿No iban juntas la música y las matemáticas? Creía haber leído eso en alguna parte.

Sonrió, pero la sonrisa no llegó hasta sus ojos. Era como si percibiera que mis emociones contradictorias estaban luchando por ganar.

—Sí, a decir verdad.

—¿Qué toca?

La sonrisita que me esbozó pareció dar cabida a todo tipo de significados que solo podía suponer y, sin embargo, tenía la sensación de haberme metido sin querer en una zona de su espacio personal. La pregunta me había parecido bastante inofensiva.

—Está bien. No tiene que decírmelo si no quiere.

Ya había tenido todo el misterio que podía aguantar con el señor Lunes. No estaba por la labor de invertir nada de tiempo en otro hombre enigmático.

—Toco cierta variedad de instrumentos.

No pude evitar notar el énfasis cuando dijo «instrumentos» ni observar la forma en que sus dedos manejaban el lápiz que sostenía. Lo giraba en círculos firmes y rítmicos que eran extrañamente hipnóticos. Lo dejó caer en la mesa y, roto el hechizo, levanté la vista, con la respiración contenida cuando vi la forma en la que me miraba. Junto con su sugerente respuesta a mi pregunta, mis pensamientos se dirigieron a los instrumentos de placer. Me intrigó si le iría el sadomasoquismo. ¿Tendría un cuarto de juegos? Me estremecí, pensando en él en un cuarto así, forrado con todo tipo de juguetes e instrumentos, toda clase de parafernalia para el placer y el dolor.

—Vale. Pues bien. Una actualización de estado. No tengo todavía un informe oficial preparado, pero aunque el personal es el gasto mayor, y he marcado en rojo algunas de las órdenes de compra como sospechosas, creo que nuestro objetivo principal debería ser elevar los ingresos más que recortar el presupuesto. Aunque sí que recomiendo vigilar los costes de mantenimiento del campo de golf.

Dejé la carpeta en su mesa, hojeando mis notas en busca de otros puntos que tuviera que plantear. Se estiró para alcanzar la carpeta y se me abrieron los ojos de par en par cuando vi de pasada los tatuajes que asomaban por debajo del puño de la camisa. Lo miré a la cara en un impulso y, en ese momento, supe que mis sospechas eran ciertas.

Abrió la carpeta y examinó mis notas. Nada. Frunció los labios. Habló con voz baja.

—¿Es que no fui claro cuando le describí su tarea? Tenía que encontrar formas de bajar costes, no averiguar formas de gastar más dinero.

—Ya dije que no era una experta en finanzas. Y solo dije que si me lo pedían, intentaría hacer algunas recomendaciones para el presupuesto. —Señalé la carpeta que tenía en las manos—. Y lo he intentado.

Me sonrió un poco. No estaba del todo segura sobre qué opinar al respecto.

—Quiero ir a la localización hoy; hacer una rápida inspección. Echarle un vistazo al entorno, a algunos de los puntos que ha identificado aquí como áreas de problemas potenciales.

Eso me sorprendió un poco.

—Tiene sentido —dije—. Creo que le gustará aquello.

—He estado muchas veces —me respondió—. Sé que usted estuvo allí el martes.

Al principio me desconcertó que supiera que ya había estado allí, pero después recordé que al parecer a los señores Días de la Semana les gustaba pasar el rato cotilleando sobre mí. Preferí la imagen de ellos intercambiando divertidas historias sobre Tess a la realidad de que se reunían para decidir mi destino.

—¡Oh! —dije en voz baja, sintiendo que no tenía vida privada cuando todo lo que yo hacía aquí se sabía. Eché un vistazo al reloj—. Hay un buen paseo en coche, y no habrá mucho tiempo para hacer una visita apropiada.

Me miró por encima de las gafas.

—No vamos a ir en coche. —El corazón me dio un vuelco. Sabía exactamente a lo que se refería—. Pero tiene razón: no tenemos mucho tiempo. —Salió de detrás de su mesa, tomando mis notas y señalando la puerta—. ¿Vamos?

¿Qué podía decir? No tenía más elección que hacer lo que ordenaba. Cogí mi cartera. Pasé por delante y, cuanto más cerca estaba de él, más sentía su energía. Se hizo tan fuerte que hasta sentí su poderosa aura. Oí su respiración, como si estuviera amplificada. No me atreví a mirarlo, porque me daba miedo lo que pudiera ver en sus ojos. Se me pusieron los pelos de punta en los brazos y la nuca. Era como si me estuviera tocando con su mirada. Oí y también sentí su presencia detrás de mí mientras andábamos por entre las mesas. Aunque me intrigaba, sabía que no era el indicado para mí. El señor Lunes me había dejado una huella enorme. Si iba a permitir que alguien me dominara, sería él.

Permanecimos callados mientras subíamos en ascensor al tejado. Tenía toda una batalla de emociones dentro de mí. Le eché una ojeada, pero su atención estaba totalmente enfocada en la carpeta mientras examinaba mis notas a fondo de nuevo. Podía imaginar cómo sería si centrara toda esa atención en una mujer bajo su contacto, y me dio un escalofrío.

Y allí estaba otra vez. En el tejado. De camino al helicóptero que nos esperaba, solo que esa vez era de día y la oscuridad de la noche no estaba allí para ocultar lo alto que nos encontrábamos. Dudé mientras pisaba la pasarela y el señor Viernes estaba justo detrás de mí. Le sentía con cada terminación nerviosa. Todavía en la cuerda floja entre sentirme deseada o sentirme cazada.

Caminé con mucho cuidado, pues mis zapatos eran completamente inapropiados para cruzar la pasarela de metal. Los tacones eran delicados y podían colarse en los agujeros de la rejilla. Eso no ayudaba a mi creciente sensación de vértigo, y agarré con fuerza la barandilla, tratando de encontrar el coraje para cruzarla lo mejor que pude. ¿Sabía el señor Viernes también lo de mi miedo a las alturas?

Entonces me puso una mano sobre el hombro, sobresaltándome, y por poco me caigo de rodillas del susto.

—No pasa nada —me dijo.

Me agarró con firmeza. Casi noté que todo mi miedo salía de mí y le pasaba a él a través de la conexión entre sus dedos y mi hombro.

Levanté la mirada hacia él, un poco sorprendida con esta nueva sensación. ¿Cómo lo había hecho? No pude identificar bien lo que vi en sus ojos, pero me hizo sentir bastante impotente. Dejé pasar la sensación antes de obligarme a salir del extraño estado de ánimo y mover suavemente el hombro fuera de su alcance.

—Estoy bien. Gracias.

Me dirigí con más seguridad hacia el helicóptero que nos esperaba. Aunque acababa de proporcionarme un momento de bienestar, él todavía era sumamente inquietante. No estaba segura de qué me molestaba más, si él o el helicóptero.

Me alegré de llevar aquella falda; lo mismo que con el deportivo, pues hizo que subirme al helicóptero fuera mucho más fácil. Me acomodé en el mismo asiento que la otra noche. El señor Viernes se sentó donde lo hizo el señor Lunes, y tuve una inmediata reacción negativa. Era como si el señor Viernes estuviera invadiendo un lugar sagrado; me ofendía que él se encontrara donde tendría que estar el señor Lunes. Esas emociones eran, por supuesto, completamente ilógicas, y no tenía ni idea de dónde venían.

Se recostó como si no le importara nada en el mundo. Su seguridad y su aura poderosa llenaron el helicóptero. Era un hombre imponente, eso se lo concedería. Mi mente saltó de nuevo al sexo. Me preguntaba si era un dominante. No conocía ese mundo tan bien. Mi única información era lo que había leído en unas cuantas novelas románticas o visto en las películas. Ese estilo de vida nunca me había tentado hasta un poco antes de ese día, cuando me había imaginado siendo atada a la cama del señor Lunes. Probé a imaginarme siendo desnudada delante del señor Viernes, y mi excitación disminuyó. La confianza juega, sin duda, una parte importante en mis fantasías. Algo de *bondage* era una cosa, pero no creo que yo fuera una buena sumisa, no como debería ser. Perder todo el control no era algo que me atrajera. Podía entender por qué era algo excitante para algunas mujeres, dejar que un hombre las hiciera sentir fabulosas, dejándole que les quitara todas sus tensiones y preocupaciones. Indudablemente quería un hombre que supiera qué hacer en el dormitorio, pero quería ser libre de poder corresponderle. Quería volverlo loco de deseo por igual.

Con mi mente disponiendo todo tipo de escenarios para aventuras sexuales, casi había olvidado que estaba en el helicóptero con el señor Viernes. Él alargó una mano y me tocó la rodilla, y la consiguiente erupción de calor sexual que me atravesó abrasándome me sacó de mis divagaciones. No podía creer cómo había reaccionado, y me dije que eso solo pasaba porque había estado pensando en el señor Lunes.

—¡Oh! Me ha asustado.

—Lo sé —dijo, con voz llena de intención.

Hice lo que pude por no estremecerme. El señor Lunes podía haberse ganado mi corazón pero, aunque no pensara en nuestras perversiones conjuntas, el señor Viernes tenía momentos de puro atractivo sexual.

—Ha hecho unas anotaciones excelentes. Dígame cuáles son sus recomendaciones.

El estruendo de las hélices del helicóptero aumentó, y me agarré las rodillas cuando se inclinó al girar en un edificio. Creo que nunca me acostumbraría a aquello.

—Le da miedo volar —señaló.

Abrí los ojos, siendo consciente de que los había apretado con fuerza al cerrarlos. Lo miré en la tenue luz de la cabina. Era solo una silueta oscura, a contraluz del brillo del sol detrás de él, y así parecía imponente y enorme. Me recordó al señor Lunes, lo que me produjo una acuciante necesidad de volver a tierra, de no estar allí arriba con aquel hombre dominante, y esperar a que el señor Lunes llegara para llevarme a casa, como había hecho todas las noches de aquella semana.

No iba a admitir mi miedo, ya lo había hecho bastante aquellos últimos días, así que me volví y miré por la ventanilla, intentando no cerrar los ojos.

—No hay nada de lo que avergonzarse. Todo el mundo tiene miedo a algo; es como lo enfrentas lo importante.

Solo asentí en respuesta.

—Puedo ayudarla con su miedo.

¿Lo había oído bien? Sabía exactamente lo que estaba diciendo. Volví la cabeza lentamente hacia él. Sabía que no estaba hablando simplemente de mi miedo a volar, sino también de algo que iba mucho más allá. Una parte de mí estuvo tentada de seguirle, de ir tras el conejo blanco, pero el resto de mí no. Él no era el señor Lunes. Fue fácil decirle que no, más fácil de lo que pensaba.

—Gracias por la oferta. Y no se ofenda, pero creo que paso.

Le sostuve la mirada, queriendo transmitirle una ilusión de fuerza que realmente no estaba sintiendo en ese momento. Me intimidaba, y para empeorar las cosas, el maldito helicóptero se sacudió ligeramente, como si lo hubiera zarandeado un fuerte viento.

Inclinó la cabeza hacia mí y sonrió. Fue una de las primeras sonrisas auténticas que le había visto en todo el día.

—Recuerde, la oferta se mantendrá para cuando esté lista.

Me quedé sin palabras para responder a eso. Tan solo asentí y volví a mirar por la ventanilla. Ya podía acabar este paseo en helicóptero pronto.

—Creo que estamos acercándonos al club de campo —dije señalándolo. Estaba un poco más calmada. Quizá forzarme a hacer cosas que me aterrorizaban era una forma de superar mi miedo a las alturas—. ¡Vaya! Se ve realmente precioso desde el aire.

—Sí. Creo que será una buena adquisición. Los recortes que hagamos garantizarán que el club sea bastante rentable.

Me volví hacia él.

—¿Qué recortes?

Me miró, como si le sorprendiera lo que le estaba preguntando.

—Sabe la respuesta a eso. Sus notas señalan claramente las áreas que hay que eliminar.

¡Oh, Dios mío!, se refería al personal. Iba a recortar el número de empleados.

—Puede que haya señalado las áreas que necesitaban ciertos ajustes, pero también di soluciones que evitarían la necesidad de realizar más despidos.

Me retorcí los dedos con nerviosismo mientras trataba de convencerle.

—Lo he visto. Pero la manera más rápida, a mi juicio, de aliviar la tensión financiera es mediante la reducción de plantilla.

Descartó mis preocupaciones con un gesto indiferente de la mano.

El helicóptero se inclinó conforme descendía para aterrizar. Tomé aire y apreté los puños, antes de obligarme a relajarme.

—Puede que eso sea cierto, pero creo que sería un grave error. Esta es una industria de servicios. No puede proporcionar un servicio de primera categoría si el personal está estresado y sobreexplotado. Los clientes lo notarían.

Levantó una mano para interrumpirme. Fruncí el ceño. No entendía su falta de respeto a mi opinión.

—Puede que sea así, Tess...

—No hay peros que valgan. Simplemente no puede despedir al personal. Podría intentar reducir las cifras del personal por desgaste, y quizás ofrecer una opción a compra a los empleados de larga duración. Pero creo firmemente que los despidos no son el camino a seguir.

Tuve claro que no estaba acostumbrado a que le llevaran la contraria, pero no estaba dispuesta a claudicar. Había visto el otro día lo improductivo que podía ser un personal descontento, y estaba lista para discutir el tema. El señor Viernes me contempló atentamente durante un momento hasta que el helicóptero dio un golpe al aterrizar. Entonces cedió.

—De momento, intentaremos evitar el despido de personal.

Me invadió el alivio. No sabía cuántos puestos de trabajo podría haber salvado, pero con que tan solo hubiera sido uno, sería un logro. Vi al señor Viernes saltar del helicóptero y ofrecerme su mano para ayudarme a salir. Lo miré y decidí que este comportamiento caballeroso era como una oferta de paz, así que acepté su ayuda. Me alivió, sin embargo, cuando no se me volvió a poner la carne de gallina o sentí impulsos de deseo.

—Por aquí, señorita Canyon.

Le eché una mirada burlona por ser tan formal; me había estado llamando Tess todo el día. Me encogí de hombros y seguí el camino que ya había recorrido unos días atrás.

—Solo he estado aquí una vez, así que para cualquier otra cosa más concreta que quiera averiguar, tendrá que hacerlo usted solo.

El señor Viernes consultó la hora.

—Tenemos unos minutos antes de la reunión.

—¿Qué reunión? —quise saber, sin esperarme aquel cambio imprevisto de los acontecimientos.

Estaba mandando mensajes de texto, prácticamente sin hacerme caso, y tuve que repetir la pregunta antes de que la contestara.

—Una reunión de gestión departamental —me explicó distraídamente.

—¿Por qué no me lo ha dicho antes?

—No se le va a decir todo por adelantado. ¿No le ha quedado eso claro a estas alturas? —me replicó, guardándose el móvil en el bolsillo y mirando alrededor.

Resoplé malhumorada y nada convencida, aunque él tenía razón.

—Aun así, habría sido un detalle por su parte avisarme para que pudiera estar preparada.

Levantó la carpeta.

—Ya lo está. Veamos, sé que hay una sala de conferencias aquí por alguna parte. ¿Puede averiguarlo?

Dios, ¿podría ser más condescendiente?

—Por supuesto que puedo. Es por aquí.

Atravesamos las impresionantes puertas de entrada, y experimenté la misma sensación de sobrecogimiento que tuve cuando estuve aquí el martes. Pensé que me había enamorado de aquel lugar. Le conduje a la misma sala de conferencias donde ya había estado y dentro había media docena de personas, incluyendo, sorprendentemente, al señor Miércoles. El corazón me dio un vuelco en el pecho. Estaba tan impactada de verlo aquí que no supe ni qué decir. Me saludó con un movimiento de cabeza, y le sonreí torpemente como respuesta.

Aferrándome a una excusa para mirar hacia otro lado, eché un vistazo por la mesa, intentando tantear a las otras personas; debían de ser el equipo directivo del club. Todos ellos parecían un poco nerviosos, y tuve el impulso de tranquilizarlos, de decirles que no temieran por sus trabajos. Le lancé una mirada al señor Viernes y entorné los ojos. ¿Cumpliría lo que había dicho en el helicóptero? Entonces miré al señor Miércoles e intenté evaluar la expresión de su cara. Los dos eran indescifrables.

No me sorprendió cuando el señor Miércoles llamó al orden a los reunidos. Repartió unos folios con los asuntos a tratar en el orden del día. Hice una lectura rápida de mi copia y me alivió ver que habían puesto el presupuesto solo como asunto, sin datos específicos. Quizá pudiéramos esquivar la bala del despido, después de todo.

—Se ha convocado esta reunión por respeto a ustedes y a sus empleados.

El señor Miércoles se dirigió a la cabecera de la mesa y se sentó. Sabía cómo hacer que todos se sintieran cómodos, y vi que la tensión de las caras de los directores se relajaba un poco. Me relajé a la par con ellos y cogí una silla en el lado opuesto, esperando a ver cómo se desarrollaría esta reunión. El señor Miércoles continuó.

—Como probablemente ya saben, Diamond Enterprises va a adquirir el club de campo. Estoy seguro de que ya habrán oído rumores al respecto, así que estamos aquí para tranquilizarles.

El señor Viernes me devolvió mis notas y me indicó que se las diera al señor Miércoles. Otra razón para desear que me hubieran advertido de la reunión: podría haber confeccionado un informe como era debido. Me levanté y rodeé la mesa, toqué ligeramente al señor Miércoles en el hombro, antes de poner la carpeta en la mesa delante de él. Noté cómo se tensaba bajo mis dedos, y me apenó darme cuenta de que la otra noche había herido sus sentimientos.

—La señorita Canyon ha hecho un análisis financiero para nosotros. Basado en su investigación, ha señalado las áreas problemáticas y sugerido posibles soluciones.

—¿Van a despedir a alguien del personal?

El que habló llevaba un polo verde oscuro con el logotipo del club, y unos pantalones informales. Su vestimenta cómoda indicaba probablemente que dirigía o el campo de golf o el equipo de mantenimiento.

El señor Miércoles me miró.

—Tess, ¿te encargas tú?

Hice contacto visual directo con el que había preguntado.

—Disculpe, no sé su nombre —le dije.

—Vincent.

—Gracias, Vincent. No, por el momento no despediremos a nadie. —Hice lo que pude por no mirar al señor Viernes con altivez—. Obviamente, todavía estamos en la fase de recopilación de datos y no vamos a tomar ninguna decisión precipitada. Sin embargo, puedo compartir con ustedes, y que no salga esta información de esta habitación, porque no estamos preparados para hacer ningún comunicado al resto del personal, que estamos discutiendo sobre establecer nuevos controles de inventario, junto con ofrecer incentivos por jubilación.

Miré al señor Miércoles y levanté las cejas inquisitivamente.

—Sí, la señorita Canyon está en lo cierto. Ofrecer un incentivo es algo que Diamond está estudiando seriamente. Una vez que hayamos integrado los registros de empleados del club a nuestro sistema actual, podremos identificar a aquellos que reúnan las condiciones necesarias y discutiremos más extensamente estos temas con ellos individualmente. Mientras tanto, seguiremos con la situación existente, pero que quede bien claro, habrá cambios. Y uno de los objetivos más importantes que se les fijará es incrementar el número de miembros y aumentar los ingresos. A cada uno de ustedes se le asignará la tarea de averiguar formas en las que su departamento consiga que esto ocurra. Así que les sugiero que empiecen a aportar ideas ya que nos volveremos a reunir en una semana.

La reunión acabó antes de que me diera cuenta, y directa al grano. Fue bastante decepcionante después de todo el preámbulo. El hombre del polo se marchó rápidamente, probablemente para contarle al resto de la plantilla las buenas noticias sobre que no había planes inmediatos de despidos. Los otros hablaron con el señor Miércoles y el señor Viernes, mientras yo estaba sentada a la mesa, extremadamente incómoda con que los dos estuvieran en la misma sala. ¡Que Dios me ayudara si le daba por aparecer al señor Lunes!, lo cual era perfectamente posible. Después de unas cuantas preguntas más y de otro poco de charla sin trascendencia, los directores fueron dejando la sala poco a poco y nos dejaron solos a nosotros tres.

—Es la primera vez que vengo aquí. King siempre programa los retiros para directivos durante la época más ajetreada de Recursos Humanos —comentó el señor Miércoles. Se volvió hacia el señor Viernes—. ¿También es tu primera vez?

Asintió.

—Sí. Esperaba que Tess nos pudiera hacer de guía, pero por lo comprobado no vio mucho cuando estuvo aquí.

—Vale, así que, ¿cuáles son sus verdaderos planes para el club de campo? —les pregunté. Los dos me miraron bastante sorprendidos con la pregunta—. ¿Qué? Es bastante fácil de contestar.

El señor Viernes se cruzó de brazos sobre el pecho.

—En lugar de explicarle qué planes tenemos para el club de campo, ¿por qué no nos cuenta usted cuáles cree que deberían ser?

—Bien, como usted mencionó, Diamond ya ha estado reservando muchas celebraciones aquí. Cuando la empresa sea dueña de la propiedad, ahorraremos mucho dinero si continuamos utilizando el club como local para grandes eventos y retiros. Además, creo que sería una bonificación para el personal. —Miré al señor Miércoles intencionadamente—. Podrían recibir un descuento de empleado en los servicios de *spa* o en los *green fees*. Se podría obsequiar con regalos periódicamente como medio para incentivar. Pero lo más importante que creo que la empresa debería considerar es promocionar el campo de golf de un modo más eficiente. Podríamos presionar para celebrar un torneo o asociarnos con un hotel local, ofrecer un paquete de alojamiento y clases de golf. En cualquier caso, con todas estas ideas, los niveles de personal son importantes. No puede haber actos de calidad sin personal de calidad.

Los hombres me miraron con aire burlón por unos instantes y entonces el señor Miércoles habló.

—Todavía quiero ver esto con mis propios ojos.

No nos pidió ni a mí ni al señor Viernes que fuéramos con él. Salió por la puerta de la sala de conferencias, dejándonos solos en la habitación.

—Venga conmigo —me indicó el señor Viernes, mientras salía también. Una vez más, no tuve otra opción que seguirle de vuelta al vestíbulo principal.

—Cuando estuve aquí me quedé con las ganas de visitar los campos. Nos quedamos sin tiempo —le expliqué mientras cruzábamos el comedor.

—Pues no hay mejor momento que este —dijo y abrió la puerta que daba al patio de baldosas.

Una agradable brisa venía del lago. Inspiré profundamente y llené los pulmones de aire limpio.

—Debo admitir que me encanta el aire del campo.

—Estoy de acuerdo —convino el señor Viernes, y bajamos los amplios escalones hacia la orilla.

Solo había un par de botes atados en los muelles.

—El otro día había hidroaviones —comenté.

—Había oído decir que podían llegar hasta aquí, y también aviones convencionales. Ese es otro servicio que podríamos usar para atraer a clientela de prestigio.

Me giré para mirar lo que había detrás de mí. La belleza de la naturaleza en aquel lugar era sobrecogedora. De verdad que me había enamorado del club y sus alrededores, y esperaba que pudiera pasar mucho tiempo aquí cuando fuera directora ejecutiva.

«¡Vaya, mírate! ¡Ya estoy pensando como directora ejecutiva!».

Los cinco días pasando pruebas con éxito se me habían subido a la cabeza. ¿Quién sabía? ¿Y si a lo mejor no pasaba de ese día? No había señales del señor Lunes o de una tarjeta nueva. Miré alrededor, esperando poder verlo por allí, decepcionada de que no estuviera. No obstante, ya que tuvo que tomarse su tiempo para llevarme en coche esa mañana, y dada la crisis personal con la que fuese que estaba lidiando actualmente, supuse que no había forma de que hubiera conducido toda la distancia que había hasta el club para venir a por mí. Me obligué a no esperarlo. Volví por el mismo camino escaleras arriba hacia el edificio principal y me preguntó cuándo regresaríamos. De repente, me sentí exhausta. Había sido una semana de locura y había traspasado los límites del agotamiento. Podría dormir otros cinco días después de todo aquello. Pero tuve que recordarme que si pasaba la prueba de ese día, me quedarían otros dos días más de pruebas por delante.

Dentro del club, me moría por tomar un café, y no quería esperar a que el señor Viernes me alcanzara. Ya era un niño grande y podría cuidarse él solito. Necesitaba un momento para mí sola, así que me encaramé en un taburete alto del comedor. Me puse bien la falda y me volví para mirar a través de los ventanales que iban desde el suelo hasta el techo y ofrecían unas magníficas vistas del lago. La camarera vino para anotar el pedido y me encontré fijándome en la forma en que me servía. Estaba agradablemente sorprendida y encantada con su amabilidad y la calidad de la atención que me brindaba. Si ella era una muestra del personal de servicio, lo habíamos estado haciendo bien.

No tenía ni idea de cómo iba a volver a la ciudad. Solo podía suponer que volaríamos de vuelta en el helicóptero. Estaba disfrutando de mi pequeño descanso de la intensidad de tratar con los «días», pero estaba segura de que el señor Viernes vendría a buscarme cuando llegara la hora de irnos. El café estaba bueno y empezaba a relajarme. Me alegré de que Diamond fuera a comprar esa propiedad. También me alegraba de que a lo mejor tuviera la oportunidad de supervisar su desarrollo. Por alguna razón, sentía una cierta unión con el club de campo.

Estaba pasándolo tan bien haciendo castillos en el aire sobre cuál sería el futuro que le podría esperar al club que me sentí un poco decepcionada cuando el señor Viernes apareció para recogerme.

—Regresamos —dijo.

Me bajé del taburete.

—¿Ha hecho su visita?

—Sí.

—Y bien, ¿está contento con esta adquisición? —le pregunté, y casi crucé los dedos mientras esperaba la respuesta.

—Sí. Estoy satisfecho.

Meneé la cabeza y me recordé que él era un hombre de números. Blanco y negro. Sumar y restar. Pero, después de ese día, sabía que había pasión bien escondida dentro de él, algo que ocultaba muy bien tras su aspecto externo de contador.

Mientras nos acomodábamos en el helicóptero, me vino algo a la mente.

—¿Quiere saber una forma de ahorrar dinero?

Estaba abrochándome el cinturón, igual que él.

—Por supuesto que quiero saberlo. ¿Qué me sugiere?

—Dejar de volar en este maldito helicóptero.

Por primera vez en lo que iba de día, se echó a reír. Fue una risa agradable, grave y gutural. Sonreí y me eché relajada en mi asiento.

Seguro que era un hombre fascinante. Solo que no lo bastante fascinante para mí.

Fue entonces cuando recordé que había dejado el sobre con las pruebas incriminatorias, para mí y Diamond Enterprises, en el despacho.

6
Señor Sábado

Estaba soñando. Debía de estarlo porque todo resultaba demasiado confuso y cambiaba constantemente. Salvo por el golpeteo atronador. Eso era una novedad, y era insistente. Parecía proceder de una oscura habitación situada en algún lugar del sueño hasta que se transformó en el zum zum de las cuchillas de un helicóptero cortando el aire. Estaba en un helicóptero, sobrevolando tierras sombrías. ¡Pam! Zum zum. ¡Pum! De repente, el helicóptero se inclinó, el cinturón de seguridad de mi asiento desapareció y atravesé la puerta dando tumbos. ¡Mi peor pesadilla! Estiré las manos en el aire tratando desesperadamente de agarrarme a algo que detuviese mi caída. No había nada. Mientras caía dando vueltas vi al señor Lunes abajo, a gran distancia, con la vista alzada hacia mí. Sostenía una red de seguridad de bombero a la vieja usanza, listo para atraparme. Oí su voz débilmente mientras gritaba: «¡No te preocupes, es *vintage*!».

Pero cuanto más me acercaba al suelo, más lejos parecía estar.

¡Pum, pum, pum! El sonido no cesaba, y mi cuerpo se sacudió en mitad del aire. Lentamente, el sonido de los golpes me fue sacando de las caóticas profundidades del sueño. Me esforcé, bajo las capas del sueño, por no dejar atrás al señor Lunes. Se me partía el corazón por no poder llevarlo conmigo. El sentimiento de pérdida se hacía más agudo conforme me despertaba, con la radiante luz de la mañana perforando la última de las capas.

Parpadeé y miré a mi alrededor, totalmente perpleja. Estaba en mi cama. Alargué una mano, con la esperanza de sentir al señor Lunes a mi lado, entre las sábanas.

Pero la cama estaba vacía y las sábanas, heladas. Parecía tan puñeteramente real. No podía procesar nada. Aún seguía tratando de desperezarme y averiguar qué narices estaba pasando.

El ruido, sin embargo, no se desvaneció tal como lo había hecho el sueño. Continuaba sonando. Sacudí la cabeza y me froté los ojos. Eché a un lado el edredón deseando no tener que abandonar la acogedora calidez de mi cama. Me puse en pie de una manera un poco brusca y me sobrevino un mareo; salí de la habitación dando tumbos hacia el salón. En efecto, el sonido procedía de la puerta de entrada.

—¡Ya vale! ¡Ya vale! ¡Ya voy!

Quité el cerrojo y abrí de un tirón. Entonces, me quedé helada al percatarme de mi error. Nunca abro la puerta sin haber mirado antes por la mirilla. Atribuí la culpa de ello al hecho de estar medio dormida y al comportamiento suicida de quien estaba en el pasillo perturbando el hermoso sueño que estaba teniendo tras una semana desquiciadamente dura.

—Por fin.

Una voz grave inundó la oscuridad del pasillo.

—¿Qué está haciendo aquí? ¿Y quién es usted, empezando por ahí? —pregunté.

Me froté los ojos para arrancar de ellos la última pizca de sueño. Mi visión se fue aclarando gradualmente y parpadeé con más fuerza. Él se encontraba en la penumbra, pero podía verlo suficientemente bien como para adivinar que pertenecía a Diamond. Di unos pasos al frente e incliné la cabeza hacia atrás para poder mirarle. Él dio un paso al frente, y los rayos de sol que se colaban por las ventanas del apartamento le cayeron encima. Él. Era. Inmenso. Con su larga melena rubia desplegándose sobre los hombros, sus músculos duros como rocas y sus ojos de un azul vibrante, parecía una deidad vikinga, listo para llevarme en su larga embarcación. ¡Señor bendito! Aun estando medio dormida, estaba lista para empezar a hacer las maletas.

Me centré. El señor Lunes era quien yo quería que cayese rendido ante mí. Sí. Él. De acuerdo, traté de volver a concentrarme en el hermoso hombre que estaba en mi pasillo, observándome en un desconcertante silencio. A pesar de saber que debía de pertenecer a Diamond, no iba a dejarle entrar tan fácilmente ni a desplegar ante sus pies una alfombra roja. Iba a tener que esforzarse para hacer aquello que fuese que le había traído aquí.

—¿Quién puñetas es usted? ¿Y qué hace golpeando mi puerta a primera hora de la mañana? ¡Es sábado, por el amor de Dios! Es mi día libre. Mi día para dormir... que es lo que estaba haciendo, por cierto.

Procuré que mi voz sonase firme y severa, pero aún conservaba el espeso sonido del sueño.

—Ya sé que es sábado, que es su día libre y... —echó un vistazo a su reloj—, son las diez de la mañana. La hora de dormir ya ha pasado.

Entró en mi apartamento pasándome de largo.

—¿Disculpe? No puede entrar aquí sin más. Ni siquiera le conozco. —Parpadeé asombrada ante el modo en que acababa de entrar en mi casa sin el menor reparo—. ¡Eh, usted! ¡Ya está bien! ¡Un día libre es un puñetero derecho, y lo quiero disfrutar a mi manera, en la cama!

Quise que me tragase la tierra tan pronto esas palabras salieron de mi boca. Lo que pretendía decir es que quería dormir, pero el modo en el que su mirada recorrió lentamente mi cuerpo (lo cual me recordó que llevaba puesto tan solo un pantalón corto y una camiseta de tirantes, sin sujetador) dejó claro que la misteriosa mente del vikingo estaba en otro lugar.

—Ya sabe a lo que me refiero —murmuré débilmente.

—Los mejores días libres son los que se pasan en compañía de otra persona. —Sonrió con malicia y le apareció un hoyuelo en la mejilla. A mí se me aflojaron las rodillas—. Así que, venga, arréglate y vámonos.

Sacudí la cabeza y levanté ambas manos moviéndolas adelante y atrás.

—No entiendo nada, es demasiado temprano para que me estén agobiando tanto.

—No es temprano. —Se acercó a mi estantería y examinó los libros. —Aunque tienes una voz de recién levantada realmente sexi. Me encanta.

—¿Cómo? —¿Quién era aquel hombre tan descarado, autoritario y, sí, lo diré de nuevo, imponente?—. Voz sexi... —Entorné los ojos, y luego lo miré directamente—. Sí, acaba de despertarme y no, no pienso ir a ninguna parte. Es sábado.

Me acerqué al sofá y, tan pronto me dejé caer sobre él, bostecé tan abiertamente que pareció el bostezo de un león. Entre tanto traté de hablar, pero solo conseguí pronunciar palabras ininteligibles.

—¿Lo ve?, estoy bostezando.

Me señalé a mí misma y la mandíbula no hizo más que abrirse aún más.

Él inclinó de súbito la cabeza hacia atrás y me devolvió una mirada atónita antes de decidirse a no hacer caso, despreocupadamente, de las palabras que yo había farfullado.

—De cualquier modo, Tess de las Pruebas, puede que sea sábado pero eso no significa que tengas el día libre.

—¿De qué está hablando? Yo ya debería de haber terminado por esta semana.

Me estiré en el sofá y me acurruqué entre los cojines. Sabía que me quedaban dos pruebas más, pero seguramente serían el lunes y el martes, ¿no? Eso me parecía lo más lógico, y tener el fin de semana para mí sería el paraíso. Podría invertir el tiempo en dilucidar de una vez por todas qué hacer respecto a mi plan de venganza.

—El señor King te dijo que serían seis pruebas durante seis días. Nunca dijo que se llevarían a cabo únicamente en días laborables. Los directores ejecutivos deben estar disponibles las veinticuatro horas del día los siete días de la semana. Hoy no habrá presupuestos, pero si prefieres dormir regresaré de inmediato a la compañía y les diré que has abandonado el proceso de selección.

El señor Sábado, el desalmado, comenzó a dirigirse hacia la puerta. En tal tesitura, solo podía decir una cosa:

—¿Me promete que hoy no habrá presupuestos? ¿Ni largas columnas de números que parecen no acabar nunca?

Soltó una carcajada. Sus ojos se arrugaron y casi me pareció que aquel sonido sacudía el apartamento.

—Así es, Tess de los Analfabetos Matemáticos, prometo que no habrá problemas financieros en la prueba de hoy.

Me senté y me mentalicé de que tenía que dirigirme al dormitorio para prepararme y echarle un último y largo vistazo a mi cama. Pero me detuve porque tenía que estar bien segura.

—¿Cómo sé que puedo confiar en usted? Podría ser un analista de valores de incógnito.

Sorprendentemente, mi vecino no golpeó la pared cuando el señor Sábado dejó escapar otra estruendosa carcajada. Al cabo de unos cuarenta años, el tipo probablemente se convertiría en un Santa Claus asesino. Alargó el brazo y me tomó de la mano.

—Encanto, soy el vicepresidente de Marketing. ¿Tengo cara de ser capaz de mentirte?

Entorné los ojos porque, ¿acaso el *marketing* no consiste en envolver la verdad en un lindo paquete resplandeciente y sumirlo en un desmesurado anuncio publicitario? Di un tirón para recuperar la mano y contesté.

—Está bien, deje que me dé una ducha rápida y...

—No te preocupes. —Agitó la mano como para desestimar mi preocupación—. Puedes ducharte allá donde vamos.

Me incorporé balanceando los pies hacia el suelo; una sensación de alarma descendió por mi espalda, deslizándose como un cosquilleo.

—Vale, eso sí que suena raro. ¿Adónde diablos pretende llevarme? —Entorné los ojos y alcé la barbilla—. Tal vez debería ver algún tipo de documento identificativo antes de ir con usted a ninguna parte.

—Bueno, eso es lo mismo que cerrar la puerta del establo cuando ya se ha desbocado el caballo.

Siguió riendo entre dientes.

—La verdad es que no le veo la gracia por ninguna parte. —Extendí la mano hacia él—. Demuestre que forma parte de Diamond o márchese de inmediato. Sin mí.

Metió la mano en un bolsillo de su pantalón, moviéndose con una gracilidad y confianza tales que parecían hacerle aún más masculino. Él ni siquiera vestía de traje como el resto de los señores Días de la Semana. Estaba claro que era un Sábado, pero me parecía raro a pesar de eso. Viéndolo por el lado positivo, aquello significaba que yo también podía vestir de manera desenfadada.

Sacó un sobre doblado y lo dejó en mi mano.

—Creo que esto debería dejar las cosas claras.

Observé el sobre arrugado que tenía en la mano.

—¿En serio? Espero que esto en efecto aclare las cosas. Al menos en lo que a usted respecta.

Lo abrí, saqué la carta arrugada y una tarjeta de visita con los detalles del señor King. El papel llevaba el mismo membrete que la nota que recibí el jueves, y con la misma letra garabateada.

«Tess, me complace tanto que hayas logrado llegar al sexto día. Disfruta del *brunch* en Diamond antes de que el señor Sábado dé comienzo a la prueba de hoy. ¡Buena suerte!».

—¡Puf!. —Solté un resoplido y alcé la vista hacia él. —Esto no demuestra nada en absoluto, ¿sabe? Mire el estado de este sobre. Podría habérselo arrebatado al verdadero señor Sábado.

—No puedes estar hablando en serio. —Inclinó la cabeza hacia un lado y me devolvió una mirada burlona—. Eres una mujer realmente interesante.

Me encogí de hombros.

—Soy quien soy, y nada cambiará eso jamás.

—Bien, Tess de los Paranoicos, en ocasiones los cambios suceden mientras no estás mirando. —Con esa afirmación tan críptica, dio una palmada y luego miró su reloj—. Pongámonos en marcha. Las reservas para el *brunch* comienzan dentro de quince minutos. Podrás ducharte allí después.

Me froté los ojos, tratando de eliminar el último rastro de sueño, y me puse en pie.

—Entonces, ¿qué necesito llevarme?

—Nada. Tu bolso, si es que te empeñas.

Le devolví una mirada de reojo.

—Mi madre siempre me decía que llevara conmigo mucho dinero. Ya sabe, por si tienes que salir corriendo de algún lado.

—Ahora ya sé de dónde te viene esa mentalidad tan desconfiada. —Sacudió los dedos frente a mí—. Creo que deberías cambiarte. Estás increíblemente sexi en pijama, pero no es en absoluto apropiado para el lugar al que vamos.

Grrr. Sabía que debía ceñirme a las normas si quería continuar con las pruebas, pero estaba más que harta de que aquel hombre me diera órdenes fuera de contexto. Le pregunté algo más con una fingida dulzura.

—¿Nuestro lugar de destino exige algún tipo de código de etiqueta?

Él hizo caso omiso de mi sarcasmo edulcorado.

—No es día laborable, así que, simplemente, ponte la ropa cómoda más elegante que tengas. Venga ya. Muévete y vístete, o te vestiré yo mismo.

Tomé aire con un jadeo de indignación y le lancé una mirada severa.

—Desde luego que no lo hará. —Me di la vuelta e incliné hacia atrás la cabeza—. Es usted como un grano en el culo.

Su risotada me acompañó hasta el dormitorio y le cerré la puerta de un portazo. Eso me hizo sentir bien durante un momento fugaz, hasta que escuché que seguía carcajeándose al otro lado de la puerta. Con presteza, me puse un conjunto de shorts y camiseta, metí los pies dentro de unas sandalias y me ahuequé el cabello. Me colgué al hombro la correa del bolso y abrí la puerta de mi habitación.

—Bueno, está bien entonces. Supongo que querrá que le siga.

Levantó la vista de su teléfono, sonrió y asintió mientras me observaba.

—Vaya, sí que eres atractiva. Aún sin arreglarte estoy seguro de que puedes dejar sin respiración a cualquier tío; inspirarles toda clase de ideas deliciosas.

Entorné los ojos.

—No sea cerdo.

El señor Sábado me contestó con una empalagosa reverencia antes de tomarme por el brazo y sacarme fuera de mi apartamento.

—Vamos, Lady Tess, tenemos varios lugares que visitar.

Después de la semana que había tenido, definitivamente me sentía merecedora de una recompensa.

El señor Sábado me llevó a toda prisa a un edificio muy exclusivo situado en un no menos exclusivo vecindario. Giró y bajó por una calle estrecha que rodeaba el edificio que era una preciosidad. Las hileras de árboles formaban arcos a lo largo de la calle hasta llegar a un aparcamiento privado que, evidentemente, pertenecía a aquel lugar tan elegante. Supe que aquello debía de ser algo especial.

—¿Qué clase de lugar es este? —le pregunté mientras admiraba su espléndida arquitectura.

Una vez hubo aparcado el coche, salió de un brinco y lo rodeó para abrirme la puerta.

—Es donde tomaremos el *brunch*. Un agradable y relajante comienzo para nuestro día.

¿Cómo sabía él que un poco de relajación era todo cuanto yo deseaba? Le permití ayudarme a salir del coche. Deambulamos por un camino de adoquines ribeteado por coloridos macizos de flores. Los ornamentados bancos de hierro forjado se situaban en lugares apartados, privados y secretos. Una pequeña cascada adornaba el final del camino justo antes de llegar a una escalera de ladrillo que conducía a unas fabulosas puertas de vidrio emplomado.

—Esto es precioso.

Pude sentir cómo se desvanecía mi ansiedad en la brisa veraniega. Suspiré feliz.

—No me puedo ni imaginar lo estresante que debe de resultar pasar todas esas pruebas. Te mereces un momento de serenidad.

Me retracté de todas las opiniones negativas que había tenido acerca del señor Sábado. Continuamos hacia el interior del edificio, con su mano apoyada en la parte baja de mi espalda. Aquel lugar era de cinco estrellas miraras donde miraras. Su olor era tan limpio y espectacular como parecía a la vista. Yo nunca antes había sido capaz de permitirme ser clienta de un lugar tan lujoso. Aquello era una experiencia totalmente nueva para mí. Una experiencia que, probablemente, podría volver a repetir con mi nuevo salario como directora ejecutiva. Todas las posibilidades que tenía frente a mí se agolpaban hasta casi hacerme hervir de la emoción.

—Al comedor se llega por aquí.

Una encantadora encargada nos recibió con una sonrisa recatada y nos llevó hasta nuestra mesa.

El restaurante me dejó sin aliento, desde las paredes color champán hasta las molduras orladas de dorado, todas aquellas flores frescas y el cristal reluciente, la plata centelleante y los lujosos manteles de damasco. Todas las mesas estaban estratégicamente situadas para favorecer la privacidad, y la nuestra estaba en un cenador redondo con ventanas de suelo a techo que miraban directamente hacia el jardín. Todo resultaba exquisito. Toda la tensión de la semana anterior se evaporó. Una maravillosa sensación de paz me inundó y me acomodé en una confortable silla en la mesa a la que nos habían guiado. Aquello sería mi futuro. Se acabarían los presupuestos ajustados, el rebuscar céntimos y el rezar para que no aparecieran gastos inesperados. Si conseguía el puesto gozaría de estabilidad financiera, y nadie podría arrebatarme eso. Una camarera se nos acercó para preguntar qué deseábamos beber y regresó tan rápido con nuestro té que pareciera que tenía alas. Sacudí la cabeza de asombro.

—¿Por qué sacudes la cabeza? —me preguntó el señor Sábado mientras alargaba la mano hacia la tetera para servir el té. Resultaba verdaderamente extraño ver a un señor tan masculino manejando una vajilla de porcelana así de delicada.

—¿Ummm?

Añadí un poco de leche a mi té y lo agité con una primorosa cucharilla de plata.

—¿Por qué sacudías la cabeza?

Su mano hacía que la taza se viese aún más pequeña, pero la manejaba con tal elegancia que más parecía protegerla que estar a punto de aplastarla.

—Simplemente reflexionaba sobre todo lo que he tenido que pasar hasta llegar aquí, y dónde estoy ahora.

Tomé un sorbo de mi taza. No era café traído en avión desde Costa Rica, pero sabía tan delicioso como el té de mi madre, que compartí con ella la última vez que la visité en Inglaterra. Había pasado mucho tiempo desde entonces. Me gustaría tener valor para volar más a menudo. En aquel momento sentí que la echaba realmente de menos. La camarera deambuló en las proximidades de la mesa, tratando de averiguar con discreción si estábamos listos para ordenar el *brunch*. Así lo hicimos y, en lo que parecieron unos escasos segundos más tarde, ella y un ejército de camareros impecablemente vestidos nos trajeron un ingente desayuno inglés.

De inmediato, nos sumergimos en la comida. El señor Sábado comió sin tratar de disimular su deleite. Yo lo observaba desde el borde de mi taza de té. Era un hombre endemoniadamente sexi y de aspecto salvaje. Un temerario y, aun así, mantenía un aire de sofisticación que resultaba bastante sorprendente considerando su apariencia externa de rebelde. Tuve que admitir, sin embargo, que resultaba bastante liberador estar a su lado. Era la clase de tipo capaz de llevarte al límite y traerte de vuelta. Capaz de aceptarte tal como eres sin tratar de hacerte cambiar. Sospechaba que no se le daba demasiado bien jugar conforme a las reglas.

¿Me estaba acostumbrando demasiado a estar rodeada de hombres atractivos? Me estaba llevando a la boca un trozo de tostada que había mojado en huevo cuando pensé en el señor Lunes. Mi mano se detuvo a medio camino y el estómago me dio un vuelco. ¿Cuándo lo volvería a ver? ¿Sabía él algo sobre esa prueba? Era él quien me acompañaba normalmente, pero ese día no estaba teniendo nada de habitual. Lancé una mirada al señor Sábado, pero él estaba demasiado concentrado en el plato que tenía enfrente y, por fortuna, no se percató de mi titubeo. Si el señor Lunes no sabía que yo estaba allí, significaba que era posible que no le viese aquel día. Bajé el tenedor, desolada. No tenía su teléfono. No podía dar con él. Sería él quien tendría que encontrarme. Tras los apasionados besos que compartimos el día anterior yo quería desesperadamente más; mi cuerpo estaba constantemente al borde de la excitación. Aun así era capaz de apreciar el buen aspecto del señor Sábado, pero era algo así como admirar el virtuosismo de un pintor sin querer necesariamente comprar el cuadro.

Perdí el apetito, y me sumí entre un tumulto de pensamientos. Di sorbos de té mientras el señor Sábado diezmaba lo que quedaba de comida. Solté mi taza con la mano temblorosa, lo que hizo temblar el delicado plato, que golpeteó contra la cucharilla de plata que estaba sobre el mantel.

—Tranquila —dijo el señor Sábado con una ceja arqueada—. No hay necesidad de desbaratarlo todo.

Apoyé los dedos en la taza y el plato con la intención de estabilizarlos. Dejé escapar un suspiro. Estaba lista para que aquel *brunch* llegase a su fin y comenzara la prueba. Él debió de leerme la mente porque, con un mínimo gesto de su mano, apareció la camarera con la cuenta. El señor Sábado le entregó una tarjeta de crédito de color negro. No logré ver su nombre, pero alcancé a ver «Diamond Enterprises» estampado en relieve sobre la tarjeta. Una vez se hubo hecho cargo de la factura, lo anunció.

—Es la hora de la primera cita.

Se puso en pie y me retiró el asiento. Sus dedos me rozaron fugazmente los hombros, y me recorrió un ligero escalofrío.

—¿Tienes frío? —me preguntó. Su voz era grave y estaba cargada con un toque de sensualidad.

No tenía frío. Había sido su roce lo que me había provocado tal reacción. Pero no estaba dispuesta a admitir tal cosa ante él. Le lancé una mirada y sonreí mientras me echaba al hombro mi bolso.

—¿Dónde vamos?

Su sonrisa fue una mueca de triunfo.

—¡A ninguna parte! El resto de estas instalaciones es un *spa* que se encuentra entre los mejores del mundo. Después de todo, te había prometido una ducha.

Mis dedos aferraron con fuerza al asa del bolso. Puede que hubiese fantaseado con ser financieramente solvente, pero aún no había llegado a conseguirlo.

—No puedo permitirme ningún tratamiento en un lugar como este.

El señor Sábado ahuyentó mi preocupación.

—No, no, invito yo. Tú tan solo céntrate en relajarte.

Mientras me alejaba de la mesa vi el recibo en el que él acababa de garabatear su firma. Nuestro desayuno había costado mucho más de cien dólares. Estaba impactada. Si el desayuno era indicativo de los precios, cualquier tratamiento de *spa* que yo fuese a disfrutar costaría con seguridad una fortuna. Saber aquello me produjo una sensación de desasosiego en el estómago.

—¿Va a recibir usted algún tratamiento? —le pregunté, tratando de distraerme.

Dejó escapar una risotada que pareció un bramido.

—¡Por Dios, no! Me he hecho la manicura y la pedicura en una o dos ocasiones a lo largo de los años, pero no es algo que se encuentre en lo alto de mi lista de prioridades. El *spa* cuenta con unas cuantas pistas de *squash* y tengo pensado sacar fuera un poco de frustración mientras tú dejas que te mimen.

Alcé las dos cejas.

—¿En serio? ¿*Squash*? ¿Y qué hará después?

Se encogió de hombros.

—¿Quién sabe? Tal vez vaya a nadar, o puede que me dé una sauna. Puede que incluso me dé un masaje. —Me guiñó un ojo—. Aquí ofrecen masajes en pareja, ¿sabes?

Me quedé pasmada ante tal sugerencia. Como no estaba muy segura de cómo manejarla, la dejé correr. La imagen de nosotros dos yaciendo desnudos, el uno al lado del otro cubiertos tan solo por sábanas, se me quedó grabada en el cerebro. Pude imaginar la luz tenue y casi sentir al masajista manipulando mis músculos, oír la música calmada y oler los relajantes aromas que flotaban en el aire a nuestro alrededor. A pesar de sonar absolutamente divino, resultaba en extremo inapropiado. Al menos, para el caso de nosotros dos. Por otro lado, en el caso del señor Lunes y yo...

Seguí al señor Sábado a través de aquellos encantadores pasillos. En algún momento del pasado, aquello debió de ser una vivienda que luego renovaron. El área de recepción del *spa* era una belleza, así como lo era la joven mujer que nos recibió. Aquella parecía ser la semana en la que yo había de interactuar con personas realmente atractivas.

—Señorita Canyon, su esteticista la espera.

—¿Ah, sí? ¿Qué van a hacerme?

—Su tratamiento facial la aguarda —dijo la recepcionista con una sonrisa.

Me giré hacia el señor Sábado. Estaba tan inconcebiblemente cerca que, si lo hubiese querido, todo lo que habría tenido que hacer era moverme ligeramente hacia delante y nuestros labios se habrían tocado. Toda aquella semana había estado repleta hasta los topes de hombres atractivos que habían hecho cosquillear mis emociones, me habían arrebatado la calma y me habían mantenido más excitada de lo que jamás había estado. Mi cuerpo estaba en extrema sintonía con cada uno de sus pequeños matices. Era sensible a cada uno de los detalles de todos aquellos hombres tan diferentes entre sí. Estar cerca del señor Sábado no era diferente. Me resultaba indiferente, sin embargo, todo lo atractivo que pudiera ser. Él no era el señor Lunes.

Sonreí y di un paso atrás, con la esperanza de parecer distraída.

—Un tratamiento facial. Hace mucho tiempo que no me hago uno. —Me llevé una mano a la mejilla—. Creo que mi exhausta piel se sentirá muy feliz al recibir mimos —le contesté y sonreí a la joven.

—Entonces pase por aquí, por favor. Le ofreceremos una taquilla y podrá ponerse cómoda.

Volví la cara hacia el señor Sábado.

—Gracias —le dije.

El señor Sábado se inclinó y me susurró en el oído. El tono grave de su voz resultaba arrebatador y su aliento silbaba entre mis cabellos.

—No hay de qué.

Se inclinó y posó sus labios en mi mejilla. Al sentir el beso sobre mi piel, mi reacción inmediata fue de alarma. Tuve que echar mano para agarrarme al mostrador, aferrándome con los dedos al borde para no tambalearme.

Miré al señor Sábado a los ojos y me sentí un tanto confusa ante lo que vi. En ellos no se apreciaba mucha emoción; por su mirada casi parecía estar calculando, como si todo lo que había ocurrido hubiese sido cuidadosamente planificado. Su sonrisa fácil y sus estruendosas risotadas habían cumplido su misión manteniéndome distraída, pero de repente tuve la sensación de que me habían estado manipulando. Ese pensamiento me ayudó a espantar cualquier excitación que se hubiera colado por entre mis defensas. Seguí a la recepcionista hacia el área de tratamientos. Ni siquiera sentí la necesidad de volver la mirada por encima del hombro para comprobar si él aún permanecía allí. Me daba igual que se marchase.

Una vez guardé mis cosas en una taquilla, me llevaron a una habitación y me senté en una silla. Recibir esa clase de atenciones era algo que nunca me había podido permitir. Nunca había tenido ni el tiempo ni el dinero para ello. Me relajé de tal manera mientras la esteticista masajeaba mi cara, cuello y hombros que creí que iba a derretirme en la silla. No había estado así de relajada en años. La esteticista era buena, y se mantenía en silencio, como si se diera cuenta de que yo no tenía ganas de hablar. Aprecié de veras la ausencia de conversación. Aquello me permitió aclarar la mente y no pensar en nada en particular. Me tomó por sorpresa cuando ella me tocó el hombro con delicadeza y me sacó del estado de ensoñación en el que me había sumido.

—Hemos terminado. Tómese su tiempo. No hay prisa alguna —me explicó con una voz francamente suave y amable.

Luego salió de la habitación y yo permanecí en la silla unos instantes, disfrutando la soledad. Unos minutos más tarde salí yo también y fui recibida por otra mujer joven. Me llevó a una exquisita sala de espera con vistas exteriores a la serenidad del jardín. Me envolví en el esponjoso albornoz y le levanté el cuello bajo mi barbilla. Ella señaló hacia un aparador cargado de frutas y jarras de vidrio llenas de varios tipos de bebida.

—Por favor, sírvase a su gusto. Tenemos un surtido de aguas aromatizadas. —Tomó un vaso centelleante y me lo ofreció—. Asegúrese de beber. Necesita reponer líquidos tras su tratamiento.

—Gracias.

Tomé el vaso que me ofreció y me dirigí hacia la jarra de agua con aroma cítrico. Agarré el asa de plata de la jarra y llené el vaso.

Ella se marchó y me quedé a solas en la habitación. Unos minutos más tarde entró una pareja que vestía albornoces a juego. Parecían muy acaramelados, susurrándose y acariciándose constantemente. Se sentaron lo más lejos de mí que pudieron y se acurrucaron juntos. Ella reposó su cabeza en el hombro de él, y él la rodeó entre sus brazos. Eran puro romanticismo. El relámpago de envidia que sentí ante sus muestras de ternura me desconcertó. Supuse que debían de haber recibido un tratamiento en pareja.

Me pregunté en qué andaría metido el señor Lunes en aquel preciso instante. Hubiera sido agradable pasar el día junto a él en vez de junto al señor Sábado. La otra noche habíamos empezado algo que no había llegado a ninguna parte. Necesitaba que tomase una dirección, en uno u otro sentido. De lo contrario, continuaría pensando en él y haciendo suposiciones sobre nosotros dos. No me gustaba el halo de soledad que me estaba circundando.

Dejé el vaso sobre la mesa que tenía al lado y reposé la cabeza en el respaldo del asiento. Me tomé mi tiempo para apreciar el lugar en el que me encontraba mientras contemplaba el hermoso jardín que se extendía más allá de los ventanales. Resultaba agradable disfrutar de un descanso de las presiones de la realidad, pero sabía que las cosas entre el señor Lunes y yo no se resolverían del todo hasta que finalizasen las pruebas. Después de ese día solo quedaría una prueba, y mi destino quedaría decidido. La serenidad que había alcanzado desapareció bajo la ansiedad que me inundó al pensar en el test de aquel día.

—Ahí estás.

La voz del señor Sábado me sacó de golpe de la quietud de mis pensamientos. Creo que casi me sentí molesta con él por haberme importunado.

—Aquí estoy —le contesté. Quería que se marchara, pero también quería clavar la prueba de aquel día.

—¿Eso es todo? —me preguntó con un toque jocoso en la voz—. ¿Solo eso? ¿Aquí estoy?

—Lo siento, es todo cuanto puedo ofrecer. Recuerde que esta mañana me ha despertado de un profundo sueño. Además, esta semana he estado muy ocupada.

Me obligué a bostezar para afianzar mi postura.

—Es cierto, en efecto la he despertado. Por eso ha podido permitirse que la mimen y la consientan.

Parecía levemente complacido, como si acabase de salir victorioso de una discusión.

Me puse en pie. Los bordes del albornoz me rozaban las piernas desnudas. Sus ojos cazaron el más ínfimo movimiento, y me di perfecta cuenta de que no llevaba más que mi ropa interior bajo el albornoz.

—Bueno, la mañana de hoy ha sido un regalo encantador, un fantástico día libre, pero estoy lista para empezar a trabajar ya —le dije mientras sujetaba juntos los bajos.

El señor Sábado echó los hombros ligeramente hacia atrás, se cruzó de brazos y me obsequió con una luminosa sonrisa.

—¡Tu día libre aún no ha acabado! A continuación, tienes cita para una pedicura.

¡Oh! Eso sí que sonaba bien. Como estaba continuamente cambiando de color, me arreglaba yo misma las uñas en casa para ahorrar algo de dinero, así que solo podía permitirme la pedicura de vez en cuando. Aquello suponía una auténtica tentación.

—No, no. No puedo aceptarlo. El tratamiento facial ya ha sido muy generoso. No puedo permitirle que me pague también una pedicura.

Arqueó las dos cejas en una mirada de sorpresa.

—¡Ah, no te preocupes! Diamond se encarga de la cuenta por completo.

Sin querer, di un paso atrás. Mis chanclas chirriaron al rozar contra el suelo.

—¿Por qué iba Diamond a pagar para que yo vaya a un *spa*?

—Un director ejecutivo ha de saber cómo relajarse, ¿no es cierto? No es bueno para la compañía que acaben quemados. Además, vengo aquí a menudo con clientes y lo cargo como gastos de empresa.

—Pero yo no soy un cliente.

¿El señor Sábado cargaba regularmente visitas al *spa* en sus informes de gastos? Comencé a sentir desasosiego en la boca del estómago.

Alzó las manos y se encogió de hombros.

—Lo mismo da que da lo mismo. Además, has visto la carta del señor King, ¿verdad? De manera que, evidentemente, él está al corriente de todo esto.

—Sí, es cierto. Pero aun así sigo sin verle la lógica. ¿Por qué merezco yo ser mimada y agasajada hoy? No soy distinta del próximo empleado.

Sin embargo, tuve que admitir que recordar la nota del señor King me tranquilizó.

El señor Sábado se encogió de hombros antes de ir a servirse una de aquellas sofisticadas aguas.

—No te das el mérito que mereces. ¡Piensa en lo que has hecho esta semana! Te has ganado de manera evidente el derecho a ser mimada y, por descontado, Diamond debe costearlo ya que ellos son la causa principal de que estés tan estresada. Hoy es tu día.

—Si usted lo dice.

Su razonamiento tenía sentido. Recuperé parte de mi entusiasmo por la inminente pedicura, pero aún conservaba la persistente sensación de que estaba pasando algo por alto.

Lo observé inclinar hacia atrás la cabeza y acercar el cristal a sus labios. Los músculos de su cuello se contrajeron mientras tragaba el agua a grandes sorbos. No se podía negar que era un hombre muy atractivo. Además, daba esa impresión de estar siempre dispuesto a pasar un buen rato. Eso me gustaba de él. Resultaba alentador y bastante estimulante en comparación con el resto de hombres que había conocido aquella semana. Todos habían resultado ser bastante intensos y taciturnos.

—Si van a hacerme ahora una pedicura, ¿empezaremos la prueba justo después?

Decidí que quería tener la oportunidad de relajarme un poquito más, pero no quería perder de vista el motivo por el cual estaba allí.

Él escogió una manzana de entre la fruta que ofrecían y la mordió con un sonoro crujido. La pareja que compartía la sala con nosotros parecía estar evidentemente molesta por el ruido que estábamos haciendo. Una vez hubo acabado de comer, el señor Sábado habló:

—Ah, sí, sí. No te preocupes. Me aseguraré de que te encargues de hacer todo lo que hay que hacer.

—¿Y está seguro de que Diamond está de acuerdo con cargar con todos los gastos?

Me tomó del brazo y comenzó a conducirme hacia la puerta. Me miró y nuestras miradas se cruzaron.

—No hay por qué preocuparse por estar aquí. Piensa en ello como una bonificación por ser ejecutivo.

Meneé la cabeza, tanto por desacuerdo como por rabia.

—Nunca he logrado entender realmente los inmensos salarios de algunas personas en comparación con el escaso salario de otras. ¿Cómo se justifica eso? —Él permaneció en silencio mientras yo proseguía—. ¿Por qué la gente del mundo del deporte gana millones de dólares mientras que al personal de urgencias hospitalarias le pagan tan solo una fracción de ello? En mi opinión, no tiene ningún sentido. A las personas que trabajan duro se las aparta a un lado mientras que los ejecutivos conservan sus elevados salarios y sus bonificaciones, todo a cuenta de la empresa. Me parece tan injusto.

Me soltó para poder alzar ambas manos en señal de defensa.

—Alto ahí, un momento. No mates al mensajero. No sé si se te ha pasado por alto, Tess de los Ingenuos, pero el mundo no es justo. Hay personas en los países del tercer mundo que no tienen acceso al agua potable mientras que en Long Island encuentras una piscina en el jardín de cada casa. La gente del mundillo de los deportes no estaría ganando millones si no hubiese personas dispuestas a pagar cientos de dólares por una entrada para un partido. Así es como funciona el sistema. Siempre habrá gente que tenga más que los demás. De modo que, ¿no te gustaría ser miembro de «los que tienen» en lugar de «los que no tienen»?

Sí. Yo había sido una de «las que no tienen», gracias a que Diamond había despedido a mi padre, y quería volver a aquel estado de cosas. Me había dejado el trasero trabajando, primero obteniendo mis títulos en Biblioteconomía y luego pasando por aquel desquiciado proceso de selección. ¿Es que no merecía yo ser una de «las que tienen» para variar? Así era. Pero, ¿acaso no merece todo el mundo agua potable?

Permanecí en silencio, luchando contra mis conflictos internos entre lo justo y lo injusto. Cuando se dio cuenta de que no iba a contestarle, el señor Sábado se quedó mirándome contemplativamente durante un momento antes de ofrecerme una luminosa sonrisa.

—Pues muy bien —dijo—. Ya hemos tenido bastante charla existencial. Estamos aquí para desprendernos de toda esa negatividad y rejuvenecer. Es la hora de tu pedicura.

Tal como salimos de la sala fuimos recibidos por una mujer aún más espectacular. Caminó a mi lado y dejó reposar su mano sobre mi hombro, frotándolo levemente. Luego siguió subiendo, masajeando mi cuello. Fue glorioso. Si aquello era indicativo, de algún modo, de lo que podría llegar a ser recibir un masaje allí, definitivamente iba a considerar invitarme a mí misma.

—Señorita Canyon, por favor, venga por aquí. Estamos listas para recibirla.

Asentí en dirección al señor Sábado.

—Supongo que le veré más tarde.

—Así será. Que lo disfrutes.

Parecía pensativo, pero continuaba sonriendo. Este hombre debía de estar en posesión de alguna clase de píldora de la felicidad para permanecer tan optimista. Entonces recordé algo que mi padre me dijo mucho tiempo atrás: nunca te fíes de alguien que sonría todo el tiempo. De modo que comencé a juzgar al señor Sábado desde una nueva perspectiva; no estaba segura de qué pensar de él.

Levanté la mano en señal de agradecimiento por sus palabras mientras seguía a la mujer por un amplio pasillo hasta una habitación que contenía una bancada de asientos. Todo en aquel lugar había sido cuidadosamente escogido. Incluso la vista desde los asientos de tratamiento dejaba sin aliento. No debía de resultar difícil sentarse allí durante todo un día y ser agasajada. Pedicura. Manicura. Tratamiento facial. Masaje. Salas de vapor y duchas de rocío. La lista de maneras de pasar allí un día absolutamente perfecto era inacabable. Trepé a una silla pero, aun siendo tan confortable como resultaba, no logré relajarme.

—¿Desea que active la función de masaje?

—Ah, sí, por favor.

El mecanismo de rodillos bajo la delicada piel del sillón resultaba celestial. Con toda esperanza, cumpliría con su cometido. Rodeada de cómodos cojines, música suave y contemplando la serena vista tras la ventana, suspiré. Aquello era el súmmum de ser agasajada. La esteticista llenó el tanque para los pies incorporado en la parte inferior del sillón con agua caliente y jabonosa. El delicioso aroma a salvia y cítricos que emanaba del agua impregnó el aire. Con delicadeza, ella levantó mis pies y los colocó dentro. Gemí de placer.

—Dios mío, es una sensación maravillosa —suspiré mientras ella frotaba la parte trasera de mis pantorrillas.

—Lo sé, es simplemente divino, ¿verdad?

Asentí para mostrar mi acuerdo, apenas capaz de articular palabras.

—¿Puedo ofrecerle una copa de vino? ¿O tal vez alguna otra bebida?

La azafata había aparecido a mi lado, sosteniendo una bandeja de plata. Tomó de la bandeja un plato con nueces y un surtido de frutos secos y lo colocó en la mesa al alcance de mi brazo.

—Gracias —le contesté cuando me ofreció una carta con una caligrafía preciosa.

Me sorprendió descubrir que se trataba de una carta de vinos. Vaya, ¿podía aquello ir a mejor? Una pedicura, vino y deliciosos aperitivos, todo al mismo tiempo, era casi demasiado bueno para ser verdad, aun resultando un poco excesivo. Comprobé la lista para ver si había algo que me resultara familiar y se encontrase dentro de mi rango de precios. En realidad, entendía algo sobre vinos. Reconocí algunos de los nombres. Cuando leí Sequoia Grove, la boca casi empezó a hacérseme agua. Aquel era uno de los vinos más deliciosos que había probado jamás. Dudé unos instantes. No estaban indicados los precios, y no quería parecer una zarrapastrosa por preguntar. ¡Ah, qué porras! No podían ser más de veinte dólares la copa, así que lo pedí.

Ella me sonrió en señal de aprobación.

—Muy buena elección.

No tenía hambre realmente, pero quería probar los pequeños entremeses que habían colocado en un cuenco a mi lado. Los frutos secos estaban tostados en su punto y deliciosamente cubiertos de mantequilla. Mi pedicura se sentó en el taburete que había frente a mí. A la vista, parecía mucho más cómodo que el resto de taburetes que yo había visto en salones de belleza y *spas*. Aquello me hizo ver que el *spa* se preocupaba del bienestar de sus empleados, y me agradó. Después del tiempo que había pasado en Diamond, desarrollé aprecio por las empresas que se preocupan de sus trabajadores.

—Soy Tiffany —se presentó la chica—. Si necesita cualquier cosa, no dude en pedirla.

—Gracias, Tiffany.

Sacudió una toalla y levantó uno de mis pies. Sus manos eran a un tiempo delicadas y firmes mientras trabajaba. Siempre me ha encantado que me masajeen los pies, y aquellas manos eran milagrosas.

—¿Sabe qué tipo de esmalte quiere? ¿Pedicura francesa o de color?

Tomé la carta que me ofrecía, que contenía una muestra de colores. Aquello era el paraíso absoluto. Tenían acabado en mate, en brillo, holográfico, con purpurina y con brillantes. Estaba anonadada ante las infinitas posibilidades que ofrecían en manicura artística, ¡y las quería todas! ¿Dónde habían estado todas esas opciones durante toda mi vida? Yo era muy aficionada a la manicura, así que aquello era para mí un sueño hecho realidad.

—¡Dios mío! ¿Cómo podría elegir?

—Lo sé —contestó—. A todo el mundo le cuesta decidir.

Me decanté por un espectacular esmalte de la casa OPI en color púrpura y, de inmediato, la azafata regresó con mi vino. Bebí unos sorbos, deleitándome con su sabor, mientras Tiffany obraba milagros en mis pies. Pero la sensación de desasosiego persistía con más fuerza aún, y mi atención derivó de vuelta al problema que tenía entre manos. Lo que el señor Sábado estaba haciendo con sus informes de gastos no era muy distinto de aquello de lo que mi padre fue acusado. Me preguntaba cuál sería su verdadero nombre y si aparecería en la lista que yo había imprimido.

Continuar participando de aquel día de *spa* me hacía sentir que, en la práctica, estaba dando mi aprobación a lo que él hacía. Aun así, si me marchaba puede que corriese el riesgo de no superar el test, a pesar de que no sabía en qué consistía. Además, aún no había decidido qué hacer con la prueba que encontré. Por descontado, podía filtrarlo a los medios de comunicación, estaba claro. Los periódicos financieros salivarían por una prueba definitiva de la mala praxis y malversación de los fondos de la compañía por parte de altos ejecutivos, pero si sacaba a la luz pública esa información estaría poniendo en riesgo el bienestar de los empleados de la compañía y de sus familias. Sin embargo, si me convertía en directora ejecutiva podría arreglar las cosas desde dentro. Lo que significaba que debía aprobar esas pruebas por todos los medios. Lo que significaba que debía quedarme allí.

Por primera vez, me pregunté si el señor King era consciente del abuso en cuanto a los informes de gastos. Su nota, desde luego, mencionaba el *brunch* pero no hacía referencia alguna a un tratamiento facial ni una pedicura. De repente me acordé de Jenny, a quien conocí el miércoles. ¿Y si el dinero que el señor Sábado estaba gastando hoy suponía la diferencia entre que la guardería se montase o no? Sí, yo había trabajado duro pero, ¿debía recibir privilegios a costa de otras personas? Tomé una decisión en aquel preciso instante. Sencillamente, no podía continuar en aquel *spa* con la conciencia tranquila. Una vez Tiffany hubo acabado de enjuagar mis pies, me incliné hacia delante.

—Tiffany, acabo de acordarme de una cosa. Tenemos que parar.

—¿Algo le ha disgustado? —La preocupación afeó sus hermosas facciones.

Negué con la cabeza. No quería que ella pensase que había hecho algo mal ni que yo me sentía molesta.

—No, no. Tan solo es que he olvidado algo que debía hacer. De verdad, debo marcharme.

Ella pareció sobresaltada.

—Pero no hemos acabado aún.

—Lo sé. —Miré el reloj para sonar más convincente—. He perdido la noción del tiempo y debo marcharme ahora mismo.

Me levanté del sillón y caminé por el suelo hasta deslizar los pies dentro de las chanclas.

—¿Está segura? ¿Quiere que cambiemos la cita para otro día?

—Dame tu tarjeta y volveré a pedir cita cuando pueda. Siento las molestias. Estabas obrando un milagro en mis pies y nada me gustaría más que quedarme y dejarla terminar.

Comencé a dirigirme hacia la salida con la intención de regresar a la taquilla y recoger mis... Con creciente horror, recordé de repente algo que, de verdad, había olvidado. La prueba de la falsificación del justificante de gastos seguía aún en Diamond, allí tirada, oculta tan solo por el protector de escritorio. La noche anterior me había convencido a mí misma de que no pasaría nada durante el fin de semana pero, tal como había demostrado el señor Sábado, el fin de semana no existía para los empleados de Diamond. No tenía que seguir fingiendo. Tenía de verdad un asunto urgente entre manos.

No hubiera podido salir de allí más rápido ni queriendo. La abrasadora urgencia por regresar a toda prisa a Diamond Enterprises era casi sofocante. ¿Qué ocurriría si alguien encontraba el sobre y la información que contenía? Que yo estaría bien jodida. Total y soberanamente jodida. Se acabaría todo. ¿Cómo había podido ser tan idiota? Dejé un billete de veinte dólares sobre la mesa que había al lado del sillón y salí pitando de la habitación.

Salí como un rayo por la entrada principal y di gracias al ver un taxi que pasaba por allí en aquel preciso instante. Entré de un brinco y le di la dirección.

—Aprisa, por favor.

Comprobé que llevaba mi última tarjeta identificativa en el bolso y solté un suspiro de alivio. Con las prisas por salir del *spa* ni siquiera me había parado a pensar en el señor Sábado. De un suspiro, saqué todo el aire que tenía en el pecho. ¿Cómo se lo tomaría él? Lo había dejado tirado, y era posible que me hubiese descalificado a mí misma para el puesto de directora ejecutiva, pero no podía continuar con la conciencia tranquila. Decidí que debía averiguar su verdadero nombre y revisar sus gastos, ver hasta qué punto se aprovechaba del sistema.

El viaje me pareció eterno pero, al fin, llegamos al edificio. Le di al conductor instrucciones para que aguardase. Hice todo lo posible por entrar en el vestíbulo a paso normal, aunque todo cuanto quería hacer era correr como una posesa y recuperar aquel sobre. Estaba de servicio un guarda de seguridad distinto. No lo había visto con anterioridad y crucé los dedos para que no me pusiera pegas para entrar siendo sábado. Por ello, cuando se dirigió a mí por mi nombre quedé desconcertada.

—Hola, señorita Canyon, encantado de conocerla.

—Igualmente. Tan solo necesito subir para recoger algo que dejé olvidado ayer.

—Por supuesto. Si es tan amable de firmar aquí...

Así lo hice y luego me dirigí apresuradamente hacia el ascensor, dando gracias de que mi tarjeta de identificación funcionase. Subí hasta la planta veintitrés y salí del ascensor. Todo estaba en silencio, en calma. No había nadie allí. Corrí hasta la oficina que había utilizado el día anterior. Casi lloré de alivio cuando vi que el sobre estaba aún donde yo lo había dejado, debajo del protector de escritorio. Lo agarré y me sentí aliviada al comprobar que aún seguía estando sellado, lo que significaba que nadie había descubierto que tenía la prueba de que los informes de gastos estaban siendo falsificados.

—Joder —susurré, y dejé caer mis hombros—. Menudo susto.

Ahora que tenía el documento en mis pequeñas y acaloradas manos, no veía la hora de llegar a casa. Necesitaba una copa. Por un instante, lamenté haber dejado a medias el vino. Mientras bajaba en el ascensor, me pregunté si el señor Sábado se habría dado cuenta de que había desaparecido en combate. No tenía manera de contactar con él y ni siquiera se me había pasado por la cabeza dejarle una nota. Tiffany seguramente le diría que había salido a toda prisa. Esperaba que no apareciese por mi apartamento de nuevo.

Dando gracias por haberle pedido al taxista que esperase, me metí dentro de un brinco. Le indiqué que me dejase un poco antes de llegar a casa, donde hay unas tiendas de ultramarinos que cierran tarde. Derroché un poco en un par de botellas de buen vino. ¡Hola, noche de copas! ¿Me importaba el hecho de que fuese a beber sola? Pues no. Después, pasé por esa fantástica tienda de comestibles italiana, donde compré una hogaza de pan, queso y una bandeja de entremeses. Cuando llegué a casa, estaba dispuesta a regalarme mi propio día de *spa*. Uno por el que había pagado legítimamente.

Nunca me había sentido tan feliz de volver a mi pequeño apartamento. Estaba sorprendida por la cantidad de tiempo que había pasado fuera; la tarde estaba ya bien avanzada. Bajé las persianas y encendí velas con aroma de salvia, limón y romero. Aquello ayudó a recrear los aromas del *spa*. Escogí música que reprodujera el mismo ambiente. Con los entremeses en el frigorífico, una botella de vino abierta y oxigenándose, fui a prepararme un baño. Vertí mi aceite favorito bajo el caño de agua caliente y añadí sales de baño. Inhalé el maravilloso aroma que ascendía del agua.

—Eso es —suspiré dando unos pasos atrás y contemplando mi obra.

En mi dormitorio reinaba aún el caos tras las prisas de esa mañana, así que arreglé mi cama rápidamente para que resultase agradable a la vista. No es que esperase compañía, pero me gustaba que estuviese ordenado. Me quité rápidamente la ropa que llevaba puesta y la arrojé al cesto de la ropa sucia. Desnuda, caminé de puntillas hasta la cocina y me serví una buena copa de vino. Agarré un par de trozos de queso del frigorífico y me dirigí al baño.

Por fin, me sumergí en mi bañera, que es deliciosamente profunda. Me eché hacia atrás y dejé que el agua caliente eliminase el estrés de mi cuerpo. Tras pasar un buen rato sumergida, me sequé, me enfundé mi bata roja satinada y la até a mi cintura. Me gustó la sensualidad que provocaba la bata al rozar mi piel. Erótica y sexi al mismo tiempo. Me sentía bien y deseaba pasar un rato en compañía de un hombre.

Un rato con el señor Lunes. Me lamenté, no por primera vez, de no tener manera de contactar con él.

Abrí un cajón antes de salir del baño. La colección de esmaltes de uñas que había recopilado brilló ante mí como un arcoiris resplandeciente. Me quedé contemplándolos, debatiéndome entre qué color elegir para pintarme las uñas. ¡Eso era! Quería colores de sirena. Escogí un hermoso turquesa, un azul intenso y también saqué mi pequeña caja de brillantitos de bisutería. Me encantaba llevar algo de brillo en las uñas de los pies. Lo llevé todo al salón y organicé con primor los frascos sobre la mesa de café, que era en realidad una antigua balanza.

Una vez estuvo todo dispuesto a la perfección, deseosa como estaba de disfrutar de mi propia noche privada de *spa*, me senté en el sofá y me eché hacia atrás, balanceando la copa de vino en mi mano. Sentí que, por fin, comenzaba a relajarme de verdad.

Un golpe en la puerta de entrada me alertó. Me puse en pie y contuve el aliento. Tal vez se marchara quien fuese. No hubo suerte. La persona al otro lado golpeó de nuevo. ¿Quién demonios...? De inmediato me acordé del señor Sábado. Me quedé allí de pie debatiéndome entre abrir o no la puerta. Oh, deseé que no se tratase de él. Me acerqué a la puerta y miré a través de la mirilla. ¡Ay, Dios mío! El corazón se me iba a salir por la boca; eché un vistazo a la habitación y agradecí haber colocado los papeles bajo el sofá un rato antes. Todo estaba presentable, salvo por la parafernalia para la pedicura que se extendía sobre la mesa. El golpe sobre la puerta sonó más fuerte esta vez. Traté de calmar el golpeteo de mi corazón y tomar una bocanada profunda de aire.

El señor Lunes. Estaba allí.

Abrí la puerta y nos quedamos allí parados, mirándonos fijamente el uno al otro. Me dedicó una sonrisa pausada y el corazón se me aceleró al ver el modo en que me miraba. No fue hasta que su mirada se deslizó recorriendo mi cuerpo que recordé que llevaba puesta una bata tan seductora. La seda cobró de repente toda una nueva gama de sensaciones para mí. Sentí cómo se endurecían mis pezones y se apretaban contra la tela. Me ruboricé y me invadió la excitación. Tan solo era necesaria una mirada candente de este hombre para despertar mi excitación en un instante. El hecho de estar allí de pie frente a él, prácticamente desnuda, no hizo más que potenciar ese estado de ánimo.

—Vaya, mírate.

Su voz contenía un toque sexi, y mi corazón trastabilló.

Asentí, incapaz de articular las palabras. Estaba tan desconcertada y sorprendida; en un estado bastante próximo a la muerte cerebral en aquel momento.

—Por mí no hay necesidad de que te vistas.

El timbre de su voz estaba cargado de toda clase de insinuaciones sexuales.

Santo Dios, apenas podía respirar.

Le devolví una sonrisa y me hice a un lado, con la esperanza de que lo entendiese como una invitación a pasar dentro, ya que no me fiaba de mi voz ni un poquito.

Una vez hubo entrado, tragué saliva y me aclaré la garganta.

—Me has pillado justo a tiempo —le dije.

Se dio la vuelta y casi me muero al ver la pasión contenida en sus ojos.

—Te dije que lo haría. El don de la oportunidad lo es todo y, por supuesto, el mío estaba enfocado en el día de hoy.

Alcé mi copa de vino.

—¿Puedo servirte un poco?

Cerré y eché la llave a la puerta antes de dirigirme a la cocina, sin esperar su respuesta. No iba a dejar que se fuera tan fácilmente ahora que estaba allí. Me siguió y se detuvo tras de mí cuando me acerqué a la encimera para coger un vaso. Me quedé de piedra cuando se inclinó a mi lado, el calor de su cuerpo me envolvió, entonces dejó una bolsa sobre la encimera.

—Las grandes mentes piensan de modo parecido. Vino.

Volví la cabeza para poder mirarle y sonreí. Su presencia inundaba la estancia, y la empequeñecía. Estuvieron a punto de saltar chispas entre los dos en aquella pequeña habitación. Rellené mi copa y, justo cuando estaba a punto de llenar la suya, sentí sus manos sobre mis caderas. De inmediato, y de manera bastante involuntaria, reaccioné en respuesta. Las rodillas me temblaron y me tambaleé, dejándome caer hacia atrás contra él.

—Hueles de maravilla.

Oh, su voz grave me rozó el oído y silbó entre mis cabellos. Sus manos se movieron despacio, deslizándose sobre la bata de seda hasta que llegaron a mi vientre y tiró con fuerza de mí contra él. Yo apenas respiraba, paralizada, a la espera de averiguar qué sería lo siguiente que iba a hacer. Sus manos permanecían sobre mi cuerpo con una persistencia que me hacía enloquecer. Deseaba desesperadamente que me tocase más. Desplazó una mano una milésima, apretando con delicadeza sus dedos un poco más contra mí.

—¿Acabas de darte un baño?

Asentí.

—Sí, ahora mismo.

Mi voz sonaba ronca de deseo, y no traté de ocultarlo.

—Se nota. Tienes el cabello un poco húmedo, y puedo oler el jabón. —Me acarició el cuello y no pude mantener la cabeza en su lugar, y la dejé caer a un lado para que él tuviese vía libre—. Me alegro de que te hayas arreglado para mí.

—Yo también.

Todo lo que logré emitir fue un susurro. Me di la vuelta entre sus brazos, incapaz de continuar dándole la espalda durante más tiempo.

Necesitaba verle. Sus manos se deslizaron sobre mi cintura mientras me giraba y extendió sus dedos sobre la parte baja de mi espalda, lo bastante bajo como para que sintiera sus dedos sobre el inicio de mi trasero. Todo cuanto tenía que hacer era deslizar sus manos más abajo y agarrar mis nalgas cubiertas de seda. Envolví su cuello con mis brazos y me apreté contra él.

—Me alegro tanto de que hayas venido. No te esperaba.

—Bueno, entonces realmente me gustaría ver cómo hubiera sido si me hubieses estado esperando.

Su voz ronca provocó en mí toda clase de malos pensamientos deliciosos. Sentí una oleada de calor entre los muslos que me hizo tomar plena conciencia de que no llevaba bragas. Estaba desnuda. Todo cuanto él tenía que hacer era deslizar la mano bajo la bata para descubrirlo por él mismo.

Sabía que si nos besábamos, ¿a quién trataba de engañar?, cuando nos besáramos, sabía que sería incluso más poderoso que los besos que habíamos compartido el día anterior. Y el anterior a ese. Definitivamente, necesitábamos el triplete; y si él no se lanzaba, lo haría yo. Sabía lo apasionado que era capaz de ser y con qué fuerza me afectaba. Lo anhelaba con ansia.

La temperatura del aire entre nosotros se elevó, y juro que el aire alrededor de mis brazos ascendió como si estuviese a punto de prenderme fuego. Luego hizo lo que yo tanto había deseado que hiciera. Me lanzó la mirada más larga y sexi que jamás había visto mientras se peinaba el cabello con los dedos. Me tenía sin aliento. Tomé aire dando un gran suspiro y arqueé la espalda cuando él colocó sus manos a cada lado de mi rostro e inclinó la cabeza para besarme.

Fue como si tratase de absorberme dentro de su mismísima alma. Me encontraba en éxtasis. Él no estaba lo bastante cerca; necesité quitar de en medio la fina capa de aire caliente que nos separaba y apretarme contra él. Solo que él llevaba puestas demasiadas capas de ropa como para poder sentir su calor como es debido. No me esperaba que él diese un paso atrás. Tenía mi peso apoyado sobre él, así que me tambaleé. Él respiraba pesadamente, tenía los ojos entrecerrados y sus manos aún sostenían mis mejillas. Estábamos conectados, fundidos en uno, y hubiese querido que aquello no se hubiera quebrado nunca. Nos detuvimos, y quedamos flotando como en un extraño estado de suspensión.

Yo estaba perdida en mi cuerpo, adorando el modo en el que me sentía bajo su tacto. Él parecía estar en un estado de pausa similar. Lentamente, nuestra respiración volvió a la normalidad. Yo tenía los ojos abiertos, contemplándole. Sus ojos estaban cerrados y, cuando los abrió, vi reflejándose desde el fondo una ternura tal que rayaba en algo incluso más profundo.

El momento se rompió cuando echó mano del bolsillo y se sacó una tarjeta de identificación.

—Te la has ganado.

Alargué la mano y tomé la tarjeta.

—Pero abandoné el *spa* antes de tiempo. No he completado la prueba.

—El *spa* era la prueba. Ponía a prueba tu ética.

Tomó una hebra de mi cabello de detrás de la oreja. Sus dedos me acariciaron la mejilla, pero yo estaba demasiado irritada como para apreciarlo. ¿Todos aquellos ejecutivos estaban defraudando a la compañía y ponían a prueba mi ética?

—¿Mi ética? ¿En serio? —exigí saber en tono cortante mientras me cruzaba de brazos y me daba golpecitos sobre el codo con la tarjeta.

Él asintió.

—Lo digo muy en serio. Hace unos años Diamond creó un código ético que todos los empleados deben seguir. Se espera del director ejecutivo que predique con el ejemplo. Se produjo un cambio dentro de la compañía después de que se destaparan ciertas prácticas muy poco éticas. Deben de tener un referente.

—De modo que eso de que el señor Sábado saca provecho del dinero de la compañía en el *spa*, y esas tonterías sobre los beneficios y sobre darme lo que merezco, ¿todo eso era en realidad la prueba de hoy?

Dado mi estado de ánimo de aquel momento, sentí que un código ético aplicable a toda la compañía era algo que se quedaba corto y que llegaba demasiado tarde.

El señor Lunes se rió entre dientes.

—Sí, él solo estaba intentando averiguar si te rendirías ante el brillo y el *glamour*; si sacarías partido de lo que supone ostentar un estatus elevado dentro de la compañía. De hecho, el señor Sábado es uno de los hombres más rectos y honestos que conozco.

Sacudí la cabeza y me di la vuelta. Sabía que aquellas pruebas estaban diseñadas para manipularme, pero la hipocresía que suponía esa última me irritó de veras. Caminé hacia mi bolso, dejé caer dentro la tarjeta identificativa y me quedé esperando a que el señor Lunes se disculpase y se marchara.

En lugar de eso, le oí tomar aire.

—¿Qué planes tienes para esta noche? —me preguntó, y tuve que pensármelo unos instantes. Me había olvidado por completo de lo que tenía pensado hacer aquella noche. Estar tan cerca de él, teniendo entre sus manos desnudas y mi carne tan solo la delicada seda, me nublaba la mente. Era una distracción demasiado intensa como para poder pensar con claridad.

Miré alrededor y, entonces, volví hacia él al recuperar súbitamente el recuerdo.

—Bueno, tenía pensado quedarme aquí y tener mi propia noche de *spa*.

Echó un vistazo por encima del hombro a la mesa de café.

—Ya veo.

Dejó caer sus manos de mi cara deslizándolas hasta mis hombros. Tiró de mí de un modo un tanto brusco y se me escapó un breve jadeo. Lo deseaba, de todas las maneras imaginables, y me quedé mirándolo fijamente mientras su mirada me taladraba. Me quedé a la espera, conteniendo la respiración ante lo que se avecinaba. Pero, en lugar de darme un beso, me susurró al oído.

—¿Qué tal si te ayudo a conseguirlo?

¿Iba a quedarse? Temblé y lo miré fijamente, presa aún de la dulce ferocidad de su abrazo. No me importaba que me estuviese sujetando con tanta fuerza como para dejarme hematomas. Aquello significaba que me estaba marcando como su propiedad. Al menos, eso es lo que decidí pensar.

—De a... de acuerdo.

Fue cuanto logré decir. Estábamos tan cerca que pude verlo por completo. Era un libro abierto. Al mirarlo pude apreciar que, por vez primera, no estaba ocultando nada. Su máscara había desaparecido. El hombre que estaba contemplando en aquel preciso instante, de pie frente a mí, era el hombre que llevaba buscando toda aquella semana. Algo le había hecho cambiar. Estaba conmovida por ser capaz de ver el interior de aquel hombre que se había abierto paso a través de mi piel y de las piezas rotas de mi corazón.

—¿Y cómo pretendes ayudarme?

Me soltó, deslizando sus manos por mis brazos hasta tomarme de los dedos para llevarme hasta el salón. Señaló en dirección al sofá con un gesto de la cabeza.

—Siéntate y ponte cómoda.

Hice lo que me indicó, y comencé a temblar de expectación. Rocé con los dedos la cinta de mi bata, recordando mis pensamientos del día anterior acerca de la corbata del señor Viernes. ¿Tal vez...?

Mi bata, estando de pie, me llegaba tan solo hasta las rodillas, de modo que, al sentarme en el sofá, se subió hasta mis muslos, dejándome expuesta frente a él. Vi cómo se adentraba su mirada. Alargó el brazo hasta tocarme la pierna. No podía sostener la cabeza alzada, así que la dejé caer hacia atrás. Un suave suspiro se escapó de mis labios abiertos. Algo maravilloso estaba sucediendo allí, y yo estaba inundada de esperanza y expectación.

Se sentó en el otro extremo del sofá y echó mano a lo que había sobre la mesa.

—¿Cuál es tu color favorito? —me preguntó, mientras inspeccionaba los distintos frascos.

Lo observé mientras los levantaba uno por uno, agitándolos y luego poniéndolos de nuevo en su sitio.

—No soy exigente. Me gustan todos, pero esta noche me decanto por una temática oceánica.

Él agarró el pequeño contenedor, que estaba a su vez dividido en compartimentos aún más pequeños.

—¿Esto qué es?

Miró con atención a través de la cubierta transparente.

—Brillantes —le contesté.

—¿Brillantes? ¿Para qué se usan?

—Para ponerlos sobre las uñas. Me gusta el brillo. Cualquier tipo de brillo.

Le sonreí, y la mirada que él me devolvió me inundó de calor.

—Tendré que recordar eso.

Me guiñó un ojo y dejó el contenedor de nuevo sobre la mesa. Tomó uno de mis pies entre sus manos. Observé sus manos mientras me masajeaban el puente y luego descendían hasta los dedos. Acomodó mi talón en una de sus manos, presionó con sus dedos la parte trasera de mi tobillo y fue subiendo hacia el gemelo.

—Eres bueno, debes de haber tomado lecciones —murmuré.

Negó con la cabeza.

—Ni una sola.

—Entonces, ¿cómo es que se te da tan bien? —le pregunté, mientras sus manos subían con caricias hasta mi rodilla.

—No es tan difícil. Todo cuanto tengo que hacer es observar tu rostro, ver cómo reacciona tu cuerpo ante mis caricias. Sentirte. Conocerte. Descubrir qué es lo que te gusta.

Le sonreí, y él dirigió su atención a mi otro pie.

—¿Te haces una idea de lo sexi que resulta lo que acabas de decir? Ummm... —gemí—. Podría tenerte todo el día así.

Cerré los ojos y sentí como si me derritiese en el sofá. Era una sensación tan relajante y maravillosa. No solo era excelente en cuanto al uso de sus manos, sino que tenía también su toque con las palabras.

—Bueno, ¿y cómo se pinta uno las uñas con una «temática oceánica»?

Mantuve cerrados los ojos, disfrutando del roce de sus manos sobre mí y deseando que las llevase más arriba, que se deslizaran bajo la bata. A duras penas lograba estar allí tendida tranquilamente y tenía que morderme el labio para poder concentrarme en lo que él decía en lugar de retorcerme de deseo.

—No es necesario. Elige cualquier color que te guste.

—¿Confías en mí para tomar una decisión así? Nunca antes he hecho esto, puede que lo haga espantosamente mal.

Su voz denotaba burla, pero yo fui muy seria en mi respuesta.

—Confío en ti.

Abrí los ojos un poco, y la mirada que él me devolvió me inflamó el corazón. Nunca antes había visto en él aquella expresión, o en ningún otro hombre, ya puestos. Lo más cercano era cuando mi padre me miraba con ternura, antes de que le despidiesen y se consumiera en su propia amargura. Pero saqué ese pensamiento de mi cabeza. No quería que me invadiera la tristeza. En aquel momento, quería pensar tan solo en el señor Lunes, y en lo que estaba haciéndome. Sosteniendo mis pies y acariciándolos. Enloqueciéndome con sus caricias y prometiéndome después una pedicura. Ningún hombre había hecho algo así por mí anteriormente.

—Está bien, voy a hacer algo de una vez, pero tendrás que decirme cómo se ponen los brillantes.

Le conté a toda prisa el método que yo empleo. Levantó las dos cejas, impactado.

—¿Te has quedado con todo? —le pregunté riendo.

—Me parece una exageración de trabajo tan solo para los pies.

—¿Es demasiado? Porque puedo hacerlo yo sola.

Negó con la cabeza y tomó mis pies entre sus manos.

—No; dije que lo haría y yo siempre cumplo con mi palabra.

El señor Lunes volvió de nuevo a frotar con su pulgar el puente de mis pies. Gemí cuando apretó más fuerte. Me estaba matando, y creo que él lo sabía y que estaba disfrutando poniéndome a tono de todas las maneras posibles. Era como si todos mis nervios estuviesen estimulados y al rojo vivo. Mi cuerpo ardía de deseo.

La intensidad de la mirada de concentración de su rostro y el modo en que tenía la punta de la lengua asomando entre los labios provocó que me diera la risa tonta.

Por debajo de sus cejas, su mirada se posó en mí fijamente.

—¿Se puede saber de qué te ríes, señorita?

—De ti.

Le sonreí, y adoré el modo en el que se estaba desarrollando la tarde.

—Yo soy quien está al mando aquí. Aun sin tener ni idea de lo que estoy haciendo. —Meneó un dedo frente a mí—. Recuerda, yo estoy al mando.

Alcé mis manos en señal de súplica y luego las dejé reposando sobre mi vientre, con los dedos entrelazados.

—Me rindo ante ti.

—Ummm... ¿De verdad? Esta noche podría acabar resultando muy interesante, desde luego.

Su voz contenía un curioso aire de intriga.

Cerré los ojos, tratando de demostrar mi confianza en él.

—¿No quieres ver qué estoy haciendo?

Negué con la cabeza.

—En absoluto. ¿Qué acabo de decir? Estoy en tus manos.

Se echó a reír entre dientes de nuevo, y aquello no hizo más que demostrarme lo mucho que me gustaba aquel sonido. Con mis ojos cerrados, él volvió a acomodar mis pies entre sus manos y comenzó con la pedicura casera. Fue delicado y se tomó su tiempo. Debí quedarme dormida mientras él atendía mis pies con calma. Me di cuenta al despertarme cuando se deslizaba bajo mis piernas, de regreso a la otra esquina, y apoyaba mis pies en el sofá.

—Ya estás lista por completo.

—Gracias. —Me senté y me miré los pies—. ¡Oh, Dios mío! ¡Has hecho un trabajo excelente! Definitivamente, tengo pies de sirena.

Balanceé mis piernas hacia fuera del sofá y me puse en pie.

—¿Adónde vas? —me preguntó.

Lo miré, allí sentado con un brazo extendido sobre el sofá y la mano libre sosteniendo la copa de vino. Sí, parecía estar lo bastante bueno como para querer comérselo, algo que tenía planeado hacer más tarde.

—Tengo un poco de hambre, y me he dejado olvidada la comida en la cocina. —Hizo el amago de levantarse y yo lo detuve con mi mano—. No, no te levantes. Deja que me encargue yo de esto.

Unos escasos minutos más tarde, andando con cuidado para no derramar nada, tenía toda la comida dispuesta sobre la mesita de café. Por suerte, él había despejado toda mi parafernalia para la pedicura.

—Esto es agradable —dijo, y se inclinó hacia delante.

Me quedé cautivada por la fluidez de sus movimientos, por el modo en el que sus músculos se ondulaban y se activaban al echar mano a la comida. Podría pasar todo el día contemplando a aquel hombre, durante el resto de mi vida.

—Me encanta esto. Es perfecto para pasar una noche picoteando y dando sorbos de vino.

Él asintió.

—Sí, estoy de acuerdo. Yo no hago esto en casa, pero me gusta tu estilo.

Fue la primera vez que hizo referencia alguna a su casa, o a su vida fuera de Diamond. Despertó mi curiosidad de nuevo. No le había dedicado mucha atención a su estado civil, pero ahora que estaba en mi casa y todo parecía sugerir que se quedaría a pasar la noche, comenzaba a cobrar peso en mi mente. Había ciertas cuestiones para las cuales necesitaba una respuesta. En especial acerca de si estaba soltero. Yo nunca, jamás, ni en un millón de años, sería «la otra».

—¿Sabes lo que me parece que está un poco descompensado? —dije para abordar la cuestión, tratando de no resultar demasiado brusca.

Tomó unos cuantos bocados del plato y los lanzó a su boca antes de lanzarme una mirada.

—¿Qué?

—Que tú pareces conocer todo de mí, y yo no sé nada sobre ti.

Él me devolvió una sonrisa de medio lado adorable y agarró otro trozo de embutido calabrés. Me di cuenta de que estaba eludiendo contestarme.

—¿Estás haciendo tiempo para encontrar una buena excusa? —quise saber, y le di un sorbo a mi copa de vino. Lo miré por encima del borde, esperando a ver cuál sería su respuesta.

—No hay ningún misterio. Sencillamente no hay motivo por el que hablar de ello. Créeme. Lo discutiremos todo más adelante.

La conversación estaba tomando unos derroteros que no eran en absoluto los que yo pretendía, a pesar de que había sido yo quien había sacado el tema a colación. Decidí enseguida que debía dejar que aquello se desvaneciese porque sabía que si seguía adelante y presionaba para obtener más respuestas, la dinámica de la noche cambiaría. Pero había una cosa que tenía que saber.

—Está bien, pero dime algo: ¿hay alguien esperándote en casa?

Él apartó la mirada y, de repente, pareció estar triste antes de devolvérmela de nuevo. Él me tomó de la mano, la besó en el dorso y me contestó.

—No hay nadie esperándome. Si lo hubiera, no estaría aquí contigo.

Asentí. La felicidad me llenó por completo. Oculté mi sonrisa tras la copa de vino.

—Entonces te tomo la palabra. Hablaremos sobre todas las cosas más adelante. Ahora mismo, sencillamente te quiero todo para mí y quiero que disfrutemos del tiempo que estemos juntos.

—Creo que esa es la mejor idea que he oído en mucho tiempo.

Se inclinó hacia delante, tomó la botella de vino y la alzó frente a mí. Le ofrecí mi copa, él la llenó y luego llenó la suya.

Reposé la espalda relajadamente en el sofá y examiné al detalle el pequeño pícnic que había dispuesto sobre la mesita de café. Llené un plato pequeño con queso, pan y carne. Permanecimos en un agradable silencio durante un rato, atendiendo a la música. Colocó mis pies sobre su regazo y comenzó a masajearme las plantas. Me sentía en el paraíso.

—Me gusta tu apartamento —me dijo.

—Gracias, a mí también. Es pequeño, pero me pega.

—En efecto, te pega mucho.

Nos miramos fijamente a los ojos, y la atracción, deliciosamente, se hizo incluso más fuerte entre los dos.

Él alzó mis pies, se puso de pie y volvió a dejarlos en el sofá. Lo observé mientras deambulaba por mi apartamento, mirando las cosas. Me agradó el hecho de que sintiera interés por los pormenores y detalles de mi persona. Parecía genuinamente interesado en conocer quién era yo. Mientras se movía por mi apartamento, fue apagando las luces, dejándonos bajo el cálido y romántico brillo de las velas. Mi corazón comenzó a latir con más fuerza a causa de la expectación, especialmente cuando se detuvo y quedó a la espera en la puerta de mi dormitorio.

Miró hacia el interior de la habitación y luego de nuevo hacia mí, ofreciéndome una de sus sonrisas más atractivas. Me dio un vuelco el estómago y contuve la respiración, preguntándome qué sería lo próximo que haría. Meneó las cejas de un modo cómico, y a mí me dio la risa. Yo moví un dedo indicándole que regresara a por mí. Así lo hizo, y se puso de rodillas al borde del sofá. Luego colocó las manos sobre mis tobillos y, esta vez, su tacto fue abrasador. Me separó las piernas y, todavía de rodillas, se acercó aún más. Mi bata retrocedió incluso un poco más sobre mis muslos y se abrió, permitiéndole ver todavía más. Me alegré de que estuviésemos en penumbra. Me sonrojé. No quería en absoluto que él se percatara de que estaba nerviosa. No me estaba mirando a la cara, sino concentrado en sus manos mientras estas acariciaban con delicadeza la piel desnuda de mis rodillas y subían hacia mis muslos.

Mis párpados revolotearon cuando el deseo que sentía por él se precipitó a través de mi cuerpo. Jadeé cuando inclinó su cabeza para besar el interior de mi rodilla, sosteniéndola delicadamente con su enorme mano. Sentir sus caricias, al fin sin barreras entre nosotros, era algo que había ansiado durante mucho tiempo. Por fin estaba ocurriendo. El tacto de su piel rozando la mía era tan maravilloso. Me acarició suavemente; sus manos progresaban más y más arriba. La ternura de sus caricias y sus besos, delicados como plumas, provocaban en mí un efecto mucho mayor que si los hubiera estado imponiendo. El placer me tenía fuera de mí y a duras penas podía contenerme para no deshacerme entre temblores.

Se estaba acercando cada vez más al lugar en el que yo más quería que se encontrase. Enterrado en lo profundo, intensamente, adentrándose en mi interior. Gemí y agarré los cojines con las manos. No sabía qué hacer con ellas. Comenzaba a estar francamente agitada e inquieta, en el mejor de los sentidos.

Alzó la cabeza y nos miramos el uno al otro en silencio durante un instante, hasta que habló.

—Estás temblando.

Asentí.

—Lo sé.

Todo cuanto logré emitir fue un susurro ronco. Lo observé mientras apartaba a un lado mi bata para besarme en la cadera, sin llegar a romper el contacto visual conmigo.

—Me gusta.

Oh, Dios mío. Aquella era una de las cosas más eróticas que jamás nadie me había dicho. Sus manos se deslizaron sobre mis caderas, luego a través de mi vientre y tiraron suavemente de la cinta de la bata para abrirla. Ahora estaba completamente desnuda frente a él, enmarcada en seda roja. Apenas podía contenerme mientras me observaba con atención.

—Eres impresionante.

Se puso de rodillas y se inclinó para besarme el ombligo, llevando su lengua alrededor del sensible borde y enviando exquisitas descargas de deseo hacia mi clítoris y mis pezones. Empezaba a sentirme sobrepasada por momentos.

Entremetí los dedos en sus cabellos y tiré de él, apretándolo aún más contra mi vientre. Dejó un rastro de fuego conforme iba besando y lamiendo el camino hacia mis pechos. Con sus manos, los acunó por los lados y los acercó mientras enterraba su rostro entre ambos. Le escuché tomar aire.

—Hueles tan bien.

Me eché a temblar cuando sus labios se acercaron a la cúspide y jadeó, arqueé mi espalda sin querer cuando atrajo mi pezón hacia su boca. Nunca antes había sentido algo tan maravilloso como cuando succionó y jugueteó con su lengua sobre mi sensible piel. Agarré aún más fuerte su cabeza; mis manos se enredaban en su cabello mientras los pechos me ardían.

Mi desnudez contra su ropa causaba una fricción que no hacía más que incrementarse conforme me rozaba con él, basculando mis caderas hacia su erección. Él gimió y apretó sus caderas contra mí. Se echó hacia atrás, dejando caer su peso sobre una mano y, con su pelo cayéndole sobre los ojos, me miró fijamente. Su expresión me dijo todo cuanto necesitaba saber. Estaba tan loco por mí como yo por él. Tal vez incluso más.

Recorrió con sus dedos mi clavícula y luego bajó hacia el valle entre mis pechos. Entonces cubrió uno de ellos, sosteniéndolo con ternura y pasando el pulgar sobre mi pezón. Estuve a punto de explotar; mi cuerpo se encendió como una bengala. Me aferré a él, tirando con desesperación de su camisa y envolví sus caderas entre mis piernas, clavándole los talones en el trasero. Apreté las piernas para que quedase atrapado y basculé las caderas, presa de la desesperación por tenerle dentro de mí. No podía quedarme quieta. Era como si mi cuerpo tuviese su propia mente, temblaba y se sacudía mientras él me hacía todas aquellas cosas maravillosas. Sentía mi cuerpo lleno de vida.

Necesitaba un pequeño descanso, pero él no me lo concedió y continuó describiendo una senda abrasadora de besos a lo largo de mi clavícula hasta que encontró el hueco erógeno bajo mi barbilla. Aplastó sus caderas contra mí, y la tela de sus pantalones comenzó a estar mojada a causa de mi humedad. Me acompasé a su cadencia. Me sentía tan lasciva, allí completamente desnuda mientras él aún tenía su ropa puesta, como si estuviera por completo entregado a mi placer y no reclamase nada para sí mismo.

Giré la cabeza en dirección a su boca y contactamos con una intensidad que me dejó sin aliento. Nos besamos como si fuese la primera vez. De manera frenética, desesperada, curiosa. Fue como si nos hubiésemos convertido en un único ser, y nos separábamos tan solo el tiempo necesario para tomar aire antes de volver a sumergirnos el uno en el otro.

Entonces retrocedió, se mojó los labios con la mirada fija en mí. No podía creer que aquel hombre estuviese conmigo.

Emití un débil sonido cuando sus manos prendieron una senda en llamas sobre mi piel mientras me quitaba la bata, dejándome completamente expuesta ante él.

Electrizándome aún más, dibujó con los dedos mi ombligo, fluyó hacia abajo para darme la más ligera de las caricias en la delicada piel de mi muslo, antes de sumergirse en mis pliegues más sensibles. Se apoyó sobre las rodillas para poder verme al completo. Sentí su mirada tan intensamente como si estuviera tocándome. Lentamente, una sonrisa curvó sus labios.

—Eres pelirroja.

Mis ojos se abrieron de par en par y me toqué el cabello. Había sido muy cuidadosa tiñendo mi cabeza y mis cejas, pero nunca imaginé una situación en la que alguien me viese esas partes.

—Me apetecía cambiar —fue todo lo que dije, esperando que él quedase conforme.

—Esto explica por qué eres tan ardiente —gimió, y bajó el rostro, presionando su boca contra mi vientre y agarrándome las nalgas con una mano.

Me levantó mientras se agachaba, acercándose, y entonces su barbilla acarició mi delicado vello, lo que amplificó la sensación. Gemí y me quedé inmóvil, a la espera de su próximo movimiento.

La luz de las velas brillaba sobre su cabello oscuro. No logré apartar de él la atención mientras lo veía descender bajo mis muslos. Entonces, la dulce humedad de su lengua me encontró. Mis rodillas se abrieron de par en par, permitiéndole llegar más profundo. Con una mano bajo mi culo y la otra reposando en la cara interna del muslo, deslizó su lengua entre mis pliegues hasta llegar a la protuberancia erógena. Aquello fue un asalto a todos mis sentidos. Agónicamente maravilloso. Yo meneaba las caderas, incapaz de quedarme quieta.

Mis dedos se clavaron aún más en los cojines del sofá bajo mi cuerpo, que se retorcía. Su talento no conocía límites, y mi orgasmo empezó a hacer acto de presencia. No podía estar quieta, y gemí cuando deslizó un dedo en mi interior. Lo arqueaba y empujaba al mismo ritmo con el que movía la lengua.

No me daba tiempo de tomar aire, trataba de retrasarlo todo cuanto era capaz, me encantaba lo que me estaba haciendo. La tensión dentro de mí se acrecentó, y la recibí con los brazos abiertos. Mi orgasmo estaba cristalizando, él tenía las manos en mis nalgas y me levantó para apretarme aún más contra su boca. No pude evitar atraparlo entre mis rodillas en el último momento, justo antes de que la liberación casi me rompiese en pedazos. Había estado aguantando la respiración y rompí a gritar cuando él me provocó el orgasmo.

No me dejó ni un momento para recuperar la calma antes de obtener de mí otro delicioso orgasmo. Me desplomé como una muñeca de trapo, y tuve la impresión de que pasó una eternidad antes de que mi cuerpo recuperase la calma. Pequeños temblores de placer me sobrecogían cada pocos segundos. Él me arrastró hasta tenerme entre sus brazos, acunándome y acariciándome el cabello hacia un lado. Abrí los ojos y lo miré. Él bajó la mirada hacia mí con una expresión de ternura en su rostro.

Alcé la mano hacia su mejilla y recorrí su cicatriz con el dedo.

—¿Cómo te hiciste esto?

Mi voz sonaba débil y entrecortada. Envolví su cuello con mis brazos y él me acurrucó en su regazo.

—Me caí de un árbol en un campamento. Tuvieron que darme diez puntos de sutura.

—¿Un árbol? ¡Qué burgués por tu parte! ¿No te apetecía utilizar el muro de escalada?

Sonrió y me dio un beso en la cabeza. Yo suspiré de felicidad.

—Siempre había cola para el muro. Nunca se me ha dado bien esperar.

—Largas colas aparte, ¿te gustaba el campamento? Yo nunca fui a ninguno.

Me acerqué un poco más, y él recorrió con su mano el arco de mi espalda.

—No, lo odiaba. Apenas veía a mis padres por lo general, así que estar lejos de ellos durante dos meses, sin verlos en absoluto, me resultaba espantoso.

—¿No veías nunca a tus padres?

—Mi padre trabajaba muchísimas horas y mi madre estaba siempre involucrada en algún acontecimiento de la alta sociedad o de beneficencia. Ellos me querían, tan solo es que... no disponían de mucho tiempo para ser padres.

Aquello me partió el corazón. Las cosas cambiaron cuando despidieron a mi padre pero, durante mi infancia, mi familia estuvo unida y siempre me sentí profundamente amada. Sin saber qué decir, cambié de tema.

—Bueno, la cicatriz te hace aún más sexi, si es que eso es remotamente posible.

Soltó una risita, y yo le abracé más fuerte. Nos quedamos sentados así durante unos minutos hasta que me recuperé. Me di cuenta de que él aún respiraba de manera entrecortada. Cambié de postura en su regazo, sintiendo su erección presionando contra mi trasero. Su dureza y su extensión despertaron mi ansia por él una vez más. Ni en mis fantasías más salvajes me creí capaz de tener orgasmos múltiples.

—Te quiero dentro de mí —le dije.

—Dios, mujer, me estás volviendo loco.

Comencé a desabrochar los botones de su camisa, pero me pudo la impaciencia y tiré hasta rasgarla. A ninguno de los dos nos importó.

—Quiero verte desnudo. Lo deseo más de lo que jamás pudieras imaginar.

Tomó aire y se abalanzó a por mí. Me tumbó en el sofá a su lado y yo baje la mano hasta su pantalón. Rápidamente, le desabroché el cinturón y manoseé a tientas el botón y la cremallera. Él me apartó la mano y se abrió la bragueta en un segundo. Levantó las caderas y se bajó los calzoncillos. Su pene, una vez libre, saltó fuera. Por fin estaba desnudo. Y era algo magnífico. Tal como supe que sería. Le acaricié el pecho y recorrí con mis manos su disperso y delicado vello. Inclinó hacia atrás la cabeza y se quedó inmóvil como una estatua. Exploré su cuerpo tanto como había él explorado el mío.

Al fin, cerré mis dedos alrededor de su gruesa longitud, acariciándola y agarrando los testículos, mientras disfrutaba del sonido que él emitía. Basculó la cadera, deslizándose dentro de mi puño, pero yo lo quería en mi cuerpo.

—¿Condones? —fue todo lo que logré decir porque estaba tan excitada que apenas me salía la voz. Se inclinó hacia delante, cogió del suelo los pantalones y rebuscó en un bolsillo. Le sonreí—. Un buen *boy scout*. Siempre preparado.

—Honorable, sincero y digno de confianza, ese soy yo —contestó. Lo observé mientras se lo enfundaba rápidamente.

Entonces lanzó su brazo como un látigo, me agarró de la cintura y, de un tirón, me colocó encima de él.

Apoyé las manos sobre sus hombros y me balanceé sobre sus poderosos muslos. Abrí por completo las piernas y quedé totalmente expuesta a su vista. Me eché a temblar cuando él lo miró. Le agarré el pene y me levanté.

—Móntame, cariño.

Me dejé caer sobre él al mismo tiempo en que movió hacia delante la cadera. Me llenó por completo, mis músculos lo aceptaron y el instinto se apoderó de la situación. Envolvió mi cintura con sus brazos, tirando de mí hacia él. Yo estaba sentada frente a él, de modo que mis pechos estaban justo en su cara. Giró la cabeza y se metió uno de mis pezones dentro de la boca, mientras yo daba sacudidas con mis caderas, cabalgándolo tal como me había ordenado. Estaba a punto de tener otro orgasmo. Cabalgué sobre él con más fuerza, con la respiración entrecortada, y mi orgasmo fue incluso más intenso que el anterior. Me desplomé sobre él y me abrazó con fuerza mientras me estremecía, hasta que languidecí encima de su torso.

Me dio la vuelta con una agilidad que me sorprendió. Mientras se movía sobre mí, mantenía los ojos cerrados. Sus músculos se marcaban y la tensión de su excitación se grababa en sus facciones. Clavé los talones en su culo mientras se movía en mi interior. Volví a estar totalmente mojada y deslicé la mano entre nuestros cuerpos hasta que mis dedos revolotearon sobre mi clítoris.

Él gimió y empujó con fuerza. Me acompasé con cada uno de sus movimientos, sin poder creer que tuviese un hombre tan impresionante sobre mí, llevándome a tales cotas de placer una y otra vez. Como ahora mismo. Iba a ocurrir otra vez. Solo que esta vez yo iba a hacerlo al mismo tiempo que lo haría él, profundamente dentro de mí.

—Estás haciendo que me corra otra vez. No... no puedo creerlo.

No pude contenerlo más. Mi cuerpo estaba absolutamente abrumado por toda la excitación, emoción y liberación.

—Sigue corriéndote para mí, cariño. —Me miró intensamente, y me perdí en su mirada—. Me alegro tanto de haberte encontrado.

Aplastó sus labios contra los míos. ¿Lo había oído bien? ¿Había sido mi imaginación? No estaba segura, ya que me tenía fuera de mí. Entonces gimió, y yo me alcé para encajar su arremetida final. La fuerza de su orgasmo nos envolvió mientras él dejaba escapar un poderoso rugido y luego se desplomaba sobre mí.

Teníamos la respiración entrecortada y podía escuchar los latidos de su corazón. Nos quedamos tumbados durante unos momentos, me calmaba notar su peso sobre mí. No quería romper el hechizo. Recorrí con los pulgares su espalda arriba y abajo hasta que él suspiró profundamente y rodó para quitarse de encima. En silencio, fijó su mirada sobre mí. No había espacio para las palabras. Me cubrió con la bata y me besó antes de retirarse al baño. Lo contemplé mientras caminaba y luego me estiré como el gato de Alicia en el País de las Maravillas. Contenta. Satisfecha. No había sentido tal felicidad en años. Y todo a causa de aquel hombre al que tan solo conocía como «el señor Lunes».

7
Señor Domingo

Me había pasado los últimos quince minutos viendo cómo dormía mi señor Lunes. Me gustaba cómo se veía sobre mi cama, con las sábanas arrugadas a su alrededor y la cabeza acunada entre las almohadas. Me hubiera gustado acercarme y quitarle un mechón que le caía sobre la frente, pero estaba tan profundamente dormido que no quise arriesgarme a molestarlo. Parecía muy relajado, como si lo que le había estado atormentando se hubiese desvanecido bajo las capas de sueño.

Suspiré con total satisfacción. Hicimos el amor toda la noche y acabamos en la ducha, que sin duda no está diseñada para dos personas, antes de caer finalmente en la cama. Ni siquiera recordaba cuándo me quedé dormida, solo despertarme en sus brazos un cuarto de hora antes. Estábamos tan bien encajados que, cuando abrí los ojos, dudé si separarme de él.

Le levanté el brazo, que estaba atrapado bajo mi cadera, y salí de la cama tan silenciosamente como pude. Me puse unos pantalones de yoga y una camiseta a juego, luego salí de la habitación y cerré en silencio la puerta detrás de mí. Lo único que habíamos comido la noche anterior fue el plato del aperitivo, y el uno al otro, lo que no era suficiente para mantenerme en pie. Me moría de hambre y necesitaba desesperadamente un café. Lástima que no tenía ninguno de Costa Rica; todo lo que tenía era uno comprado en la tienda. Solo tenía que hacerlo. Al menos podría prepararle un buen desayuno casero: tortitas, panceta y jarabe de arce canadiense. Lo tenía todo preparado cuando el café acabó de hervir, me serví una taza y la llevé a la sala de estar. Por fin tendría la oportunidad de examinar las pruebas de Diamond. Tenía una gran decisión por delante de mí, y revisar el papeleo podría ayudarme a tomarla.

No quería mirar los papeles, aunque sabía que necesitaba digerir toda la información para poder tomar la decisión correcta. Hice una mueca. Era domingo, y todavía quedaba una prueba. ¿Sería hoy? Tendría que esperar hasta que el señor Lunes se despertase para averiguarlo. Me acomodé en un mullido sillón junto al sofá. Doblé una pierna debajo de mí y alcancé el sobre que tan apresuradamente había escondido debajo del sillón el sábado. Dentro de ese sencillo sobre estaban los documentos que podrían destruir o, al menos, hacerle la vida imposible a Diamond Enterprises. Miré a través de la puerta del dormitorio; el señor Lunes dormía como un bebé. Sin duda tenía algún tipo de conexión con Diamond. Todos los otros hombres que habían estado a cargo de cada día de la semana eran los jefes de sus respectivos departamentos, así que, ¿de qué estaba a cargo el señor Lunes? Eché la vista atrás a lo largo de la semana (¿de verdad solo habían pasado seis días desde que nos conocimos?), y de lo único que podía estar segura era de que esos hombres le informaban sobre mis progresos. Siempre sabía cómo me había ido el día antes de que tuviera la oportunidad de decirle nada. La noche anterior, me pidió que confiara en él y dijo que respondería a mis preguntas en otro momento. Solo que, ¿cuándo sería ese momento? Me preguntaba si llegaría alguna vez.

Pasé los dedos por el borde del sobre. Me sentía como si estuviese tocando un arma cargada. Hice caso omiso de todos mis sentimientos de inquietud y lo abrí. Estaba a punto de sacar los papeles cuando oí al señor Lunes moverse en la habitación. Lo último que quería era que me encontrase con un montón de documentación incriminatoria de la compañía para la que trabajaba. No se veía bien a nivel personal y, sobre todo, a nivel profesional. Conseguí volverlos a meter debajo del sillón antes de que entrara por la puerta.

—Buenos días, mi sol —dijo cuando me vio. Tenía la mayor de las sonrisas en su rostro. Bueno, había conseguido esa sonrisa después de todo el sexo que tuvimos anoche.

Estaba completamente segura de que yo tenía una sonrisa igual de grande en mi cara. Me puse en pie y me acerqué a él. Me rodeó con sus brazos y me dio un gran abrazo, y yo también lo achuché. Nos quedamos así unos instantes, simplemente disfrutando de la presencia del otro. Murmuré contra su pecho.

—Hay café.

—Apuesto a que no lo trajeron desde Costa Rica esta misma mañana —dijo, y se echó a reír mientras entrábamos en la cocina, con los brazos aún alrededor el uno del otro.

—No, siento decir que no. Y yo he pensado exactamente lo mismo que tú cuando lo estaba haciendo.

—Bueno, supongo que podemos arreglarlo.

Le serví una taza y se la di. Esta vez cuando nuestros dedos se tocaron, nos miramos y sonreímos. Ahora sabíamos cosas el uno del otro. Cosas íntimas que solo los amantes conocen. Me gustaba el vínculo especial que se había creado entre nosotros. Todavía sentía la relajación de nuestra noche juntos, y estaba preparada para comenzar otra maratón de sexo, encerrados en mi apartamento. Lo miré mientras se apoyaba contra el marco de la puerta de mi pequeña cocina.

—Me gusta que estés aquí.

—Me gusta estar aquí.

Se apartó del marco de la puerta y se inclinó a darme un beso. Me tomó la mejilla con una mano, la sostuvo y me besó apasionadamente. Mi corazón se estremeció ante la posibilidad de que nos estuviéramos embarcando en una relación, que por fin estaba al alcance. En el fondo de mi mente, sin embargo, me preocupaba que tal vez mi afán de venganza pudiera afectar a mi deseo por él. ¿Podría tenerlos a los dos, a mi venganza y a él?

—¿Te gustan las tortitas? —murmuré contra sus labios.

—Me encantan las tortitas.

—Entonces te prepararé unas cuantas.

No me dejó ir de inmediato, y me atrapó en un fuerte abrazo.

—Gracias —dijo contra mi cabello, mientras me apretaba con sus labios.

—¿Gracias? ¿Por qué?

Se inclinó para mirarme.

—Por ser tú.

Incliné la cabeza hacia un lado y la miré con asombro, sorprendida.

—Solo soy yo, ya sabes, y no tengo ni idea de qué he hecho para que me digas eso, pero de nada.

—Lo que has hecho es mantenerme con los pies en la tierra esta semana. Ha sido duro para ti también, lo sé. Los dos lo hemos pasado mal.

Lo tomé de la mano y lo llevé hasta la pequeña mesa escondida bajo la ventana de la cocina. Casi no cabía en las sillas, eran demasiado pequeñas, y nada prácticas, pero eran adorables y las quería en mi apartamento. Se acomodó en una de ellas y sus cejas se alzaron al oír que crujían por el peso.

—Oh, oh —dijo, mientras se acomodaba con delicadeza.

—No te muevas mucho, estarás bien —le aseguré.

Encendí el fuego, saqué la panceta del frigorífico y comencé a prepararla. Mientras se freía en la sartén, preparé las tortitas con los ingredientes que ya tenía listos. Me sentía como en familia, preparándole el desayuno. No era como si yo sintiera que mi lugar estaba en la cocina, era que me gustaba cuidar de mi hombre, especialmente porque pensaba en él cuidando de mí en el dormitorio un poco más tarde. Fantaseaba con todo lo que nos podrían traer los próximos domingos, pero él parecía pensativo. Había desaparecido su rostro relajado y adormilado. El peso del mundo parecía haber vuelto a recaer sobre sus hombros. Supuse que no era ninguna sorpresa, ya que el sueño es nuestra escapatoria de todo lo que sucede en nuestras vidas, nuestra oportunidad de sanar y rejuvenecer, aunque, al mirarlo a él en ese momento, sabía que el proceso de rejuvenecimiento ni siquiera había comenzado.

Puse un plato delante de él y me senté a la mesa.

—¿Qué te gustaría hacer hoy? ¿Jugamos a la sirena y el pescador? —pregunté con una coqueta sonrisa, y le lancé la silenciosa indirecta de que podíamos quedarnos en casa y estar solos.

Ante mi sugerencia, dejó de beber café y puso la taza sobre la mesa con un firme tintineo. Me lanzó una ardiente mirada mientras hablaba.

—Suena muy tentador, pero ya tenemos planes.

Se me paró el corazón. Justo cuando pensaba que podríamos ser capaces de escondernos del mundo...

—Bueno, era de esperar.

Jugueteé con el desayuno; de repente ya no tenía hambre.

Se inclinó sobre la mesa y cubrió mi mano con la suya.

—No tienes de qué preocuparte.

Lo miré.

—No estoy preocupada. Lo pasé tan bien anoche que no quería que terminara.

Sonreí, pero me sentía temblorosa. Agarré mi café para tomar un sorbo y así ocultar el hecho de que estaba empezando a molestarme.

Me apretó la mano.

—Tess, me encantaría, pero tienes que completar una última prueba. Termina de desayunar y ve a vestirte. No necesitas arreglarte; será un día informal.

—Sigues diciéndome lo que tengo que hacer —le recriminé.

Me obligué a comer, pensé que sería mejor tomar unos cuantos bocados de comida antes de marcharnos. ¡Mi última prueba! Así era. Esto determinaría mi futuro. Necesitaba averiguar qué hacer con mi venganza.

—Por supuesto que sigo diciéndote lo que tienes que hacer. Tu evaluación todavía no ha terminado.

Lo miré. El tono de su voz parecía diferente, y eso me hizo preguntarme por nuestra noche juntos. ¿Había significado tanto para él como para mí? ¿Había imaginado los momentos de ternura cuando en realidad todo lo que él estaba haciendo era satisfacer su lujuria? Me levanté, puse mi plato en el fregadero y me fui a la habitación para prepararme.

Una última prueba, me dije a mí misma. Que pase lo que tenga que pasar.

Por primera vez en toda la semana, el viaje en coche hacia la oficina fue un poco incómodo. Me sentía disgustada porque realmente me había visto viviendo un final feliz con el señor Lunes, y ahora no estaba muy segura de hacia dónde nos dirigíamos.

—Hasta aquí te puedo acompañar.

Me sonrió, y eso me iluminó un poco el corazón, porque en esa sonrisa vi un indicio de los sentimientos que me demostró anoche.

Ese día no había portero, probablemente porque era domingo, y me quedé mirando el vestíbulo vacío.

—Entonces, ¿esto es todo? ¿Qué viene ahora?

—Confía en mí. Es lo único que te pido, que confíes en mí.

—Eso es mucho pedir sin darme detalles ni explicaciones.

La confianza ciega nunca fue fácil de dar, pero por él lo intentaría.

Se acercó y me tomó de la mano, que me apretó los dedos. Su calidez era lo que necesitaba en este momento y me ayudó a apartar mis sentimientos de inseguridad.

—Recuerda: lo has hecho todo durante esta semana sin detalles ni explicaciones. Y lo has hecho bien. No empieces a dudar de ti misma ahora.

Apreté los labios y asentí.

—Haré lo que pueda.

—Esa es mi chica valiente.

Se inclinó y me besó. Nuestros labios permanecieron unidos y me alegré de que aún tuviéramos esa chispa mágica. Se apartó y abrí los ojos, capturando una tierna mirada en su rostro.

Salí del coche y lancé una última mirada por encima de mi hombro. No se marchó. En lugar de eso, se quedó allí sentado mirándome mientras entraba en el edificio. Levantó la mano, y yo le devolví el saludo antes de entrar por las puertas del vestíbulo.

Apreté la correa de mi bolso rosa para que se acomodara de forma más segura en mi hombro. Dentro del ascensor, saqué la tarjeta que el señor Lunes me había dado la noche anterior. Durante nuestra prolongada despedida, se le había olvidado decirme a qué piso debía ir, así que hice mi mezcla de botones patentada hasta que uno se iluminó. Ese día tocaba casi el piso superior, solo dos pisos más abajo del ático. Había algo maravillosamente metafórico al respecto. Casi había llegado a la cima.

Por primera vez, cuando el ascensor se abrió, un hombre me estaba esperando. Debía de tener unos cuarenta y tantos años, y era tan apuesto como los anteriores señores de los días de la semana, pero más maduro. Era un zorro de cabello plateado muy sexi, pero sentía un aura aún más inaccesible a su alrededor. Me miró con oscuros y misteriosos ojos, y una dura curva en su boca. Sabía que aquel hombre era serio. El instinto me decía que era alguien con quien no te querrías cruzar de mala manera. Ciertamente, no querría ponerme en su contra.

—Señorita Canyon, bienvenida de nuevo a Diamond. Si me sigue, por favor.

Se volvió sin esperar a ver si hacía lo que me había pedido, obviamente esperaba que lo hiciera. Y tenía razón.

Ese piso debía de ser de los niveles ejecutivos más altos, pensé, ya que no era de planta abierta. Todo estaba muy bien decorado, lo suficientemente atractivo como para recibir a los clientes. Había pequeños grupos de sillas y mesas, y una gran área de conferencias que parecía el vestíbulo de un hotel. No podía creer la evidente opulencia de esta planta. Estaba claro que el dinero no era un problema, pero bueno, había que reconocer el mérito. La mayoría de los empleados tenían muy buenos puestos de trabajo, los baños estaban por encima del resto y los salones del personal de cada planta estaban bien equipados con todo tipo de bebidas y aperitivos. No teníamos nada parecido en mi antiguo trabajo. Todo se reducía siempre al dinero, ¿verdad?

Había dejado las pruebas escondidas en mi apartamento, pero podía sentir su peso sobre mí. ¿Qué diría mi padre si me viese en esos momentos? ¿Estaría orgulloso de mí? ¿Se arrepentiría de que todo aquello hubiera llegado a ese punto? ¿Qué camino me aconsejaría tomar? ¿El justo o el correcto? ¿Filtrar los documentos o hacer cambios desde dentro?

El señor Domingo se aclaró la garganta y casi no pude evitar dar un salto.

—Por favor, entre en mi oficina.

Así lo hice. Era de un tamaño monstruoso. Su oficina estaba decorada de una forma completamente diferente al resto del edificio: todo era moderno, de cromo y cristal, muy frío y austero. Miré al señor Domingo y me di cuenta de que le encajaba a la perfección. Caminó hasta el otro lado de la oficina, donde unos ventanales se abrían a la ciudad bajo sus pies. Tenía su propia mesa de conferencias, además de unas sillas para invitados que parecían muy incómodas. No era un lugar en el que alguien quisiese permanecer durante mucho tiempo.

Elegí el asiento más alejado de las ventanas.

—¿Le gustaría tomar un café o prefiere otra cosa?

Aunque sus palabras y el tono de su voz parecían bastante auténticos, no había nada acogedor en aquel hombre.

—No, gracias, estoy bien —afirmé.

—Excelente. —Se sentó, cruzó las piernas y se desabrochó el botón inferior de la chaqueta—. ¿Cómo le ha ido la semana?

Me quedé un poco sorprendida por la pregunta. No esperaba ningún interés por mis sentimientos o mi bienestar. Lo miré y me di cuenta de que, en realidad, no le importaba cómo me había ido la semana. Todo era una simple formalidad y un modo de entablar conversación.

—Bien. Gracias por preguntar.

—Bien, bien. Me alegra oírlo.

Yo tenía razón. Prácticamente podía verlo comprobando «iniciar una breve conversación» en una lista mental de cosas por hacer. Me di cuenta de que seguía agarrando mi bolso, así que lo dejé en el suelo junto a la silla. Sea cual fuere el momento en el que él quisiese darme mi prueba, no sería lo bastante pronto para mí.

—Bueno, entonces. En primer lugar, me gustaría felicitarla por haber llegado tan lejos. Para provenir de un entorno tan modesto se ha acercado mucho a la silla de director ejecutivo; es una hazaña notable.

Me estaba insultando. Revestido de palabras educadas, pero, en el fondo, era un insulto. Tuve que contener mi irritación con ambas manos.

—Gracias. Estoy agradecida por la oportunidad, y ha sido una experiencia muy enriquecedora.

—Eso es bueno. Creo que incluso los perros viejos pueden aprender nuevos trucos. Incluso uno muy joven para ser director ejecutivo. —Me miró con aquellos ojos oscuros y tuve que luchar contra un escalofrío de rabia o de miedo, no sabría decirlo. ¡Estaba bastante segura de que el cabrón me acababa de llamar vieja y él era más viejo que yo! Por no mencionar la indirecta a mi edad. Me mordí la lengua para no decirle algo de lo que luego pudiera arrepentirme—. Dígame, ¿qué ha aprendido?

Ahí tenía que tener mucho cuidado. Había una trampa en alguna parte. No es fácil explicar lo que has aprendido de una experiencia determinada. Es algo personal, y no todo el mundo aprenderá lo mismo. Todo fluye a la vez, cada nueva experiencia se construye sobre la finalización de la experiencia anterior. Sin embargo, tenía que pensar en algo. Y esperaba que fuese lo que fuese no le proporcionase más munición para usar contra mí.

—Lo más importante que he aprendido es que debo dejarme llevar por la corriente. Evaluar las posibilidades a medida que se presenten, y analizar objetivamente los obstáculos e idear soluciones en consecuencia.

—Estoy impresionado. Usted es capaz de expresarse de forma fluida, y ha entendido muy bien los detalles. —Asintió con la cabeza como si yo fuese una niña que acababa de demostrar lo brillante que era. Si conseguía el trabajo, despediría a este hombre, me lo juré. Continuó—: Pero hay una cosa que me causa mucha curiosidad.

Un escalofrío me recorrió la columna vertebral. Tenía un mal presentimiento sobre lo que iba a decir a continuación.

—¿Y qué es?

—Siento curiosidad por saber cómo descubrió que la propuesta de KevOptics era una farsa.

Parpadeé confundida. No me esperaba esa pregunta en absoluto. Sentía como si el señor Domingo estuviese buscando algo en especial, pero lo haría bien y ocultaría la participación de Carol, como le había prometido.

—Investigación. Soy bibliotecaria corporativa. O lo era. —Me encogí de hombros—. Busqué anomalías, crucé referencias, comparé. Cada vez que me encontraba con una bandera roja, ahondaba un poco más. Al final, tenía un montón de banderas rojas y a todo ello se unió que KevOptics era una compañía poco sólida.

Entrecerró los ojos y me miró. Yo estaba esperando a que cayera la próxima bomba. Luego asintió.

—Posee excelentes habilidades.

Esta vez no había insultos, y eso me hizo sospechar. ¿Cuál era el juego de este tipo? ¿Podría haber tenido una participación en KevOptics o un motivo oculto para querer perjudicar a Diamond? Todo lo que sabía era que tenía que andar con mucho, mucho cuidado.

Señaló a una carpeta que había sobre la mesa de conferencias.

—En la mesa hay algunos archivos que contienen información sensible. Por favor, vaya y coja el que está en la parte superior. —Miré a la mesa y me puse en pie; luego lo volví a mirar, con el ceño fruncido—. Vamos.

Me señaló con los dedos para que me diera prisa, deteniéndose justo cuando iba a decirme que fuera a buscarla. ¿Me daría una golosina cuando la trajera? Estaba más que despedido.

Cogí el expediente y se lo llevé al señor Domingo. Me hizo un gesto para que lo abriese. Era un perfil de empresa bastante exhaustivo, y me quedé sin aliento cuando vi el nombre de EGL Communications. El competidor de Northbrook. Miré al señor Domingo y levanté la carpeta.

—¿Qué es esto?

Echó un vistazo a sus uñas y me miró por el rabillo del ojo.

—Ha demostrado ser una chica inteligente. Léalo y dígame qué piensa.

Para ser sincera, no quería saber qué había en ese expediente. Tenía el mal presentimiento de que no me iba a gustar lo que vendría después, pero sentía curiosidad, así que cogí una silla y me senté. Apoyé los codos en la mesa y los dedos en mi frente.

Y comencé a leer.

Permanecí sentada, inmóvil, solo me movía lo necesario para darle la vuelta a una página y leer más. Mi corazón comenzó a acelerarse cuanto más leía. Esta compañía iba a ser un serio competidor de Northbrook, la nueva filial de Diamond. Si la información de este documento era correcta, nos harán la competencia y tendremos que ser muy estratégicos para superarlos. Era una información muy valiosa y me preguntaba cómo había llegado a sus manos.

—¿Cómo ha conseguido esto?

Me volví en la silla y le pregunté directamente. Tenía la sensación de que era información privilegiada, y las implicaciones de todo eso me producían escalofríos.

—No importa cómo. Lo que importa ahora es qué va a hacer usted con ella.

Y ahí estaba la bomba.

—A ver si lo entiendo. —Golpeé la carpeta y lo miré fijamente—. ¿Lo que importa ahora es qué voy a hacer yo con esto?

Oí el tono de mi voz; era de acero, y me alegré al ver que el señor Domingo se sentaba un poco más alto en su silla.

—Correcto. Esa compañía debe ser eliminada como competencia.

Me quedé impactada. Quería destruir la compañía, tal y como yo quería destruir Diamond: dos compañías completamente separadas que estaban unidas por un hilo de seda. Me recliné en la silla y me puse las manos en las caderas.

—¿Y pretende que sea eliminada como rival?

Metió la mano en el bolsillo interior de su chaqueta y sacó una hoja de papel doblada.

—Con esto.

Sostuvo el papel delante de mí, esperando a que me acercase y lo cogiera.

Suspiré mientras me ponía en pie, pero, una vez más, me movía la curiosidad. Se lo quité y lo abrí. Mis ojos se abrieron de par en par cuando lo leí.

—Pero, según la información de este documento, todo esto es falso. Son mentiras. Puras calumnias.

Su sonrisa me provocó un escalofrío por toda la columna vertebral.

—Exactamente.

—Esto podría destruir EGL. Piense en la gente que trabaja allí. ¿Qué harán si cierra sus puertas?

—Eso no es asunto mío. Lo único que me importa es Diamond. Y eso... —Señaló la carta que tenía en mi mano—, es la forma de hacer que suceda.

Levanté las manos de forma inquisitoria.

—¿Cómo exactamente?

—Por una filtración, por supuesto.

Mi corazón se desplomó. Era exactamente lo que yo había estado planeando hacer con Diamond. Me sentía como si me estuviese mirando en un espejo de la casa de la risa y de repente me encontrara con una imagen poco favorecedora de mí misma. Había estado tentada a renunciar a mi venganza, pero no me había comprometido a ello, así que, ¿cuál era la diferencia entre el señor Domingo y yo?

—Y supongo que eso es lo que debo hacer, filtrar la información a los medios.

Asintió, y volví a ver esa desagradable sonrisa. Todo iba de mal en peor. Con una repentina claridad, supe que no podía hacerlo. No podía ser la responsable de la caída de una compañía cuyo único crimen era tener demasiado éxito. Las innovaciones de EGL eran impresionantes, y eso hizo que este hombre quisiera acabar con ellos con llamas de gloria.

—No voy a hacerlo.

Mis palabras retumbaron por toda la oficina; sonaban mucho más seguras de lo que me sentía.

La sonrisa del señor Domingo se desvaneció, juntó las manos y apoyó los dedos índice en los labios. Después de unos momentos increíblemente incómodos mirándome como si yo fuera una mísera hormiga, habló por fin.

—El chip de Northbrook no funciona. Bueno, aún no.

—¿Qué? —pregunté débilmente.

—El chip no funciona. Después de la reunión del martes, trajimos a la directora de investigación, y ella nos reveló resultados más precisos de las pruebas. Necesitarán mucho más tiempo antes de tener un producto listo para salir al mercado. Cerró un trato por una empresa sin valor.

Sus palabras eran pequeñas dagas puntiagudas que se clavaban en mi piel.

—Yo... Yo no lo sabía. ¿Cómo podía saberlo?

—Fue capaz de averiguar qué iba mal en el acuerdo de KevOptics, ¿no?

Me puse en pie, y comencé a dar vueltas por mi nerviosismo.

—Entonces tuve más tiempo, y acceso a un ordenador. El señor Martes solo me dio unas cuantas indicaciones antes de que tuviéramos que subir al coche para ir a la reunión. ¡No hubo tiempo!

—Entonces, ¿fue culpa del señor Martes?

—No... no. Yo no he dicho eso.

Mi mente estaba confundida y él continuaba martilleándome.

—Ummm. Independientemente de quién tuvo la culpa de este error incuestionable, es necesario corregirlo. Necesitamos ganar tiempo para que I+D pueda hacer que el chip de Northbrook sea viable, y la forma de hacerlo es evitar que nadie más llegue al mercado primero. Usted afirma que quiere ser directora ejecutiva. Bueno, pues debe ser despiadada. Diamond debe estar antes que todo. Su valentía, inteligencia, compasión, curiosidad, adaptabilidad, ética, cuerpo, alma, todo su ser debe estar dedicado a Diamond, y solo a Diamond.

No estaba preocupada por mostrar debilidad, me derrumbé en la silla y enterré la cabeza entre las manos. ¿Qué debería hacer? ¿Tal vez se suponía que debía decir que no? Pero la prueba de ética había sido el día anterior. ¿Seguro que no harían lo mismo dos veces seguidas? Y tenía sentido que un director ejecutivo fuese despiadado. ¿De qué otro modo podría alguien sobrevivir a este mundo tan desalmado? ¿Cuál debería ser mi decisión? ¿Qué podía hacer? Si decía que no, si me negaba a hacerlo, entonces los últimos seis días habrían sido inútiles. No tendría trabajo, ni ingresos. Y, posiblemente, tampoco al señor Lunes.

Ahogué un sollozo. Todavía quedaba mi venganza. Podía decir que no y vengarme de Diamond por destruir a mi padre, por arruinar mi infancia, por ponerme en esta posición en primer lugar, pero... no. No. Diamond había hecho daño a mi familia, mientras que EGL era culpable de ser demasiado inteligente, pero todo era igual al final. Atacar por culpa de una herida. Infligir dolor a causa del dolor que se siente. No. Había aprendido mucho de mí esta semana y no me gustaba lo que había descubierto. Había estado cegada por el dolor y, en el fondo, enfadada con mi padre por haberlo causado todo. Había habido demasiada negatividad, pero ya había acabado con eso. Había acabado con todo.

—Lo siento.

Mi voz sonó ahogada, levanté la cabeza y dejé caer levemente las manos en mi regazo.

Me lanzó una mirada de incredulidad.

—¿Qué es lo que siente?

Negué con la cabeza.

—No voy a hacerlo.

Se puso en pie. Parecía que se elevaba sobre mí. Estaba tratando de parecer intimidante, pero no me daba miedo porque ya no me quedaba nada que perder.

—Usted... ¿no va a hacerlo?

Yo también me puse en pie, forzándolo a dar un paso atrás.

—Me ha oído bien. No. Voy. A. Hacerlo.

—Bueno, entonces es de poca utilidad para nosotros. —Extendió la mano y yo me quedé mirándola, aturdida. ¿Quería que la estrechara?—. Las tarjetas, por favor.

—¿Perdón? —Ahora sí que estaba realmente perpleja.

—Las tarjetas. Tiene que devolverme todas las tarjetas que le han dado esta semana.

Me acerqué, recogí mi bolso y lo puse sobre la mesa. Parpadeé con rapidez cuando sentí la picazón caliente de las lágrimas. De ninguna manera lloraría delante de este hombre. Si me iba a dar un festín de llantos, sería para mí sola. Deslicé los dedos en el bolsillo lateral donde guardaba las tarjetas y se las di.

—Aquí tiene.

Hice todo lo que pude por mantener la voz firme. No le daría la satisfacción de dejarle ver lo mal que estaba.

Durante la semana anterior, conseguir el puesto de director ejecutivo se había convertido en algo más importante que mi venganza. En ese momento, no tenía ninguna de las dos cosas.

—Gracias. —Aceptó las tarjetas, dio la vuelta al escritorio, abrió el cajón y las dejó caer dentro. De forma arrogante, descolgó el teléfono, marcó y dijo—: Luz roja. —Y después colgó. Se volvió hacia mí y añadió—: Seguridad estará aquí en un momento para acompañarla fuera del edificio.

—¿En serio? ¿Me va a sacar del edificio como si fuese un criminal?

No podía creerlo. Esto era más ofensivo que ser sometida a esta última prueba. Mi mayor pena era que ya no podría despedir a este individuo.

Momentos después, un Stanley con aspecto afligido estaba de pie delante de la puerta. El señor Domingo se sentó de nuevo en su silla, vigilando a todo el mundo como el señor del feudo.

—Le deseo lo mejor, señorita Canyon —dijo con descarada hipocresía.

No quería echarle más leña al fuego, pero no podía devolverle el falso cumplido a este hombre. No le respondí, me colgué el bolso en el hombro y salí del despacho. No me molesté en esperar a Stanley y caminé hacia el ascensor. Pulsé el botón de llamada mientras este se reunía conmigo.

—Lamento que las cosas no le hayan ido bien, señorita Canyon —me dijo en voz baja.

Su sinceridad me emocionó, y me encontré tratando de ahogar mis lágrimas otra vez.

—Gracias, Stanley.

Cuando llegó el ascensor, Stanley pasó su tarjeta, que nos llevó al vestíbulo principal. Me quedé mirando los botones, veía los números parpadear, y quería con desesperación al señor Lunes. Quería que alguien me dijera que todo iba a ir bien. ¿Estaría esperándome? Si no estaba... Aún no tenía forma de ponerme en contacto con él. Estaría sola. De nuevo.

La señal sonó indicando la llegada al vestíbulo, y cerré los ojos con fuerza. Por favor, deseé, por favor. Sentí un soplo de aire en la cara cuando las puertas se abrieron. Di un paso adelante y abrí los ojos para ver... que no había nadie allí.

Estaba destrozada.

Con un triste gesto de despedida a Stanley, salí del edificio y me quedé de pie en el vacío camino de entrada. ¿Qué se suponía que debía hacer?

Bueno, al menos sabía, por mi vida, por la vida de mi madre, que mi padre era inocente. No lo traería de vuelta ni nos ahorraría los años de dolor, pero saberlo me daba un poco de tranquilidad. Puesto que no podía quedarme aquí de pie todo el día, comencé a caminar en dirección a la calle. Como tendría que empezar a economizar, parecía que iba a ir en metro hasta casa. Detrás de mí, oí el sonido de un coche al entrar por el camino de entrada cubierto. No le di importancia, pero entonces tropecé cuando viró y me cortó el paso.

—¡Eh! ¿Estás intentando atropellarme? —le grité al coche, y di un golpe en el capó.

La puerta trasera del lado del pasajero se abrió y me quedé atónita, sin palabras.

—Tess. Ven conmigo.

La mirada del señor Lunes era implorante, y eso me hizo detenerme por un momento. Oh, cuánto deseaba irme con él.

—Se acabó. Ya está. Me han echado, hasta llamaron a seguridad. ¿Sabes lo vergonzoso que ha sido?

No esperé a que me respondiera y comencé a caminar de nuevo. Quería estar muy, muy lejos de Diamond.

—Tess, espera.

Se me acercó y me agarró del brazo. Me enfrenté a él, y me solté de su mano.

—¿Por qué? ¿Qué más quieres de mí?

Busqué en su mirada, esperando alguna señal que me indicara que me quería por ser yo misma, pero no había nada. Suspiré y sacudí la cabeza. Cuando me giré volvió a agarrarme del brazo y, esta vez, no dejó que me soltara.

Tiró de mí hasta que me tuvo contra su pecho, y me agarré a sus hombros para no caerme. Bajó la cara hacia mí y pude ver dolor, rabia y determinación en su mirada.

—Tess, tienes que venir conmigo.

No esperó mi respuesta y me acompañó hasta el coche. No traté de impedírselo, a pesar de que prácticamente me estaba secuestrando. No sé por qué no salí corriendo, tal vez fue por lo que vi en sus ojos, o por la forma en la que me miró hace un momento. Me sentía tan sensible, tan enfadada, tan dolida, tan pisoteada, todo junto, y la rabia empezaba a ganar. Quería una relación de verdad con él. Quería que fuese la persona que curase mis heridas, pero él tendría que demostrarme que quería estar conmigo.

Miré por la ventana y traté de no hacerle caso, para que se diera cuenta de lo enfadada que estaba, pero era difícil no sentir su presencia, experimentar el olor de su piel en la parte trasera de la limusina. Recordé la primera noche en el helicóptero, cuando me puso la venda en los ojos. Todo empezó entonces. Y todavía no tenía ni idea de quién era este hombre.

Me acerqué a la puerta, tratando de poner más espacio entre los dos, y lo oí reírse entre dientes. Le lancé una mirada de enojo y luego me volví hacia la ventana.

—Deberías volver a ser pelirroja, ¿sabes? Tu carácter no le pega a una morena.

—¿Cómo puedes decirme algo así? No tienes ni idea de lo que acabo de pasar. Ese hombre era un verdadero demonio. Cuando me negué a hacer algo moralmente repugnante, me despidió.

—No te despidió. No podía despedirte porque nunca estuviste contratada.

Oí el tono de humor de su voz, pero no estaba preparada para ello.

—No tiene gracia.

Mi voz era un témpano de hielo.

—Tess, Tess, vamos. —Me tomó de la mano, traté de soltarme, pero me agarró con demasiada fuerza—. Ven aquí.

Me arrastró por el asiento, con poca delicadeza, debería añadir, hasta que me rodeó el hombro con su brazo. Puso un dedo en mi barbilla e inclinó mi cara hacia la suya.

—Basta —le dije.

No estaba dispuesta a renunciar a mi enojo todavía, y su ternura estaba deshaciendo el caparazón de rabia que tenía a mi alrededor. Traté de volver la cara, pero me tenía aprisionada.

—Tess. Necesitas calmarte.

Eso solo hizo que me encendiera más.

—¡Deja de decirme lo que tengo que hacer! ¡Cálmate! ¡Sé paciente! ¡Créeme! Ya no recibo órdenes de ti. ¿Tienes idea de lo que acaba de pasar ahí dentro?

Asintió.

—¿De verdad crees que no lo sabía?

—Esto es una locura.

Sacudí la cabeza y me alejé de él. Esta vez me dejó ir, y me puso un poco triste que lo hiciera. «No es de extrañar que los hombres no entiendan a las mujeres», pensé.

—¿Qué es una locura? —me preguntó. Se recostó en el asiento y apoyó un brazo detrás de mí.

Agité una mano.

—Todo esto. Todo lo que he hecho esta semana. Hoy, ahí arriba. —Señalé con el pulgar en dirección a Diamond—. ¡Ese hombre! —Me giré y miré al señor Lunes—. Deberías despedirlo. Era lo primero que pensaba hacer como directora ejecutiva.

El señor Lunes se echó a reír y dejó caer la mano en mis hombros para tirar de mí hacia él. Esa vez no me resistí.

—No tienes que decirme cómo es. Lo conozco bastante bien.

Meneé la cabeza.

—Pero lo que me pidió que hiciera...

—Todo formaba parte de la prueba.

—Sí —grité—. Una prueba que no superé.

Me dio un apretón.

—¿Estás segura?

Lo miré.

—¿Qué quieres decir? Por supuesto que no la superé, me quitó todas las tarjetas. Le pidió a Stanley que me acompañara a la puerta, lo cual fue muy incómodo para los dos. A eso lo llamo fracasar.

Su sonrisa me calentó. Sacudió la cabeza. Parecía que estaba a punto de decir algo, pero, en lugar de hablar, agarró mi cara entre sus manos y me cubrió la boca con la suya.

Lo último que esperaba en este momento era que nos liásemos en la parte trasera de la limusina, pero era demasiado bueno para no aprovecharlo. Suspiré en su boca y le enredé mis brazos en su cuello. Al instante, mi enfado fue reemplazado por deseo. Le respondí con rapidez y me arrastré hasta su regazo. Él era justo lo que necesitaba en este momento, y creo que lo supo antes que yo. Me conocía mejor de lo que pensaba. El beso se hizo más ardiente, gimió, se apartó de mí para que pudiese recostarme en el asiento.

Levantó la cabeza y me miró. El corazón me dio un vuelco cuando lo miré a los ojos. Reflejado en ellos estaba el hombre que conocí la noche anterior. El señor Lunes de ese momento era un hombre completamente diferente al que me había acompañado a cada prueba la pasada semana. Sentía que se había permitido a sí mismo relajarse, apartando su personalidad del trabajo, y me había mostrado el hombre detrás de la máscara. Dejé escapar un suspiro y mantuve los dedos detrás de su nuca. No quería dejarlo ir, quería mantener nuestra conexión, porque me hacía sentir que ya no estaba perdida en el mundo.

—¿Estás ya un poco más calmada?

Asentí.

—Pero solo si te refieres a mi enfado, porque si sigues así... —le dije, y tiré de él hacia mí para darle un breve y prometedor beso—, pasará mucho tiempo antes de que me calme de verdad.

—Entonces, ¿quién quiere tranquilizarse?

—Yo no.

Meneé la cabeza y levanté la barbilla hacia un lado mientras él enterraba su cabeza en mi cuello. Continuó con su exploración y dejó un rastro ardiente que pasó por mi mandíbula y me cubrió la boca, tan cerca de la mía. Me sonrió, y finalmente llegó a sus ojos. Incluso me atrevería a decir que tenía unos ojos apasionados y palpitantes, como en los dibujos animados antiguos.

—Ven aquí.

Bajé su cabeza de nuevo y nos movimos a la vez. Era un «besador» magnífico, y definitivamente anoche descubrió todos mis puntos sensibles.

El movimiento de la limusina nos hizo balancearnos el uno contra el otro. No sé cómo sucedió, pero de repente me di cuenta de que solo llevaba puesto el sujetador y las braguitas. Me eché a reír, y casi no podía creer el profundo y sensual sonido que salía de mí. Lo empujé hacia atrás y me deslicé en el asiento, eché una mirada rápida para asegurarme de que el cristal de seguridad estaba colocado en su lugar.

—No te preocupes, es lo primero que he hecho.

—¿Así que tenías todo esto planeado desde el principio? —bromeé, le agarré la camisa para poder pasarla por encima de su cabeza—. Ya ha habido bastantes injusticias por hoy, así que, si yo voy a estar desnuda, tú también lo estarás.

Arrojé a un lado su camisa, que cayó encima de mi ropa.

—¿Puede oírnos? —susurré, y señalé al chófer.

—No.

—Genial, ahora quítate esto —le pedí mientras le desabrochaba los pantalones y los bajaba—. Oooh, me encanta mirarte. —Me incliné hacia delante para presionar mi mano contra su pecho. Tenía la cantidad justa de pelo en el pecho y sus músculos estaban perfectamente definidos. Me incliné hacia delante de nuevo y enterré la cara en su pecho—. Ummm, hueles tan bien. Podría comerte.

—Me encantaría que me comieras.

Su mano me sostuvo la cabeza y presioné mis labios contra él. Me levantó con facilidad y se movió hasta que estuve entre sus rodillas. Deslicé mis manos sobre su carne firme, me gustaba la forma en la que su cabello me hacía cosquillas, sus músculos duros como el acero y su aroma increíblemente sexi. Me abrumaba. Saqué la lengua, la aplasté contra su vientre y encontré su ombligo. Dejó escapar un gruñido cuando empujé en la zona sensible, y luego descendí un poco más abajo.

Mis manos se deslizaron por su costado y se detuvieron cuando golpearon con la cinturilla de sus bóxers. Aplasté la palma de mi mano sobre la tela y rocé ligeramente a través de ella, lo que provocó un suspiro de excitación cuando mi mano encontró la dura punta de su polla. Recorrí toda su longitud con la punta de los dedos, mi boca merodeaba el seductor espacio entre su ombligo y lo que aún permanecía oculto. Tiré de la cinturilla y la arrastré hacia abajo lentamente, quedando expuesto a mi boca y a mi mirada hambrienta.

Me ayudó a bajarle los pantalones, y mis dedos se cerraron a su alrededor. La tenía en la palma de mi mano, así que le apreté y acaricié desde la punta de la polla hasta la base. No creía que pudiera ponerse más dura de lo que ya estaba, pero, cuando bajé y la llevé dentro de mi boca, lo hizo. Me agarró la cabeza con un poco más de fuerza y dejó escapar un profundo gemido, que me encantó. Me sostuvo en el mismo sitio y lentamente levantó las caderas mientras yo me levantaba a la vez que él. Volví a atrapar sus bolas entre mis manos, y alterné entre acariciarlas y frotar mis dedos hasta que se pusieron duras. Quería darle el mismo placer que él me había dado la noche anterior, pero me di cuenta de que se estaba conteniendo. Rocé con mi lengua la sensible base de su polla. Se estremeció. Me gustaba tener este poder sobre él. Me gustaba poder hacer que su enorme cuerpo temblara bajo mis caricias.

—Tess —gimió mi nombre y respiró hondo cuando giré la lengua alrededor de la punta—. Como anoche —dijo, y se inclinó para coger sus pantalones. Sabía lo que quería, así que dejé salir su polla de mi boca para poder ayudarle. Sacó un condón del bolsillo, se lo puso rápidamente y me colocó sobre él antes de que pudiera parpadear—. Fóllame.

No necesitaba ningún estímulo. Era mi posición favorita. Sostuvo mis caderas mientras me colocaba entre los dos, me quité las braguitas, agarré su polla y la coloqué en mi abertura. Gemí al deslizarme sobre él, me llenaba. Agité las caderas sobre él hasta que estuvimos corriendo hacia nuestra apasionada liberación. Deslizó la mano por mi espalda y me apretó hacia él. Con los dientes, apartó el sujetador para que mis pechos quedaran al descubierto. Atrapó un pezón con la boca y comenzó a chuparlo, mientras que los dedos de su mano libre jugueteaban con el otro pezón. Una oleada de sensaciones salió disparada hasta la parte posterior de mis piernas y estalló en las caderas para acabar en mi vientre mientras mis músculos se tensaban. No tenía control sobre mis movimientos excepto para seguir montándolo.

Nuestros sonidos sexuales llenaron la parte trasera de la limusina, la carretera pareció hacerse más irregular, y eso solo hizo que nuestros movimientos se intensificaran. Contuve la respiración, esperé, y mi cuerpo se envolvió en sí mismo antes de explotar en un espasmo que me tensó todos los músculos. Sacudió las caderas con más fuerza y se metió en mí, empujándome contra él. Deslizó una mano entre nosotros hasta encontrar mi clítoris y hacerlo girar con la punta de sus dedos. Apenas pude mantenerme derecha mientras mis músculos se tensaban de nuevo. Dio un último empujón y presionó profundamente sobre mi sensible carne. Dejé caer la cabeza hacia atrás y luego le mordí el hombro para no gritar. Enterró la cara en mi cuello y nos abrazamos mientras nos recorrían oleadas de placer.

Caímos exhaustos en el asiento. Me acunó en sus brazos y yo lo abracé mientras bajábamos lentamente de nuestro éxtasis sexual.

—¿Tienes sed? —le pregunté con voz suave, aún débil después del esfuerzo. Asintió con la cabeza, me deslicé y me recoloqué el sujetador y las braguitas—. Hemos sido bastante creativos, lo hemos hecho sin tener que quitármelos.

Le di un pañuelo de papel, que usó para tirar el condón.

—Querer es poder —dijo, y levantó las caderas para subirse los bóxers desde las rodillas.

Rebusqué entre los armarios y encontré algunas botellas de agua.

—Esto es sin duda todo un espectáculo. Tú en ropa interior arrodillada en la parte de atrás de la limusina. Creo que podría acostumbrarme a esa imagen.

—Descarado —le reñí con una sonrisa. Luego le arrojé un botellín de agua. Abrí el mío y bebí. Estaba sedienta.

Cogí mi ropa, me vestí y me dejé caer sobre el asiento. Aquel día acababa de ser un loco y emotivo paseo en montaña rusa. Eso, junto con el resto de la semana, hacía que fuera un milagro que aún estuviese cuerda. Me recliné hacia atrás, mi cuerpo estaba tan relajado que pensé que podría quedarme dormida.

Entonces me di cuenta de que llevábamos un buen rato en la limusina.

—¿Adónde vamos?

Miré por la ventana, pero no reconocí nada.

—Supongo que en realidad no importa. Puesto que ya vamos de camino. —Me miró, y vi otra vez la tristeza reflejada en sus ojos—. Vamos al lugar donde te llevé el lunes por la noche.

Me senté y miré por la ventana, en busca de algo que me resultase familiar. Pero en aquella ocasión vinimos en helicóptero, de noche, así que no vería nada.

—¿Sí? —Me giré hacia el señor Lunes—. ¿Por qué?

—Para acabar un último asunto.

Se puso la ropa. Ya echaba de menos ver su cuerpo desnudo.

—¿Un último asunto? ¿Qué quieres decir?

—Tal y como suena. Hay un último asunto del que nos debemos ocupar.

Esto realmente no tenía ningún sentido para mí. No había conseguido el puesto de director ejecutivo, entonces, ¿por qué demonios íbamos a la mansión junto al mar del señor King? Pero había aprendido durante la semana anterior que, por mucho que le preguntara, nunca me daría una respuesta. Siempre estaba esperando el «momento adecuado», y yo sabía que ahora no lo era, así que me quedé callada. La relajación del sexo me había calmado, y quería permanecer así.

Llegamos a un largo camino de entrada que llevaba, supuse, hasta la casa. Era bastante evidente que en ese lugar sobraba el dinero. La casa apareció tras una última curva, y rodeamos el camino circular de la parte delantera del edificio. Estaba cuidado y asilvestrado al mismo tiempo, con una gran arboleda que bordeaba el frondoso césped pulcramente recortado. Me encantó esa mezcla.

El helipuerto debía de estar en otra parte de la propiedad. Yo no era la misma mujer que había llegado allí hacía seis días, pero, si me hubiera preguntado en qué había cambiado estaba segura de que no sabría decirlo. Me sentía más ligera, más libre.

El señor Lunes salió y se volvió hacia mí. Puse mi mano en la suya, y me ayudó a bajar de la limusina. Me temblaban las piernas, y pasó su mano alrededor de mi cintura.

—Mantente firme. Encuentra ese coraje que sé que tienes.

Lo miré y sonreí.

—No estoy asustada. Solo es que tengo las piernas como espaguetis después de nuestra alucinante sesión de sexo.

Se echó a reír. No lo había visto tan relajado en mucho tiempo, aparte de la noche anterior, y me alegré. Me llevó desde el coche por los anchos caminos de piedra caliza, bordeados por las flores de color púrpura y rosa más sorprendentes. Me quedé atónita ante las enormes puertas delanteras talladas, con su vidrio verde plomado. En el interior, me impresionó la gracia, la belleza y la calidez de la casa. Era completamente diferente a la entrada de la otra noche. Mucho más acogedora, aún en su magnífica grandiosidad.

Pero se sentía una energía diferente en la casa. Oí voces y el bullicio de gente alrededor.

—¿Qué está pasando? —pregunté, y me quedé atrás, de repente me puse muy nerviosa.

—En realidad, aquí hoy están pasando muchas cosas, y tú tienes que estar aquí.

Me sonrió y yo me consolé en la dulzura de su mirada.

—¿Yo? No sé por qué.

—Pronto lo descubrirás. Solo ten un poco de paciencia.

Me tomó la mano y tiró de mí con suavidad.

—Créeme, la paciencia es algo que he aprendido a tener a lo largo de los últimos años. De no ser así, nunca habría sobrevivido a esta semana y a tus constantes «lo sabrás más tarde».

Levanté las cejas.

Parecía un poco avergonzado por eso. No dije nada más, y en cambio miré a mi alrededor mientras caminábamos por la casa. Las voces sonaban cada vez más fuertes y se escuchaban risas. El tintineo de los cubiertos sobre los platos. El aire traía el más maravilloso de los aromas a comida. Todo aquello era muy raro.

—Esta casa es preciosa. Apuesto a que el señor King vivió aquí con su familia. Creo que siento envidia de crecer en una casa como esta.

—No envidies lo que nunca has tenido. Podría haber sido peor que lo que tuviste.

Lo miré y me sorprendió que hubiera expresado un sentimiento tan profundo.

—Mírate, todo filosófico.

Se encogió de hombros.

—Todos tenemos nuestros momentos.

Me miró y parecía que iba a decir algo, pero nos vimos sorprendidos por el foco de toda la actividad. El señor Lunes me soltó de la mano. Me pareció un poco extraño, pero lo acepté. No tenía ni idea de quién más había en la casa; por supuesto, él no quería que nadie supiera que éramos pareja. Y si éramos pareja. Aún no habíamos hablado de las condiciones. Lo que sí sabía era que quería ser algo más de lo que éramos en este momento.

—Por aquí.

Giró los pomos de unas puertas dobles y las abrió. La habitación estaba llena de gente. A algunos los reconocí de las oficinas de Diamond, pero a la mayoría no los conocía. Estaba nerviosa, sin saber qué esperar con todas estas personas, especialmente con el señor Lunes siendo tan misterioso.

Me fijé en la luz que entraba por las ventanas. Allí también estaban cubiertas con cristal de color verde, que emitían un brillo esmeralda sobre el suelo. A través de la multitud, pude ver un grupo de fotografías. Entrecerré los ojos, lo mejor que pude, y me di cuenta de que eran fotografías del señor King. Había una que parecía haber sido tomada recientemente, pero también había una increíble variedad de fotografías desde cuando era un niño hasta sus últimos años. Vi que había jarrones con flores entre las fotografías, impresionantes arreglos florales con pequeñas tarjetas. Entonces lo supe. Extendí la mano y agarré la muñeca del señor Lunes. Casi tropecé con una lujosa alfombra rugosa, estaba tan sorprendida. Me había llevado a un funeral. Al funeral del señor King. Me tropecé contra él.

—¿Qué sucede? ¿Estás bien?

Se acercó a mí y pude ver que estaba realmente preocupado.

Sacudí la cabeza y lo miré.

—¿Esto es un funeral?

—No, no, no es un funeral exactamente. Es más como una combinación entre un velatorio y una conmemoración. Vamos allí.

Señaló con la cabeza hacia una puerta a mi izquierda y me agarró del codo. No me importaba lo inocente que fueran sus intenciones, siempre me electrizaba cuando me tocaba.

Lo seguí a través de la multitud, mucha gente lo saludaba y lo miraba con seriedad. Parecía apresurarse a través de la multitud hasta que nos encerramos en una habitación.

—¿Me lo dirás ahora? ¿Todo lo que has estado posponiendo decirme? ¿Es por esto por lo que has sido tan infeliz?

Un nudo de terror se formó en mi garganta. No tenía ni idea de qué esperar. En absoluto.

Respiró hondo y lo retuvo por un momento antes de soltarlo.

—En un momento.

Me sentí frustrada. Siempre estaba buscando evasivas.

—Solo dime qué está pasando. Estoy empezando a asustarme.

—Lo sé, y lo siento.

Me sentía muy enfadada por toda esta actividad secreta.

—Si hay algo que realmente me fastidia de Diamond, son los malditos secretos.

—Bueno, tal vez puedas ayudar a arreglar eso.

Sacudí la cabeza.

—¡Basta ya con toda esa mierda enigmática! Por favor, por favor, solo dime qué está pasando.

Se acercó a la pared y tiró de una cuerda, como la primera noche, cuando llamó a la enfermera del señor King para que se lo llevase de la habitación. Momentos después, la puerta se abrió y entraron unos hombres cuyo aspecto me resultaba muy familiar. Resoplé.

—No lo entiendo.

Miré al señor Lunes, confundida.

—Tess, por favor, ven y ponte a mi lado. Tengo mucho que contarte.

No tenía energías para seguir discutiendo, así que hice lo que me pidió.

—Sé que te has sentido traicionada por lo que ha sucedido hoy, pero déjame asegurarte que todo va a salir bien.

—Está bien. —Me encogí de hombros—. Eso todavía no me dice mucho.

—Lo entiendo. Cada uno de estos hombres estaba encargado de tus pruebas sobre un rasgo de carácter específico. Al final de cada prueba, me informaban de tus progresos.

—¿A ti? ¿Por qué no al señor King? Él es quien quería que yo hiciera esto.

—Un momento. —El señor Lunes me miró por encima del hombro, y me giré cuando comenzó a hablar—. Caballeros. Esta es su última oportunidad de decir algo antes de que se haga el anuncio.

—¿Anuncio?

No tenía ni idea de lo que estaba sucediendo. Era vagamente surrealista, y bastante abrumador, ver a estos hombres fuera del contexto de mis pruebas. Sentí como si acabara de despertar de un sueño en el que todos habían participado.

Un hombre se apartó de la multitud y se acercó.

—El señor Sábado —dije.

—En realidad, se llama Lane Ryder.

—¡Tess la Victoriosa! Me alegro de verte. —Lane me tomó de las manos y las estrechó calurosamente—. Fue una pasada estar contigo ayer.

—¿De verdad? Te di plantón. Seguro que eso no te hizo ninguna gracia.

Se echó a reír, igual que ayer. Sonreí aliviada. No había rencores.

—Y eso es lo que hizo que superases la prueba, que te fueras y que sintieras que lo que estábamos haciendo no era honesto. Buena suerte en el futuro.

—Gracias.

Uno por uno, los hombres se fueron acercando, y por fin conocí sus nombres. El señor Martes era Steve Black. El señor Jueves era Robert Hall. El señor Viernes era Zoltan Gray. Todos ellos eran muy atentos y halagadores conmigo. El señor Domingo no estaba allí, y me alegré. Todavía estaba molesta con él y su terrible comportamiento.

Pero faltaba un hombre. El señor Miércoles. Miré a mi alrededor, pero no lo vi. El señor Lunes se inclinó y me susurró al oído.

—¿A quién buscas?

En realidad no quería decírselo. Me sentía incómoda por estar buscando a un hombre con el que me había besado cuando estaba de pie al lado del hombre con el que acababa de hacer el amor.

Una profunda voz detrás de mí me hizo sonreír.

—Creo que me busca a mí.

Me di la vuelta y, sí, era el señor Miércoles. Tuve la tentación de darle un abrazo, pero supuse que al señor Lunes no le gustaría. En su lugar, extendí las manos y él las estrechó.

—Sí, te buscaba. Quería tener la oportunidad de despedirme.

Miró al señor Lunes antes de apretar mis manos con suavidad, y luego las soltó.

—Te deseo lo mejor, Tess. Has hecho un trabajo extraordinario esta semana.

Antes de que pudiera desaparecer de nuevo, le dije algo.

—Eh, todo el mundo me ha dicho su nombre menos tú. Dímelo.

Respiró hondo, lo que ensanchó su impresionante pecho.

—Rourke. Rourke Stone a su servicio, señorita.

Le sonreí.

—Encantada de conocerte, Rourke. Oh, ¿y es un acento de campo lo que de repente oigo en tu voz?

—Me has pillado —dijo—. Normalmente no se me escapa. —Rourke dio un paso atrás y saludó al señor Lunes—. Debería dejar que continuaras. Te veo más tarde.

Lo vi marcharse, y mi corazón se sintió un poco más aliviado.

Me giré hacia el señor Lunes y ver la expresión de su rostro me llenó de alegría. Estaba feliz.

—¿De qué te ríes?

—Ven conmigo. —Me cogió de la mano y me llevó a otra habitación.

—Recuerdo este lugar.

—Eso pensé.

La última vez que estuve en aquella habitación conocí al señor King y caí por la madriguera del conejo. ¿De verdad solo habían pasado seis días desde que todo aquello empezó? Pero ya se había acabado, y no estaba segura de por qué todos parecían tan contentos ni por qué esto sucedía durante una conmemoración.

—Gírate y mira la pantalla, por favor.

El señor Lunes señaló la pared detrás del escritorio, en la que había un enorme televisor de pantalla plana. Tenía el mando a distancia en la otra mano.

—¿Qué es esto? —Lo miré y me sentí decepcionada al ver que su felicidad se había convertido en tristeza otra vez—. ¿Qué pasa?

Me acerqué a él y le cogí de la mano que tenía libre. Enredó sus dedos alrededor de los míos.

—Lo verás en un momento.

Se quedó mirando al televisor y su voz se suavizó.

Me quedé mirándolo un poco más, cada vez más preocupada. Una voz llamó mi atención y me giré hacia la pantalla.

—¡Oh!

Me sobresalté cuando la cara del señor King apareció en la pantalla.

Se le veía frágil y gris, cansado y con los ojos hundidos, y me sorprendió ver lo rápido que había empeorado desde mi visita inicial.

—Hola, Tess. Hace seis días te propuse el reto de superar seis pruebas para demostrar tu valía. Desafortunadamente, no puedo estar contigo hoy. Mis médicos me han dicho que no me queda mucho tiempo. Puede que no llegue al domingo... —miré al señor Lunes y mi corazón casi se partió al ver la expresión de absoluta tristeza en su rostro—, lo que es muy probable. Tess, sé quien eres. Tu padre era un buen hombre, pero... —en ese momento, todavía estaba mirando la pantalla, pero con una boca abierta que casi me llegaba al suelo—, las cosas le salieron muy mal. Para cuando descubrimos la verdad, ya había muerto. Siento muchísimo que no pudiésemos arreglar ese error. Sin embargo, te seguí los pasos. Quería ayudarte, pero sabía de tu odio por esta compañía y que no aceptarías ayuda financiera. Nos las ingeniamos para que recibieras becas y ayudas. No podía cambiar el pasado, pero podía ayudarte con tu futuro. Cuando vi que habías solicitado el puesto de secretaria de dirección, sabía que por fin tenía la oportunidad de hacer las cosas bien. Me había centrado demasiado en el todopoderoso dólar y perdí de vista a la gente dentro de la organización. Me doy cuenta de eso ahora. No estaba en contacto con ellos, solo oía lo que los ejecutivos me decían y lo aceptaba sin cuestionar nada, y lo lamento. —Comenzó a toser y miré al señor Lunes, y de nuevo a la pantalla. Hubo un breve destello, como si la grabación se hubiese detenido y luego se reanudara—. Mi hijo, Daxton, te explicará el resto. Yo siempre creí. Tess, cree en ti misma también.

El señor King se atragantó con las palabras, y el vídeo se quedó en negro.

Me giré hacia el señor Lunes.

—¿Daxton? ¿Tiene un hijo?

El señor Lunes asintió.

—Pero nunca he oído hablar de él. Recordaría un nombre como Daxton.

—Tal vez porque nunca se presentó con su verdadero nombre.

—¿Qué? ¿Qué quieres decir? —Mi corazón latía más rápidamente y no me atrevía a considerar la posibilidad. ¿Podría ser...? — ¿T... tú?

Se giró hacia mí, y nos miramos, yo con los ojos abiertos de par en par.

—Llámame Dax.

Sacudí la cabeza, incapaz de digerirlo todo. En el espacio de cinco minutos toda la visión de mi mundo había cambiado. ¿Sabían, desde el principio, quién era yo? ¿Sabían lo que tenía planeado hacer? ¿Y el señor Lunes era el hijo del anterior director ejecutivo, el señor King? Estaba asombrada. Y un poco enfadada.

—Deberías habérmelo dicho.

El tono de mi voz fue duro. Estaba tan cerca de perder el control que mis manos se cerraron en puños.

—No podía. No tienes ni idea de cuántas veces discutimos por eso.

Asintió con la cabeza hacia la ahora oscura pantalla del televisor.

Levanté las manos, con las palmas hacia fuera, como para rechazar cualquier nueva revelación. No quería una explicación... ¿o sí? De repente todo encajó. El señor King estaba muerto, y era el padre de Daxton. Inmediatamente mi ira desapareció, me volví hacia él y deslicé mis brazos alrededor de su cintura. Sabía lo que era perder a un padre. Era desolador, y creo que nunca te recuperas de verdad. Las lágrimas me llenaron el rostro recordando al mío. La confirmación del señor King de la inocencia de mi padre había sanado mi última cicatriz emocional. Pero la muerte del señor King estaba demasiado reciente para su hijo.

—Lo siento mucho. Eso ya no importa. —Lo miré mientras me rodeaba con los brazos—. ¿Cuándo murió?

—El jueves por la mañana, muy temprano.

—¡Oh! Es por eso...

Asintió.

—Sí, por eso no fui a recogerte.

—Oh, cariño.

Apoyé una mejilla en su pecho y escuché el palpitar constante de su corazón.

—Era viejo. Estaba enfermo. Pero llevó una buena vida.

Le acaricié la espalda con suavidad.

—Independientemente de su edad o su salud, era tu padre, y es normal que aún te duela.

Sus brazos se tensaron, y me soltó.

—Tienes razón. Cuando recibimos su diagnóstico, fue una de las cosas más difíciles a las que me tuve que enfrentar. Habíamos tenido una turbulenta relación padre-hijo, pero el diagnóstico pareció despertarlo de algún modo y empezó a ver las cosas desde una nueva perspectiva. —Respiró profundamente—. Y eso me hizo ver que mi padre era humano, frágil, a falta de una palabra mejor, y no el inaccesible superhéroe que siempre me había parecido. Tuvimos una pequeña oportunidad de compensar la gran cantidad de tiempo perdido. —Dax me dio un abrazo antes de alejarse de mí—. Pero ahora hay algo que tenemos que hacer.

—¿Qué?

—Tenemos una junta directiva antes de comenzar la celebración de la vida de papá, y tienes que venir.

—¿Yo? ¿Por qué?

—¿Confías en mí?

—Siempre.

Atravesamos las puertas y entramos en el maravilloso vestíbulo que recordaba de la otra noche. En vez de pasar por las puertas principales, dimos la vuelta a las escaleras y salimos a un enorme patio que se extendía a lo largo de toda la majestuosa casa. Las vistas me dejaron sin aliento. Una barandilla de hierro separaba el patio de ladrillos amarillos de los acantilados de abajo. Una agradable brisa sopló desde el océano y me acarició la cara. Cerré los ojos; me gustaba sentir cómo me susurraba y me atraía el dulce aire del mar.

—Bonito, ¿verdad? —me susurró Dax al oído.

—Ummm, sí.

—¿Tal vez podrías acostumbrarte a vivir aquí al límite?

Oí un tono de humor en su voz y abrí los ojos para mirarlo. Me sonreía, y el corazón me dio un vuelco dentro del pecho.

—Podría. —Fruncí el ceño cuando su sonrisa se hizo más grande—. ¿Qué piensas hacer?

Me tomó de la mano y caminamos alrededor de una curva del patio que llevaba hasta un espectacular mirador. Lo más sorprendente era la forma en que estaba escondido bajo los árboles, pero se posaba justo al borde de los acantilados.

—¿Ahí es adonde vamos?

—Sí, el consejo de administración está reunido y solo tenemos unos quince minutos para esta reunión.

Dudé.

—No puedo ir ahí. Mira dónde está.

—Estarás bien. Yo estaré a tu lado.

Mantuve la mirada fija en su espalda y le seguí hasta la improvisada sala de juntas. Una vez dentro, traté de no hacer caso al hecho de que estuviéramos en equilibrio sobre el borde de los acantilados, pero apenas pude, así que me concentré en Dax. Casi me parecía raro no pensar en él como el señor Lunes.

—Gracias a todos por venir esta mañana —les dijo—. Esto no debería llevarnos mucho tiempo, ya que el señor King lo dejó todo en orden antes de morir. —Dax se dirigió al anciano caballero a su izquierda—. Peter, como presidente, ahora dejo la reunión en tus manos.

Peter asintió y se puso en pie.

—Lo primero, un minuto de silencio por Fraser King. —El único sonido durante un breve tiempo fue el fuerte viento y el romper de las olas de abajo—. Ahora, el siguiente punto en el orden del día es nombrar a Daxton King el nuevo director ejecutivo de Diamond Enterprises.

Miré a Dax, que estaba sentado a mi lado. El fuerte impacto de quién era cayó sobre mí. Era difícil asimilarlo todo, así que me senté allí con incredulidad. ¿Por qué había pasado por todas esas pruebas si Dax fue siempre el siguiente en la lista?

El presidente de la junta se sentó y Dax se puso en pie. Lo miré, y me llené de orgullo, un orgullo; que casi me estalló dentro del pecho, ahogando mi incertidumbre.

—Como saben, antes de que mi padre muriera creó la fundación benéfica Diamond Enterprises. Estuvo buscando un candidato para dirigir esa fundación, alguien con un sólido carácter moral, innovador y flexible, con compasión por la gente, pero también lo suficientemente tenaz como para luchar por lo que cree. Nunca tuvo la oportunidad de ofrecer el puesto al candidato que eligió, así que ahora estoy aquí para hacerlo, como director ejecutivo, en nombre de mi padre.

Contuve la respiración y lo miré. Dax se giró hacia mí.

—Les presento a Tess Canyon. Mi padre ha estado siguiendo a Tess durante un buen número de años y, después de que fue sometida a un proceso de entrevista agotador, quedó claro que ella era la persona perfecta. El último acto de negocios de mi padre antes de su muerte fue asegurarse de que Tess se colocaba al frente de esta fundación.

Suspiré sorprendida.

—Oh, Dios mío, ¿hablas en serio?

Asintió y me sonrió.

—Sí, muy en serio. —Se giró y miró al resto de los miembros de la junta alrededor de la mesa—. Por favor, demos la bienvenida a nuestra familia a Tess.

Todos se pusieron en pie y aplaudieron. Me quedé sin habla. No tenía ni idea de qué pensar; era todo tan inesperado. Sonreí y asentí con la cabeza a todo el mundo alrededor de la mesa, dándoles las gracias, pero sintiéndome bastante abrumada por este nuevo giro de los acontecimientos. Me alegró que nadie me pidiera que dijera unas palabras.

Dax se sentó junto a mí, y yo me incliné hacia él.

—Yo... Yo... no sé qué decir.

—Solo di que sí.

Sonrió y me guiñó un ojo.

—Sí —susurré.

Tomó mi mano debajo de la mesa y la apretó.

—Puede que haya más preguntas a las que me gustaría que también me respondieras con un sí.

De repente, mi futuro me pareció muy diferente. Estaba sorprendida por el giro de los acontecimientos. El momentáneo destello de decepción que sentí cuando me di cuenta de que no iba a ser directora ejecutiva había desaparecido rápidamente. Creo que incluso me sentí un poco aliviada. Tal vez, en el fondo, yo sabía que no era el puesto más adecuado para mí. ¡Pero ese nuevo giro! Estaba ansiosa por saber los detalles acerca del puesto al frente de la fundación benéfica. Y yo estaba aún más emocionada con el futuro que podría tener con Dax. No podía esperar a que terminara la reunión. Al fin, después de que los miembros de la junta abandonaron el mirador y entraron en la casa, nos quedamos solos.

—Tenemos mucho de qué hablar —me dijo Dax, y me tomó en sus brazos—. Pero hay gente esperándonos en la celebración conmemorativa. Después, habrá un velatorio escocés a la antigua usanza. —Me llevó adentro—. Ahora, tengo que hacer algo y si quieres acompañarme y esperar mientras lo hago, me encantaría.

Me cogió de la mano y me llevó de regreso a la casa, subimos las enormes escaleras hasta otro piso que era absolutamente impresionante. Unas hermosas pinturas decoraban las paredes del largo pasillo.

—¿Antepasados?

—Sí. Cientos de años de ellos. Y hay más en la casa que tenemos en Escocia.

—¿También tienes una casa en Escocia?

Asintió y me miró.

—En realidad, es un castillo.

Abrí los ojos de par en par y asentí.

—Por supuesto. Como es normal, tienes un castillo familiar.

Se echó a reír y abrió una puerta a medio camino del pasillo, y entramos a una increíble suite.

—Este lugar me produce una auténtica sobrecarga sensorial. Me estás mostrando tantas cosas hoy, que apenas puedo entender lo que está pasando.

Se volvió y me arrastró a sus brazos. Me fundí con él mientras me besaba y sus manos recorrían mi cuerpo. Me besó por todo el cuello y me susurró al oído:

—Mientras estemos juntos, podremos hacer cualquier cosa. Ahora, dame un minuto. Ya vuelvo.

Asentí y vi cómo desaparecía por la puerta de lo que parecía ser un vestidor. Me giré y miré la habitación. Debía de ser su dormitorio. Era más grande que todo mi apartamento. Me acerqué a las puertas dobles francesas y las abrí, respirando profundamente cuando vi las vistas. Un hermoso balcón recorría toda la habitación. Me obligué a mí misma a caminar hasta la barandilla, y curvé los dedos alrededor de ella. Me agarré fuerte y miré hacia fuera. Abajo estaba el precioso patio en el que acabábamos de estar. Más allá estaban los acantilados, que caían en una impresionante vista del océano. Hacía un día precioso, el cielo era azul, y pequeños puntos blancos en forma de veleros se balanceaban sobre las olas.

—¡Oh, Dios! Y pensar que hay gente que vive así siempre.

—¿Crees que podrías vivir así?

Me giré al oír la voz de Dax.

—Joder. ¡Te has puesto una falda escocesa!

—Así soy, chica —dijo con un marcado acento escocés, y me eché a reír.

—Estás estupendo. Y tienes las mejores piernas de la ciudad, lo juro.

Sonrió y caminó hacia mí. Yo no sabía nada sobre Escocia ni de la cultura escocesa, pero al verlo con esa falda y esa magnífica camisa blanca y con su cabello oscuro alborotado con la brisa del océano, no podía haber imaginado un hombre más asombroso. Quería reclamarlo para mí.

No podía apartar la mirada de Dax; estaba tan increíble con su falda escocesa y su tartán. Me acerqué a él y le hablé en voz baja.

—Siempre he querido saber qué hay debajo de una falda escocesa.

—¿De verdad? —Dax inclinó la cabeza hacia un lado, su mirada era profunda y llena de pasión. Me encantaba esa mirada en su cara, y me encendía completamente—. Entonces tendremos que ponerle remedio lo antes posible. —Luego me recogió entre sus brazos y me mató con el más maravilloso de los besos. Me colgué de sus brazos; mis músculos de repente parecían inútiles. Un momento después, levantó la cabeza y me miró a los ojos—. Mira, piensa en eso de momento.

Parpadeé y respiré temblorosa.

—Está bien.

—¿Estás lista? Tenemos que bajar ya. Tendremos todo el tiempo del mundo más tarde.

En la planta baja, Dax me acomodó junto a la ventana con un trago, me besó en la mejilla y dijo que tenía que hablar con la gente. Lo entendí, y eso me dio la oportunidad de verlo en acción. Para poder comprender al hombre que él era realmente. Daxton King. No solo el señor Lunes. Mi corazón se hinchó de orgullo cuando lo vi moverse entre los invitados. Algunos eran muy adinerados, también, lo cual me dejó alucinada. De repente me movía en un círculo de elite.

—¿Tess?

Me giré y me incorporé un poco cuando vi al señor Domingo. Entrecerré los ojos y me pregunté qué tendría que decirme.

—Hola —le dije, sin bajar la guardia a pesar de que él estaba sonriendo.

—Quisiera presentarme como es debido. Malcolm Fox. —Extendió la mano y no tuve más remedio que alargar la mía. No quería parecer grosera en medio de un velatorio. Con indecisión, le estreché la mano—. Debería saber que el señor King estaba deseando trabajar contigo.

De todas las cosas que podía decir, no esperaba que dijera eso. No supe qué responder. Ahora sabía que el comportamiento de esa mañana del señor Domingo probablemente era parte de la puesta en escena de la prueba, pero aún me resultaban raras sus palabras tan amables. Continuó.

—Había muchos candidatos preseleccionados, pero él siempre la tuvo en lo más alto de la lista. Sabía que sería usted quien pasaría todas las pruebas con gran éxito.

—No sé qué decir.

Levantó el vaso ligeramente, haciendo un pequeño brindis por mí.

—Creí que le debía una pequeña explicación, ya que dejó muy claro cómo se sentía en nuestra reunión.

Me sonrió de una forma muy sorprendente. Entonces levantó los ojos para mirar por encima de mi hombro, y yo me giré para ver qué había llamado su atención.

Dax se acercaba a través del mar de gente. Nuestras miradas se encontraron y mi corazón dio un pequeño vuelco.

—Te deseo lo mejor, Tess —se despidió Malcolm.

—Gracias —le contesté, sin apartarme de Dax. Oí a Malcolm marcharse y me sentí aliviada. Aunque todo fuera falso, estar cerca de él todavía me resultaba incómodo. Veía a Dax entremezclarse con la multitud, deteniéndose de tanto en tanto. Era amable y le daba a cada persona la cantidad adecuada de atención. De vez en cuando, me miraba y yo casi me derretía de la pasión cuando lo veía. Una pasión que era para mí. Para los dos.

Ninguna hada madrina de cuento podría conceder un deseo mejor que el que estaba sucediendo en este momento. Yo tenía lo que deseaba de corazón, aunque no hubiera sabido hasta hoy qué era realmente. Me sentía más preparada para dirigir una fundación benéfica que para ser directora ejecutiva de una empresa con fines de lucro. Me di cuenta más que nunca de que se trataba de las personas, y esta era una forma de ayudar a los necesitados. Una manera de ayudar a los demás a conseguir sus sueños.

De repente quise llamar a mi madre. Necesitaba contarle todo lo que había sucedido. Pero supuse que podía esperar hasta mañana. Sería un nuevo día, un día que marcaría el comienzo de un futuro diferente y emocionante. Aunque ahora, el día y la noche nos pertenecían a Dax y a mí.

Por fin, de vuelta en su apartamento con vistas al mar, estábamos solos. Apoyé la espalda en la barandilla del balcón, incapaz de apartar la mirada de su espectacular cuerpo con esa falda escocesa de infarto. Lo agarré y dejé que mis dedos recorrieran la magnífica tela que tan complicadamente había envuelto a su alrededor.

—Creo que vas a tener que enseñarme de qué va todo esto.

—En cualquier momento, nena —me dijo otra vez con acento escocés.

—Nena, dicho así, con tu acento, me gusta. —Sonreí mientras tiraba de él hacia mí—. ¿Cómo estás? —le pregunté.

Las dos últimas horas habían sido muy estresantes para mí. No podía imaginar lo agotadoras que podían haber sido para él.

—Bien. Mucho más soportable porque estabas aquí conmigo. Estoy deseando verte por aquí más a menudo, y cambiar el mundo contigo.

Se pegó a mí y bajó la cabeza, sus labios cerca de los míos. Muy cerca, pero sin tocarse.

—Me alegro —susurré, y lo miré fijamente—. Pero aún no me lo has dicho.

—¿Qué?

Rozó sus labios con los míos muy suavemente, pero la electricidad entre nosotros era de alto voltaje.

—¿Qué hay debajo de una falda escocesa?

Su delicada sonrisa me volvió del revés. Bajé la mano lentamente, la dejé caer sobre su cadera y rocé la falda con los dedos. Podía ver que estaba teniendo una erección considerable. Ahora me acerqué yo a él, y me pinchó en el vientre. Froté para envolver mis dedos alrededor de él. Sin dejar de mirarlo, deslicé los dedos hasta que lo apretujé bajo la falda. Sonreí y me lamí los labios. Sonrió y no movió ni un músculo cuando metí la mano debajo y apoyé la palma de la mano en sus fuertes muslos. Respiré hondo mientras él apretaba los dientes al tocarlo.

—Quiero explorarte. Tocar cada parte de ti, saborearte... amarte.

—Mujer, sigue hablando y acabarás conmigo demasiado pronto. —Cerró los ojos y me puso una mano en la parte posterior de la cabeza, con los dedos enredados en mi pelo.

Tomé eso como aprobación y colé mi mano bajo su falda escocesa. Me incliné hacia delante y puse mis labios sobre los suyos.

Un temblor lo sacudió y su polla saltó bajo la tela mientras me acercaba a mi premio. Me estremecí de placer ante su reacción incontrolada hacia mí y nos besamos con más fuerza. La brisa del mar templó el calor de nuestra carne.

Sonreí cuando mis dedos rodearon su polla dura.

—Así que es cierto que un escocés no lleva nada debajo de la falda.

—¿Acaso lo dudabas?

Negué con la cabeza y presioné mis labios contra los suyos de nuevo. Me estremecí cuando Dax cerró los dedos en un puño y me agarró del cabello, pero no lo detuve. La punzada de dolor se convirtió rápidamente en un dolor palpitante que avivó mi excitación. Incliné la cabeza y abrí más la boca. Él respondió y me abrazó con fuerza, y mi mano quedó atrapada entre los dos. Lo aspiré, me encantaba el aroma familiar de su cálida carne.

Sostuve su gruesa longitud con las palmas de las manos. Gimió y empujó sus caderas contra mí. Levanté la cabeza y me alejé de su beso, y nos miramos. Al sentir que la excitación se apoderaba de él, mi deseo se aceleró. Noté la tensión de los músculos de sus muslos mientras se sostenía en su lugar, y eso me puso al rojo vivo.

Empujó las caderas lentamente, su polla se deslizaba deliciosamente en mi mano, y él gemía con cada profunda embestida. El sol era abrasador y la brisa desapareció. El olor del mar se mezclaba con nuestros cuerpos calientes; era embriagador. Dax me cogió la cabeza y movió las caderas al ritmo de mis golpes.

Entonces se apartó y me levantó en sus brazos.

—¿Qué?

Estaba confundida y sorprendida.

Me llevó bajo el toldo y me dejó en el suelo. Observé cómo se quitaba el tartán, y se lamía los labios mientras se desabrochaba la camisa y la tiraba. De pie solo con su falda escocesa y esos calcetines, estaba simplemente magnífico.

—Me vuelves loco.

Me apoyó en la suave pared de piedra de la mansión y colocó las manos a ambos lados de mi cabeza. El cabello le caía hacia delante y me acerqué para tomar su cara entre las palmas de mis manos.

—Y tú a mí.

Sonrió, y eso fue mi perdición. Lo alcancé, desesperada por estar desnuda. Me quitó la ropa ansiosamente y enterró la cara entre mis pechos. Se llevó los pezones a la boca y los lamió hasta que fueron puntos de sensaciones. Me retorcí bajo él, y metí una rodilla entre sus piernas.

—Tu falda —farfullé con voz entrecortada.

—¿Qué pasa?

Me miró, y me estremecí cuando su lengua jugueteó con mi pezón después de hablar.

—La vamos a aplastar.

Se encogió de hombros.

—No querrás que se arrugue.

—Si eso te preocupa, entonces hay una solución.

Se puso en pie y se quitó la falda con dedos hábiles. La colocó con cuidado sobre la otra silla y se volvió hacia mí. Simplemente no podía creer lo cuidadoso que era. Maravilloso en todos los sentidos de la palabra. Y mío.

Extendí la mamo.

—Ven aquí.

Así lo hizo, y esta vez me pegó contra la pared, me levantó una pierna y dejó caer su mano entre mis muslos. Jadeé cuando presionó su dedo en mí, frotando la base de la palma de la mano en mi clítoris. Mi cabeza cayó hacia atrás y me perdí en las sensaciones más increíbles cuando deslizó sus dedos dentro de mí. Los dobló y empujó con fuerza. Nunca me habían tocado así antes y su poder me hizo temblar y llorar incontrolablemente. Todo mi cuerpo estaba sintiendo, como nunca lo había hecho antes. Había encontrado mi punto g y mi mente se quedó en blanco. Me dejé llevar por las oleadas de placer y, de nuevo, era una muñeca de trapo en sus garras. Si hice algún ruido, no lo supe, y su boca se cerró sobre la mía, silenciando cualquier posible gemido de éxtasis. Cuando volví a la realidad, sentí los muslos húmedos y me di cuenta de lo que me había pasado por primera vez. Antes de que pudiera recobrar la consciencia, me susurró al oído.

—Eres mía.

Casi me echo a llorar por la abrumadora sensación que me invadió. En lugar de eso, me arrastró de nuevo cuando se colocó entre los dos y sentí su polla en mi abertura, y me llenó. Me agarró el culo y rodeé los brazos alrededor de su cuello, levanté las caderas mientras él se flexionaba, llenándome por completo. Mi cabeza giró con ansia.

—Oh, Dios mío —susurré, mi cuerpo tembló de placer, y lo miré fijamente. Me gustaba cómo jugaba su pasión con sus rasgos, y deslicé los dedos entre sus cabellos.

Nuestras miradas se encontraron y encajamos los empujones del otro con una ferocidad que me dejó sin aliento. Mi espalda contra la cálida y suave pared nos estabilizó. Bajó la cara y atrapó mis labios.

Enrollé los brazos con fuerza alrededor de su cuello, como si nunca lo fuera a dejar ir. Su lengua buscó la mía y, con la suya, representó un seductor baile. Si hubiera podido hablar, habría dicho: tú eres mío y yo soy tuya.

Comenzamos a movernos, nuestra frenética respiración se dejó llevar por la brisa del mar. Iba a correrme otra vez y mi orgasmo estaba muy cerca. Intenté contenerme para poder acabar juntos. Sin embargo, no pude, porque la espectacular sacudida descendió hasta mi vientre y estalló cuando Dax empujó dentro de mí. Le arañé, y mis músculos temblaron de forma incontrolable. Entonces él gimió, un gemido profundo y ronco. Me encontré con sus últimos empujones profundos mientras él acababa, llenándome con él.

El sonido de su rugido se mezcló con el repentino sonido de las gaitas abajo. Me estremecí ante la combinación del poder de este hombre y el sonido inquietante de las gaitas.

Dax se derrumbó sobre mí, y yo estaba sin aliento entre la pared y él. Nos quedamos así mientras recuperaba el aliento. Se movió y me alzó en sus brazos. Cómo podía levantarme después de todo aquello era alucinante. Nos arrastramos hacia la amplia chimenea, me atrajo hacia él, estaba acurrucada a su lado. Saciada y satisfecha, le besé el pecho. Estábamos tranquilos. Nuestros latidos del corazón disminuyeron y nuestra respiración volvió a la normalidad. Las gaitas seguían llorando su melodía memorable.

Colocó un brazo alrededor de mis hombros y me miró.

—No contestaste a mi pregunta.

—¿Tu pregunta? No lo recuerdo.

Se echó a reír.

—Haz memoria. Tú dijiste algo y luego yo dije algo.

Pensé rápidamente y entonces me acordé. Mis ojos se abrieron de par en par.

—Ya recuerdo lo que dije. Y la respuesta a tu pregunta es sí; creo que podría vivir en un lugar como este. Siempre que sea contigo.

Me abrazó más fuerte y pasé un brazo alrededor de su cintura. Reí de placer cuando presionó sus labios contra los míos y susurró.

—En ningún sitio se está tan bien como en casa. En ningún sitio.

Había encontrado mi hogar. Esa semana de infarto no se parecía a nada que hubiese experimentado antes. Una simple entrevista de trabajo para un puesto de secretaria de dirección me había llevado a un viaje increíble. Me había liberado de las cadenas del pasado, había derrotado a la sombra del legado de mi padre y había encontrado un futuro increíble con mi propio príncipe azul.

Aliviada de toda la ira y el dolor a los que me había aferrado durante tantos años, me sentía increíblemente ligera.

¿Qué más podía pedir una chica?

Vivir felices para siempre.

ECOSISTEMA DIGITAL

NUESTRO PUNTO DE ENCUENTRO

www.edicionesurano.com

2 AMABOOK
Disfruta de tu rincón de lectura
y accede a todas nuestras **novedades**
en modo compra.
www.amabook.com

3 SUSCRIBOOKS
El límite lo pones tú,
lectura sin freno,
en modo suscripción.
www.suscribooks.com

DISFRUTA DE 1 MES
DE LECTURA GRATIS

1 REDES SOCIALES:
Amplio abanico
de redes para que
participes activamente.

4 APPS Y DESCARGAS
Apps que te
permitirán leer e
interactuar con
otros lectores.

iOS